KB043037

클로버 부케

클로버 부케

1판 1쇄 찍음 2015년 10월 21일
1판 1쇄 펴냄 2015년 10월 28일

지은이 | 밀밭
펴낸이 | 고운숙
펴낸곳 | 봄 미디어

기획·편집 | 정수경, 박혜진

출판등록 | 2014년 08월 25일 (제387-2014-000040호)
주소 | 경기도 부천시 원미구 소향로17, 304(두성프라자) (우)420-864
영업부 | 070-5015-0818 편집부 | 070-5015-0817 팩스 | 032-712-2815
E-mail | bommedia@naver.com
소식창 | http://blog.naver.com/bommedia

값 9,000원

ISBN 979-11-5810-147-3 03810

※파본은 구입하신 서점에서 교환하여 드립니다.

CLOVER BOUQET

클로버 부케

밀밭
장편 소설

Comtents

prologue

레나는 바닥에 시선을 고정한 채 속으로 숫자를 셌다. 마음 같아선 손톱을 번갈아 가며 두드리고 싶었지만 하늘 같은 영주님 앞에서 그런 무례가 용납될 리 없었다.

자신을 머리끝부터 발끝까지 샅샅이 살피는 영주의 시선이 느껴졌다. 레나가 어린 티를 벗으면서부터 느껴 온 시선이었다.

끈끈한 거머리, 뱀의 허물, 취객의 더러운…….

"눈을 들어라."

최대한 혐오스러운 것을 떠올리며 더러운 것엔 더러운 것으로 맞서 보려 했거늘 영주는 틈을 주지 않았다. 혀를 내밀고 싶지만 그랬다간 혀가 잘리겠지. 레나는 억지로 한숨을 참으며 정면을 쳐다보았다.

13년 전, 그녀의 가족을 영지 내로 거둬 준 페트론 백작이 눈을 빛내고 있었다.

"신기하리만치 닮았단 말이지."

사람들의 눈길을 피하기 위해 늘 뒤집어쓰고 다녔던 잿가루도 소용없었다. 레나가 서재로 들어서자마자 백작은 가소롭다는 듯 웃더니 당장 머리를 감고 오라고 명령했다. 언제 어떻게 들켰는지는 모르겠지만 그는 레나의 작은 비밀을 알고 있는 눈치였다.

결과적으로, 지금 그의 눈앞에 탐스러운 벌꿀색 머리카락이 드러난 상태였다.

백작의 막내딸 스칼렛과 빼닮은 머리색이었다.

"너도 알겠지만 페트론 백작가와 아미티지 놈들은 오랜 숙적이다. 아주 고질병 같은 놈들이지."

흔한 변경의 백작에서 왕궁을 드나드는 권력자로 거듭난 그는 대단한 야심가였다. 아미티지 공작가는 대대로 유서 깊은 귀족 집안. 구(舊)세력과 신(新)세력의 충돌이라기엔, 공작가는 여전히 건재하고 백작가는 지나치게 탐욕스러웠다.

적어도 레나가 보기엔 그랬다.

1인자를 무너뜨리기 위해 페트론 백작가가 써 온 방식들은 아무리 좋게 봐주려 해도 치졸한 데가 있었다.

"한데 그 아미티지 놈이 내 소중한 스칼렛을 점찍어 결혼을 요구하더군. 그것도 국왕 앞에서, 논공행상을 하는 자리에서 말이야."

두근.

거기까지만 들었는데도 이미 레나의 심장은 꽉 죄어들었다. 백작의 호출이 유쾌했던 적은 단 한 번도 없었지만 지금 이 순간이 최악이라 단언할 수 있었다.

위험하다. 유달리 예민한 감각이 경고를 보내왔다.

그리고 이어진 명령은 레나의 불안에 말뚝을 박았다.

"내 딸이 되어라."

선명한 초록빛 눈동자가 공포로 흔들렸다.

"내 딸 스칼렛의 대역이 되어서…… 가서 죽어라. 복수는 철저히 해 주마. 네 부모 앞으로도 위로금을 두둑이 보낼 터이니 명예로운 죽음이 되겠지."

대체 누가 누구의 복수를 하는 거냐고 반박하고 싶었다. 애초에 자신을 신부로 보내지 않으면 그런 일을 벌이지 않아도 될 게 아닌가.

하지만 레나는 알고 있었다. 백작은 바로 그 '복수'를 위해서 자신을 죽음으로 내모는 것이었다. 또 다른 전쟁을 일으킬 불씨. 순진하고 가련한 막내딸의 복수라는 명분을 내건다면 국왕도 섣불리 제재하진 못할 터였다.

그리고 아미티지 공작.

그가 무슨 생각으로 숙적의 딸을 요구한 것인지도 짐작이 갔다. 이는 결코 가문의 반대를 뛰어넘는 사랑 따위가 아니었다.

가면, 죽는다.

어쩌면 가는 도중에 죽을지도 모른다.

신랑 측도, 신부 측도 모두가 레나의 죽음을 원하고 있다.

어둠 속에서 보이지 않는 손이 튀어나와 그녀의 목을 힘껏 조르는 것만 같았다. 혼신의 힘을 다해 두 다리로 버티고 있는 레나의 귓가에 축축한 웃음소리가 와 닿았다.

"무리에서 쫓겨나 죽어 가는 네 가족을 먹여 주고 보살펴 주었지. 이제 은혜를 갚을 차례다. 알고 있겠지? 집시의 딸이 백작의 은혜를 갚을 수 있다는 것 자체가 영광이란 것을."

백작이 키득, 웃었다.

"……감사 인사는 넣어 둬라."

그 말을 끝으로 레나는 성에서 쫓겨났다. 집으로 돌아가는 내내 그녀는 헤어날 수 없는 검은 웅덩이에 빠진 기분이었다.

chapter
1
대리 결혼식

레나는 집사의 딸이었다.

물론 자신이 부모님과 다르게 생겼다는 자각은 있었다. 여자아이는 섬세하고 예민하다. 외모에 관심을 가지게 됐을 때부터 레나는 부모님의 짙은 피부색과 진한 이목구비를 영원히 닮을 수 없음을 깨달았다.

부드럽게 굽이치는 벌꿀색 머리카락은 사람들의 눈길을 끌기 딱 좋았다. 들판의 클로버처럼 생생한 초록색 눈동자도, 희고 고운 피부나 장밋빛 입술도 부모님과 달랐다.

아마 레나는 그들의 친딸이 아닐 것이다. 그렇다고 부모님이 아기를 훔쳐 왔을 린 없다. 그것만은 확신할 수 있었다.

부모님은 누구보다 집시의 피가 진하게 흐르면서도 바깥 사람들이 악행이라 일컫는 몇 가지 풍습은 따르지 않았다. 그것은 레나의 가족이 무리에게 두들겨 맞은 뒤 추방당한 이유이기도 했다.

빈사 상태의 가족을 구해 준 이가 다른 누구도 아닌 페트론 백작이란 것이 운명의 장난이었다.

레나는 미행이 붙지 않았는지 주위를 살핀 뒤 아담한 집 안으로 뛰어 들어갔다.

"어머니! 아버지! 빨리요. 얼른 짐을 챙겨 떠나야 돼요!"

마을에서 산파 일을 하고 온 어머니 유벤타가 딸을 맞았다. 성에서 별일이 없었는지 묻기도 전에 딸이 커다란 가죽 가방을 꺼내 들고 세간을 털어 넣는 모습에 당황한 눈치였다.

"무슨 일이니, 레나야?"

"……갑자기 어딜 간다는 게냐?"

약초를 다듬고 있던 아버지 미구엘도 소란에 집 안으로 들어왔다.

그들은 영지에 정착한 이래로 여행을 떠난 적이 없었다. 지금 딸의 모습은 여행이 아니라 야반도주를 하려는 데에 가까웠지만 말이다.

"백작이 무슨 말을 한 거니?"

어머니의 감은 역시 보통이 아니었다. 평소와 다른 기색을 읽어 낸 유벤타는 딸의 손목을 잡은 뒤 침착하게 물었다. 무리에서 추방되었지만 집시 혈통을 잊지 않은 유벤타는 그들만 있을 때는 모든 경칭을 생략했다.

"말해 보렴."

"……백작이 절 스칼렛인 척 아미티지 공작에게 시집보내려고 해요. 대역 신부로 가서 전쟁의 불씨가 되라고요."

레나의 말이 떨어지자마자 유벤타는 급히 숨을 들이켰다. 미구엘은 망치로 뒤통수를 맞은 듯 제자리에 얼어붙었다. 이어서 두 사람은 눈을 감고 허공으로 손을 들어 올리며 기도문을 읊었다.

하늘과 땅과 자연을 향한 기도였다.

레나는 다시금 짐을 싸기 시작했다. 오래 보관할 수 있는 마른과자와 육포, 견과류를 나무통에 담아 넣었다. 또 뭘 챙겨야 하더라? 그렇지, 튼튼하게 짠 모포는 필수다. 최소 며칠은 거의 쉬지 않고 움직여야 할 텐데 체온 유지는 중요했다.

아무래도 가방 하나로는 부족할 것 같다. 레나는 다른 가방을 찾느라 분주히 움직였다.

"기도는 좋죠, 어머니. 지금이야말로 기도가 필요한 때긴 해요. 짐은 제가 챙길 테니까 두 분은 기도를 해 주세요."

"……레나야."

유벤타가 조용히 딸의 이름을 불렀다. 어찌나 정신없이 집 안을 왔다 갔다 하는지 몇 번을 더 부르고서야 레나의 주목을 끌 수 있었다.

"네, 왜요?"

"그만두렴."

그 말을 하는 유벤타의 눈은 차분한 슬픔으로 젖어 있었다. 어디서든 유용하게 쓰일 단도를 막 챙겨 들던 레나가 그대로 멈춰 섰다. 자신이 잘못 들었기를 바라는 표정이었다. 그러나 이윽고 어머니의 말이 진심임을 알아차렸다. 레나의 목소리가 핀에 꽂힌 나비처럼 떨렸다.

"……어째서요?"

"백작이 우리의 도주를 예상 못 했을 리가 없다. 가방을 들고 집을 나서는 순간 마당에서 사로잡힐 거야."

"하지만, 그렇다고 해서…… 이대로 그 사람의 말을 따를 순 없어요! 어머니도 아시잖아요. 2년 전, 페트론이 아미티지에게 어떤 짓을 저질렀는지!"

이들이 살고 있는 본우드 왕국은 정략결혼과 침략 전쟁을 적절히 활용한 끝에, 전 대륙을 통틀어 가장 큰 규모의 나라로 우뚝 서게 되었다.

각 지역에서는 여전히 영주의 권한이 절대적이었다. 하지만 왕에게는 이들을 견제할 또 다른 무리, 즉 대대로 충성을 바쳐 온 다섯 가문이 있었다. 동쪽의 비옥한 영토 로젠하트를 다스리는 아미티지 공작가는 이 다섯 가문 중에서도 왕의 최측근이라 할 만했다.

그리고 수년 전부터, 북서쪽 변경에서 페트론 백작가가 새로이 부상했다.

이들은 애초에 왕의 여섯 번째 측근이 될 뻔했지만 선대 영주의 오만함이 가문을 변경으로 내몰았다.

본래 남작이던 작위가 백작으로 상승했으나 이는 겉치레일 뿐이었다. 그들에게 하사된 영지는 오히려 예전만 못한 수준이었다. 왕이 이런 명령을 내린 배후에는 선대 아미티지 공작의 입김이 작용했다는 말이 돌았다.

선대 영주는 꿈에서도 아미티지의 목을 베었다. 이를 갈며 재건만을 꿈꿔 왔다.

결국 그의 아들인 현재 페트론 백작에 이르러서야 오랜 노력이 빛을 발하기 시작했다. 이들은 우거진 침엽수림을 고급 건축재로 팔고 가문만의 독자적인 향수를 개발함으로써 부를 축적해 나갔다.

그 부를 이용해 병사들을 키웠고 2년 전, 드디어 국왕의 신임을 얻을 기회를 차지했다.

영 불안한 낌새이던 북쪽 지역이 반란을 일으킨 것이다.

물밑에서 치밀하게 준비했는지 예상보다 반란의 불길은 크고 거셌다. 완전 무장을 한 기마병 천 명이 쓸고 가면 뒤따르던 병사들이 기다렸다는 듯 남은 목숨을 베어 냈다.

새로 개발한 무기는 어떤 원리로 작동하는지 파악조차 하지 못했다.

페트론과 근방의 영주 세력이 협공해도 힘이 부치는 상황. 당장 출정이 가능한 아미티지가 나설 차례였다.

결과부터 말하자면 반란 진압은 성공적이었다.

젊은 공작의 약혼녀가 비참하게 살해당한 것을 제외하면.

상황인즉 이러했다. 젊은 공작의 군대가 반란군과 맞서는 동안 페트론과 타 영주 세력은 수비에 집중하며 전세를 살피고 있었다.

그때 젊은 공작이 잠시 머무르던 이웃 성이 습격을 당하고 말았다.

성에는 지원군이 오기까지 버틸 만큼의 병사가 남아 있었다. 공작의 약혼녀와 간호원 스무 명도 함께였다.

아수라장을 간신히 빠져나온 성의 병사는 황급히 지원을 요청했다.

페트론 백작이 택한 것은 지원이 아니라 합동 공격이었다.

그는 남은 군사를 모조리 끌고 숲을 가로질러 공작과 싸우고 있는 반란군의 뒤를 쳤다. 앞뒤로 죄어 오는 공격에 반란

군은 전멸했다.

잠시나마 성을 탈환했던 자들도 무시무시한 기세로 돌아온 대군에게 짚단처럼 허물어졌다.

그러나 젊은 공작의 측근들은 병사들의 만세 함성에 동참할 수가 없었다.

"……소피."

목이 졸린 채 성탑에 매달린 공작의 약혼녀가 그들을 맞이하고 있었기에.

전장까지 따라 나올 만큼 각별했던 연인의 시체를 공작이 직접 거둘 때, 그들은 주인의 영혼이 지옥에서도 가장 깊은 나락으로 떨어지는 것을 목격했다.

성과 성 사이의 거리는 4마일(대략 6.4km)이었다.

고작 4마일.

당시 백작의 군대는 급습한 자들의 두 배가 넘었다.

아무리 전술상으로나, 결과적으로나 백작의 판단이 맞았다 해도 그 아래 도사린 악의를 모른 척할 수가 없었다.

페트론 백작은 재도약의 기회를 차지함과 동시에 가문의 원한을 제대로 갚아 치운 것이다.

잔혹한 피의 복수였다.

원래 빼앗긴 것보다 훨씬 더 큰 것을 앗아간 짓이었다.

젊은 공작은 이후 와병을 핑계로 논공행상의 자리에 나오지 않았다. 그사이 페트론 백작과 다른 영주들은 각기 원하는 것을 받아 갔고 그렇게 2년이 흘렀다.

"그리고 이제 공작이 알게 된 거예요."

레나가 떨리는 목소리로 말을 이었다.

"페트론에게 복수할 방법을!"

백작은 왕성한 정력가답게 3남 3녀를 두었다. 그가 자식 중에서도 아름답고 영특한 막내딸 스칼렛을 가장 총애한다는 소문이 일대에 자자했다.

가문의 독자적인 향수를 개발하게끔 시킨 것도 스칼렛이었다. 하긴 아무리 부를 일구는 일환이라도 검을 휘두르는 백작의 머리에서 향수 사업이 나오기란 힘든 일이었다.

젊은 공작은 2년 동안 적의 소중한 보물이 곱게 자라길 기다렸다. 막내딸과 함께 있는 시간이 길어질수록, 백작의 사랑도 깊어지길 빌었다.

더없이 귀한 존재가 되었을 때 낚아채어 가 철저히 짓밟아 줄 셈이었다.

죽은 연인이 당했던 고통 그 이상을 맛보여 주리라!

"백작이 이토록 승승장구하게 된 배경엔 스칼렛의 머리와 어머니의 점술이 있죠. 그는 둘 다 놓을 생각이 없어요. 그래서 역으로 꾀를 쓰는 거예요. 아시겠어요? 전 죽어요. 죽을 거예요. 겨우 스무 해밖에 살지 않았는데!"

"레나."

흥분한 나머지 횡설수설하는 딸을 유벤타가 가로막았다. 그녀는 일단 딸에게 심호흡을 시킨 뒤 말을 이었다.

"요즘 내 기분이 꺼림칙하다고 말했었지. 좀처럼 드문 일이었단다. 난 미구엘과 이야기를 한 다음 점을 쳐 보았어. 우릴 위해서 점을 친 적은 정말 오랜만이었지."

유벤타의 낮고 조용한 목소리는 아이를 달래는 자장가와도 같았다. 위급한 상황에 어울리지 않는 목소리였지만 덕분에 레나의 가쁜 숨이 차츰 가라앉았다.

"너의 미래에서 화염을 보았다. 환상 속 바람결에선 피비린내가 진동했어."

유벤타는 그것 보라며 입을 열려는 딸에게 손가락을 들어 보였다. 그녀는 자신의 말이 아직 끝나지 않았음을 인지시켰다.

"흰 방패와 장미가 새겨진 감청색 깃발이 바람에 나부꼈고, 너는 그곳에 여신처럼 서 있었어."

"……그건 아미티지의 문장이에요."

유벤타의 점괘는 빗나가는 법이 없었다. 나는 거기서 죽는구나. 결국 전쟁의 불씨가 되어 공작의 성에서 불에 타 죽겠구나. 레나의 눈이 두려움으로 흐려졌다.

하지만 유벤타의 다음 말엔 기묘한 힘이 실려 있었다.

"그래, 그건 아미티지의 문장이지."

그녀가 딸을 또렷이 응시했다.

"거기서 넌 살아 있었어."

레나는 어머니가 왜 이처럼 힘을 주어 말하는지 이해가 가지 않았다. 어머니가 본 미래의 그 순간에는 살아 있을지도 모른다. 그렇지만 결국 자신을 기다리는 건 죽음이 아닐까.

다른 곳도 아닌 전쟁터다.

검을 휘두르긴커녕 방패도 제대로 못 드는 자신이 살아남을 리가 없지 않나.

그러나 유벤타는 확고했다.

"너는 거기 가서야 살아 있을 수 있었어."

"……그럼 다른 선택을 하면 죽는다는 소린가요?"

아무리 유벤타라도 딸의 죽음을 입에 담기는 싫은지 무거운 한숨을 쉬었다. 그러고는 살짝 고개를 끄덕였다.

"처음엔 나도 겁이 나서 이런저런 경우를 점쳐 봤다. 당시엔 네가 왜 아미티지 공작가에 가 있는지 알 수가 없어서 별별 경우를 짜내야 했어. 어딘가로 도망을 간다든가, 미리 결혼을 시킨다든가……. 결과는 다 같았다. 모두 검고 검은 어둠뿐이었지."

레나의 손에서 단도가 떨어졌다. 낡은 마룻바닥에 딱딱한 것이 부딪히는 소리가 퍼졌다.

대역 신부가 되라는 명령만으로도 땅이 꺼질 것 같았는데, 이젠 그렇게 해야만 자신이 살 수가 있단다.

비틀거리던 레나가 간신히 의자에 주저앉았다.

"이건 사자의 아가리에 머리를 들이미는 거나 다름없네요."

이보다 알맞은 비유가 있을까.

이야기가 끝날 때까지 슬픈 얼굴로 자리를 지키던 아버지가 나직하게 말했다.

"승리의 신은 종종 사자의 모습으로 현신하시지. 너의 사자가 그분이길 기도하자꾸나."

레나는 언제나 어머니의 신비한 능력을 믿어 왔다. 어머니의 점괘는 빗나가는 법이 없었는데, 미래를 엿볼 수 있다고 해서 함부로 능력을 남용하지 않는다는 점도 왠지 믿음이 가는 부분이었다.

영지 사람들도 의식에 임하는 집시 여인을 돌팔이 점쟁이라 얕보지 않았다. 유벤타가 점술을 행할 때의 신중하고 엄숙한 모습을 보면 누구나 숨을 죽이게 되어 있었다.

보이는 대로 말하는 것에 그치는 게 아니라 그간의 지혜를 이용해 뜻을 풀이했다.

유벤타는 레나가 자랄 동안 그런 식으로 큰 사고를 막아 왔다. 어머니가 알려주지 않은 사건은 그녀가 예견하지 못했다기보다, 당시 점을 쳐 보지 않았기 때문이라고 레나는 생각했다.

그렇게 의심 없이 믿어 왔는데.

레나의 표정이 어둡게 가라앉았다. 정신없이 집안일을 하다가도 백작의 위협만 떠올리면 기분이 바닥으로 추락했다.

그리고 어머니의 점괘도 자꾸만 곱씹게 되었다.

점괘는 틀리지 않아. 적어도 지금까지는 한 번도 그런 적이 없었잖아. 이번에도 어머니의 말이 맞을 거야.

"하아……."

깊은 한숨이 터져 나왔다.

머리로 아는 것과 막상 닥쳤을 때 상황을 받아들이는 것이 이렇게나 다를 줄이야. 늘 어머니의 점을 믿고 의지해 왔는데 이번만큼은 정말 원망스러웠다.

레나는 썩은 밧줄에라도 매달리는 심정으로 자꾸 '만약'에 대해 생각해 보게 되었다.

만약 어머니가 작지만 중요한 무언가를 놓쳤다면, 혹은 어머니도 알지 못하는 또 다른 뜻이 숨어 있다면.

계속 미련이 남았다.

하지만 두려움에 얽매여 있는 건 레나뿐인 듯, 부모님은 이미 마음의 평안을 찾은 상태였다. 이별의 날이 너무 빨리 찾아온 것에 대해선 당혹스러워했지만 그들의 흔들림은 딱 거기까지였다.

그들은 레나가 살 수 있다는 점괘에 크게 안심했다. 그 때문에 레나가 아무리 다른 방안을 제시해 보려 해도 잔잔히 웃을 뿐이었다.

당장 겁은 나겠지만 괜찮을 거다. 결국엔 괜찮아질 게야. 위로의 말을 건네며 딸의 머리를 쓰다듬었다.

"제 수양이 아직 부족한 걸까요. 결국엔 잘 풀린다고 하셔도 전 거기까지의 과정이 무서워서 견딜 수가 없는데."

아, 이제 그만.

레나는 그쯤에서 번뇌를 멈췄다. 이러다간 망상과 한숨으로 남은 시간을 보낼 판이었다. 그녀는 크게 심호흡을 하며 뺨을 두드렸다. 걱정과는 별개로, 또 다른 레나를 불러낼 시간이었다.

아버지는 레나의 머리를 물기 직전의 사자가 신이길 빌자고 하셨다. 좋은 말씀이었다. 정말 힘이 됐다. 하지만 레나는 그것보다 좀 더 확실한 방법을 알고 있었다.

사자보다 한 발 앞서 녀석의 목을 찔러 버리는 것이다.

미처 입을 다물 새가 없도록. 그래, 이왕이면 목을 통째로 잘라 내는 것도 좋겠지. 백작이 홀에 장식해 둔 징그러운 박제품처럼 말이야. 으으.

그러나 원통하게도 레나에겐 그럴 만한 힘이 없었다.

자신은 아미티지 공작처럼 전쟁의 신도 아니고, 페트론 백작처럼 부를 축적하고 있는 것도 아니었다. 쓸데없이 반반하기만 해서 버리는 패로 쓰이고 마는 집시의 딸.

그런 레나가 할 수 있는 방법이라면.

"사자를 꾀어 보는 수밖에."

대담하다면 참으로 대담한 방법이었다.

공작은 안 그래도 차가운 사람이 약혼녀를 잃으면서는 피도 눈물도 없는 냉혈한으로 바뀌었다고 알려져 있었다. 그전에도, 그 이후로도 숱한 미녀들이 연인을 자처했으나 눈길 한 번 주지 않았다.

생의 이유를 잃은 사람이 얼마나 무서울지 레나는 상상조차 할 수 없었다.

그런 사람이 복수의 칼을 꺼내 들었다니. 그건 더 생각하기 싫었다.

그래도 다른 방법이 없었다.

"살고 싶어. 정말 살고 싶어. 이대로 가만히 기다리는 건 말도 안 돼. 귀족으로 태어나지 않았다고 해서 살 권리를 고스란히 반납해야 한다는 법은 없잖아?"

어머니가 들었으면 행여 밖에서 입도 벙긋 말라 했을 위험한 사상이었다.

레나의 내면에는 두 가지가 공존했다. 어디에도 매이지 않는 집시의 영혼과 여느 귀족 자녀 못지않은 독서에서 온 지식이 바로 그것이었다.

부모님은 딸에게 지식만이 몸을 지킬 수 있는 수단이라고 가르쳤다.

덕분에 레나는 귀족 레이디 사이에서 유행하는 로맨스 소설부터 감히 여자에게 허락되지 않는 철학 사상, 윤리, 약제학, 넓게는 동방에서 건너온 지식까지 고스란히 접할 수 있었다.

나라에선 지방 귀족과 중급 신분을 위해 각 영지마다 도서관을 설립토록 권장했다. 국왕의 관심을 끌고 싶은 백작이 누구보다 호화로운 도서관을 지었음은 두말할 것 없었다.

"설마, 스칼렛인 척하고 책 빌렸던 죗값을 이렇게 치르는 건 아니겠지?"

레나는 순간 머릿속을 스친 생각에 부르르 떨었다.

안 된다. 괴이하고 허튼 망상으로 정신을 흩트려선 곤란하다. 레나야, 더 이상의 잡생각은 금지라고 했지? 그녀는 다시금 주의를 일깨웠다. 공작의 대리인 일행이 예비 신부를 맞으러 오기까지 앞으로 보름.

주어진 짧은 시간을 어떻게 쓸 것이냐가 자신의 앞날을 좌우할 터였다.

마음을 단단히 먹자 잠시 억눌러졌던 그녀의 장점이 만개하는 꽃처럼 피어났다.

부모님도 인정하고, 빵집 아저씨도 인정하고, 깐깐하기 그지없는 푸줏간 할아버지마저 인정한 레나의 장점!

기민함! 대담함! 무한의 긍정!

레나는 우선 백작이 대역 신부 준비에 손톱만큼의 노력도 할 의사가 없음을 파악했다. 하다못해 레이디로서의 예절 정도는 가르쳐 주리라 기대했는데, 그는 코웃음을 칠 뿐이었다.

그나마 해 준 거라곤 새 드레스를 두 벌 맞춰 준 것.

"두 벌이라니, 짜기도 하지."

백작이 가진 재산이 얼만데 이건 해도 해도 너무하다 싶었다. 게다가 아무리 죽으러 가는 자리라고 해도 대놓고 '실수해서 죽으렴' 하며 비는 티가 난단 말이다.

괘씸하기 짝이 없었다.

결국 레나는 드레스를 벗는 척하면서 입고 온 낡은 망토 아래로 한 벌을 감췄다. 백작의 성을 빠져나오는 발걸음이 그렇게 가벼울 수가 없었다. 레나는 망토 안에 아름다운 하늘빛 드레스를 입은 채로 홍등가의 문을 두드렸다.

소싯적 귀족 저택에서 일했다는 마담이 레나를 맞았다.

"이 드레스를 드리죠."

레나는 망토를 홱 벗어젖히며 마담에게 제안했다.

"영주님이 주신 물건이니 얼른 팔아 치우는 게 좋아요. 오늘까지 딱 두 번 입었고요. 40골드는 넉넉히 받을 거예요. 그 이하로 주겠다고 하면 가랑이를 차 버리세요."

"……개인적으로 아가씨가 거래 상품이었으면 더 흥미로웠을 텐데."

입가에 애교점을 찍은 마담이 요염하게 웃었다. 역시 온갖 사람이 드나드는 가게 주인이라 그런지 영주의 물건이라는데도 눈 하나 깜짝하지 않았다.

레나는 마담의 배짱이 마음에 들었다.

앞으로 그녀가 벌일 일은 말 그대로 엄청난 배짱을 필요로 하는 거니까.

"그래, 40골드에 상응하는 무엇을 원하나요?"

"레이디요."

열의로 가득 찬 눈이 어둑한 실내에서 반짝거렸다.

"기간은 보름. 그동안 귀족 레이디가 웃는 법, 말하는 법, 걷는 법, 먹는 법을 모조리 가르쳐 주세요. 이유는 묻지 말고."

"마지막 말은 필요 없을 뻔했네요. 우리 가게는 '질문'과 거리가 멀거든."

마담이 레나의 자질을 평가하듯 천천히 주변을 돌면서 아래위를 훑었다. 백작의 시선과는 또 다른 느낌이었다. 레나의 속치마까지 들춰 볼 기세였던 그녀는 여전히 아쉬운 입맛을 다시며 웃었다.

"보름이라고 설렁설렁 가르칠 마음은 없어요. 각오 단단히 해 두는 게 좋을 거예요, 아가씨."

그리고 마담의 으름장은 사실로 판명되었다.

속성으로 진행되는 수업 도중에 새신랑 유혹하는 법까지 얼떨결에 배운 건 예상 밖이지만.

시간은 쏜살같이 지나갔다.

레나가 형장에 끌려가기 직전의 사형수처럼 허겁지겁 마담의 가르침을 빨아들이는 동안, 때는 어느새 공작의 대리인이 당도하기 전날에 이르렀다.

부모님과 보내는 마지막 날이었다.

당연하게도, 유벤타와 미구엘은 모레 치러질 간소한 결혼식에 초대받지 못했다. 이들은 공작가에서 열릴 성대한 결혼식은 아예 입에 담지도 않았다.

아무리 대역이라고 해도 어쨌건 외동딸의 결혼식인데 두 사람이 참석할 수 없는 것은 큰 슬픔이었다.

"백작은 부케 따위에 아무런 관심도 없더라고요."

미구엘이 뒷마당에 모닥불을 피웠다. 세 사람은 포근한 모포를 두르고 불가에 모여 앉았다. 냄비 안에선 우유와 크림을 듬뿍 넣은 수프가 끓고 있었다. 익숙한 냄새가 났다.

넣은 거라곤 옥수수 두어 줌뿐이지만 레나는 자신이 오래도록 이 맛을 그리워하리란 걸 알고 있었다.

"그래서 부케는 직접 마련하기로 했어요. 모레 아침, 이슬 머금은 야생화를 꺾으려고요. 마음 같아선 클로버 화관을 쓰고 싶지만 어느 누구도 제가 그걸 쓰게 내버려 두지 않겠죠."

레나는 쉬지 않고 재잘거렸다. 잠깐이라도 공백이 생기면 눈물을 쏟을 것 같았기 때문이다.

유벤타와 미구엘은 그런 레나를 말리지 않았고, 딸이 하는 이야기를 모두 귀담아 들었다.

하지만 언젠가는 그런 순간이 찾아오기 마련이었다. 대화가 뚝 끊어지고 다들 말없이 모닥불을 바라보는 순간.

모닥불 안에서 작은 나뭇가지가 타닥타닥 타는 소리가 들렸다. 저 멀리 숲속에서 밤의 새가 울기도 했다.

고요하고 먹먹한 가운데 각자 소중한 옛 기억을 더듬고 있었다.

레나는 보름 동안 부모님과 있는 시간도 줄여 가며 마담에게 배운 모든 것들이 갑자기 허무해지는 듯한 기분을 느꼈다. 필사적으로 배우긴 했지만 왠지 공작의 앞에 서면 순식간에 들통이 날 것 같았다.

어차피 제대로 된 배움도 아니었다. 마담이 가르쳐 준 것은 그럴듯한 연기였을 뿐.

자신은 정말 옳은 선택을 한 걸까?

힘은 힘대로, 시간은 시간대로 낭비를 한 건 아닐까?

이렇게 해서 정말 살아남을 수 있단 말인가?

"저."

레나가 입을 떼었다가 도로 닫았다. 그녀는 마지막으로 부모님의 마음을 돌려 보려 했다. 분위기 때문인지, 보름간 참고 참았던 말이 갑자기 목구멍 끝까지 치밀어 올랐다.

우리, 도망가면 안 돼요?

다시 한 번만 생각해 봐 주실 수 없겠냐고 호소하고 싶었다. 하지만 부모님의 표정은 너무도 평안해서 자신의 말이 먹혀 들 것 같지 않았다.

"저기…… 제가 아직 쓸데없는 걱정을 한다고 여기실지도 모르지만요."

그래도 말은 꺼내 보자. 이 말까지 참았다가는 공작 영지로 향하는 마차에서 뛰어내릴 것만 같으니까.

"제가 잘못될 경우를 대비해 두 분만이라도 다른 곳으로 가셨으면 좋겠어요."

"레나야."

"일단 제가 내일 백작가로 들어가면 당분간 두 분에 대한 경계가 허술해질 거예요. 당장 제가 눈앞에 있으니까요."

레나가 간곡히 청했다.

"그럼 이곳을 떠나세요. 최대한 멀리요. 나중에 일이 잘 풀리고 나면 제가 나서서 두 분을 찾을 테니까……."

페트론 백작이 이들을 가만히 둘 리가 없었다. 자신이 떠나고 나면 부모님은 무사할 수 있을까.

점괘엔 자신의 미래가 나와 있었다. 그럼 부모님의 미래는? 이 생각만 하면 그녀는 가만히 있어도 속이 울렁거리는 기분이 들었다.

그러나 이번에도 돌아온 것은 조용한 거절이었다. 부모님의 굳은 의지에 레나는 입술만 달싹이다가 결국 무릎에 고개를 파묻었다.

딸의 심란함을 읽어 낸 유벤타가 문득 자리에서 일어나 집 안으로 들어갔다. 다시 돌아왔을 때 그녀의 손에는 점치는 도구가 들려 있었다.

"내 어머닌 나의 결혼식 전날 밤, 직접 만든 선물을 한 아를 주셨지. 나도 그러고 싶지만 백작이 사적인 물건을 허락하지 않았으니."

유벤타가 호리병의 뚜껑을 열었다. 향긋하면서도 톡 쏘는 듯한 냄새가 공기 중에 퍼져 나갔다. 집시의 점술은 레나가 전수받지 못한 세계였다. 레나는 어머니가 향내를 들이마시고 모닥불에 신비로운 가루를 뿌리는 모습을 지켜보았다.

"다시 한 번 네 미래를 보자꾸나."

유벤타가 기도를 하는 동안 미구엘과 레나 두 사람은 눈을 감고 있어야 했다. 향내는 짙어져 가고 불길에서 느껴지는 따뜻함은 강해졌다가 수그러들길 반복했다.

경건한 기도가 세 사람을 감쌌다.

어느 순간 유벤타가 짧게 숨을 들이켰고 완전한 침묵이 한동안 이어졌다. 레나는 어머니가 본 제 미래가 어떤 모습일지 궁금해 견딜 수가 없었다.

"눈을 뜨려무나."

레나가 눈을 떴다. 한동안 느껴졌던 신비로운 기운은 말끔하게 사라져 있었다. 모닥불도, 냄비 안의 수프도 다 평범한 모습이었다.

레나는 숨죽인 채 어머니의 말을 기다렸다.

"……놀랍구나. 바구니 속에서 울고 있는 널 거둔 날, 평범한 운명이 아닐 것을 직감하긴 했지만 왕국의 공작 부인이 될 운명이었다니."

유벤타가 레나의 출생에 대해 언급한 것은 이번이 처음이었다. 역시 난 버려진 아이였구나. 부모님이 날 거두신 거야. 평소라면 이것에 대해 좀 더 얘기했겠지만 지금 당장은 어머니의 다음 말이 궁금했다.

"네, 일단은 공작 부인이 되러 가는 길이긴 하죠?"

말끝이 질문처럼 올라간 건 썩 내키지 않기 때문이었다. 공작 부인, 될 수 있을까. 영지까지 가는 동안 무사하다면 영지에 도착한 이후로도 쭉 머리가 붙어 있는 공작 부인으로 남고 싶었다.

아니, 이건 이미 아는 일이다. 정해진 일이고.

어머니가 짧게 숨을 들이켜는 소리를 들었던 레나는 그때 그녀가 무엇을 보았는지 알고 싶었다.

"시간이 지나야 비로소 보이는 것들이 있지. 지난번에 보이지 않았던 게 오늘에서야 나타났어. 레나야, 놀랍게도 아미티지 공작이 네 운명의 짝이구나."

유벤타의 말이 제대로 들리지 않았다. 레나는 잠깐 제 귀가 잘못된 줄 알았다.

"그가 네 사람이었어."

"……그럴 리가요."

레나가 고개를 가로저었다. 도무지 믿기 힘든 말이었다.

그게 아무리 유벤타의 신통한 점괘라고 해도.

뭔가, 어머니께서 잘못 보신 거야.

"나는 똑똑히 보았어. 내일 너를 데리러 올 공작의 마차가 무지개처럼 빛나고, 아미티지의 감청색 깃발을 두른 네가 환히 웃는 모습을. 오, 그처럼 예쁜 네 모습을 본 적이 없단다."

여전히 반신반의하는 딸을 향해 유벤타가 손을 뻗었다. 그녀의 주름진 손이 딸의 고운 손을 부드럽게 두드렸다.

"비록 고난을 겪겠지만 그 길 끝에는 행복이 기다리고 있을 거란다."

레나는 얼떨떨한 얼굴로 고개를 끄덕였다. 지금으로썬 상상조차 되지 않는 미래였다. 보름간의 노력이 헛된 것만은 아니었구나, 하는 생각과 함께 어머니의 말을 믿어도 될까 하는 의구심이 들었다.

이런 적은 처음이었다.

"공작이 내…… 운명의 상대."

목소리를 내어 말해 보자 더더욱 묘한 기분이 들었다. 정말일까. 믿어도 될까. 그 대단하고 무서운 남자의 마음을 내가 사로잡을 수 있다고?

만일 그럴 수만 있다면 얼마나 좋을까.

"자, 밤이 깊었구나. 수프를 마시고 자는 게 좋겠다."

미구엘이 한결 편안해진 얼굴로 나무 그릇에 수프를 덜어 주었다. 아버지의 특제 수프를 들이켜자 따뜻한 기운이 몸속 저 아래까지 천천히 퍼져 나갔다.

그날 밤 레나는 부모님의 침대에서 잠을 청했다. 눈물이 나서 잠을 못 잘 줄 알았는데 의외로 머리를 대고 얼마 지나지 않아 잠들어 버렸다.

그리고 아직 동이 트기 전 새벽, 레나는 백작의 성으로 돌아가 드레스를 입었다.

집시의 딸 레나에서 레이디 스칼렛으로 탈바꿈하는 순간이었다.

"라몬트 경, 성이 보입니다!"

행렬의 선두에 있는 조쉬가 외쳤다. 뒤따르던 휠, 랜달, 짐머가 환호했다. 지긋지긋한 노숙도 끝이라는 소리가 터져 나왔다. 가능한 여관에 묵으려 했지만 여정이란 원래 계획대로 흘러가는 법이 아니니 이해도 갔다.

다들 공작의 기사가 된 지 갓 1년이 지난 신참이었다. 한창 공작가의 무훈과 명성에 도취되어 있을 때기도 했다.

공작의 영지 내는 너 나 할 것 없이 페트론 백작이라면 이를 가는 분위기였다. 이들은 습관처럼 함께 백작을 씹으면서도 진심으로 적이라 여기진 않는 부류였다.

이들은 아직 전쟁을 모른다.

2년 전의 전쟁이 실은 얼마나 참혹했는지도 알지 못한다. 공작과 그의 측근들처럼 가슴 깊은 데서부터 들끓는 증오 같은 건 키우지 않았다.

그래서 일부러 뽑은 것이다. 극도로 교활하다는 상대의 경계심을 풀기 위해서.

도미닉은 멀리 아른거리는 적의 심장부를 찌를 듯이 노려보았다. 비겁자의 색. 페트론 백작가의 주홍색 깃발이 성탑마다 펄럭였다.

"천사의 얼굴에 악마의 간교라……. 백작을 조종하는 것도 실은 그 막내딸이라지."

도미닉은 일행과 떨어진 채 조용히 이를 갈았다. 공작은 그의 오랜 친우이자 전장을 함께 누빈 동료, 그리고 충성의 맹세를 한 주인이었다.

그는 공작이 얼마나 약혼녀 레이디 소피를 아꼈는지 알고 있었다. 둘이 함께일 때 그들이 얼마나 행복했는지도 곁에서 보았다.

그렇기에 친우가 복수의 방법으로 이 결혼을 택했을 때, 누구보다 먼저 스칼렛의 정보를 조사했다.

어렵게 입수한 스칼렛의 초상화는 충격 그 자체였다.

닮았다.

어쩌다 분위기가 슬쩍 비슷한 것도 아니고 닮아도 너무 닮아 있었다. 같은 이목구비라도 소피는 섬세한 느낌이고, 스칼렛은 화사한 면이 강하지만 어쨌든 닮았다는 것에서부터 스칼렛은 위험인물이었다.

머리카락 색이 다르다는 건 조금의 위안도 되지 않았다.

그의 친우는 복수를 하려다가 오히려 파멸에 이를지도 모른다.

백작이 이 결혼을 받아들인 이유가 있었군. 도미닉의 잿빛 눈이 서늘하게 빛났다.

"로젠하트로 돌아가기까지 20일. 기사도 따위 집어치우고 당신의 가면을 철저히 벗겨 주지, 레이디 스칼렛."

본우드 왕국을 넘어 온 대륙에 '철의 기사'로 명성이 드높은 자, 도미닉 라몬트는 굳게 결심했다.

"내 성에 온 것을 환영하네, 라몬트 경."

"안녕하십니까, 페트론 백작."

"전장의 영웅! 본우드의 자랑! 바로 그 라몬트 경의 방문이 아닌가. 이거 참 영광이군."

"늘 느끼는 바지만 과찬에 능하십니다."

화기애애함을 가장한 인사가 오갔다. 백작은 국왕 앞에서 그러하듯 필요 이상으로 밝은 표정이었고, 도미닉은 한쪽 입꼬리를 올린 채 굳은 미소를 짓고 있었다.

더 자연스러운 얼굴을 할 수도 있지만 굳이 그러고 싶지 않다는 기색이었다. 물론 백작은 이에 토를 달지 않았다.

일행은 도미닉을 제외하고는 말에 탄 기사 넷, 마부 하나가 전부였다. 끌고 온 마차 또한 공작가의 문장이 새겨진 것이 아니라 흔해 빠진 검은 마차. 시중들 하녀는 당연히 없었다.

예비 공작 부인을 모시러 온 일행이라기엔 초라했지만 백작은 눈 하나 깜짝하지 않았다.

품격을 운운하며 자기 가문의 마차를 태워 보내겠다고 하면 뭐라 말할지도 준비해 두었는데 상대가 태연하게 나오니 도미닉의 심사가 더욱 뒤틀렸다.

그래, 이 정도는 예상했다는 거지?

"먼 길 오느라 피곤할 텐데 좀 쉬게. 목욕물을 준비해 두었네. 가벼운 식사를 방으로 올려 보내지. 대신 저녁은 함께 하세나. 마침 부엌에 훌륭한 멧돼지 고기가 들어왔다는군."

"기대되는군요."

고기 소스가 독버섯을 저며 만든 것이라 해도 놀랍지 않을 판이다. 도미닉은 네 얼간이가 실컷 떠들도록 내버려 둔 채 백작의 뒤를 따랐다.

성 내부는 몹시도 호화로웠다.

금실을 아끼지 않은 태피스트리가 벽마다 걸려 있었다. 무도회장으로 사용 가능한 홀의 창문은 모두 얼룩 하나 묻지 않은 유리였다. 조금 넓다 싶은 방의 천장에는 어김없이 화려한 샹들리에가 달려 있었다.

성안에는 쾨쾨한 냄새 대신 공작가의 향내가 은은히 감돌았다. 성이 지어진 시기를 떠올려 보면 입구에 들어서기도 전에 하수구의 악취가 풍겨야 마땅했다.

도미닉은 달갑잖은 눈으로 과시욕이 물씬 풍기는 꾸밈새를 훑어보았다.

백작은 기사와 하인들이 더러운 발로 성에 들어오면 죄다 다릴 잘라 버리겠다고 협박해 둔 모양이었다.

조금만 더 노력하면 왕궁 뺨치겠는데?

"필요한 게 있으면 주저 말고 이걸 당기게나. 모쪼록 방이 마음에 들었으면 좋겠네만."

백작은 어울리지도 않는 겸손을 떨며 직접 방을 보여 주었다. 도미닉이 혼자 머물 손님방은 술탄의 하렘과도 같았다.

번쩍이는 그릇엔 향기로운 꽃과 과일이 수북했고, 수도의 귀부인들 사이에서도 구하기가 어려운 동방의 비단을 묵직한 커튼으로 달아 놓았다.

꽃, 비단, 향수, 황금.

호화찬란한 정도가 지나치니 약간 속이 울렁거리려고 했다.

누가 봐도 딱 티가 나는 억지웃음을 지어 보인 도미닉은 188cm에 달하는 장신을 최대한 활용하여 공작 가까이 다가섰다. 도미닉보다 한 뼘 작은 백작은 어쩔 수 없이 고개를 꺾어 그를 올려다봐야 했다.

“호의에 감사드립니다.”

“하하, 호의랄 것까지 있나. 당연한 대접이지.”

“혹시 저는 이토록 아름다운 방에 갇혀 만찬 때까지 시간을 보내야 하는 겁니까?”

행동의 자유를 제약할 것이냐 묻는 소리였다. 백작은 연신 사람 좋은 웃음을 터트리며 손을 내저었다.

“그럴 리가. 부디 성을 맘껏 즐겨 주게.”

“다시 한 번 감사드리죠.”

백작이 방을 떠났다. 그리고 도미닉이 창밖을 제대로 살펴보기도 전에 뜨거운 목욕물이 들어왔다. 백작이 해 놓은 꼴을 보면 벌거벗은 어린 하녀 서넛도 함께 들어올 것 같았는데 거기까지는 자제한 듯했다.

분별 있는 판단이었다.

지금 내가 관심 있는 여자는 당신 딸뿐이니까.

백작의 말과 달리 절대 가볍지 않은 식사가 연이어 제공되었다. 그릇을 반쯤 비운 도미닉은 정신이 산만한 방을 나와 밖으로 향했다.

언제 다시 올지 모르는 페트론의 성이었다. 공작가를 밟을 준비를 하는 군대는 어디 있는 건지, 장비는 어떤 걸 쓰고 있는지 봐 둘 점이 많았다.

굳이 여기까지 오는 대리인을 자처한 이유도 정찰 때문이었다.

“그 김에 레이디와 마주치면 더없이 좋겠지만.”

도미닉은 혼잣말을 중얼거리며 아랫입술을 쓸었다.

백작 부인도 그렇고 3남 3녀에 달하는 가족들이 이제껏 코빼기도 비추지 않았다. 도미닉의 신분이 그들에 비해 낮다고 하나 지금은 아미티지 공작의 대리인으로 온 상황이었다. 온 가족이 나와 그를 맞아야 옳았다.

만찬 때서야 슬그머니 얼굴을 내밀 작정인가.

그는 성의 뒤쪽으로 돌아 걷기 시작했다. 그리고 그로부터 정확히 22분 뒤, 도미닉 라몬트의 얼굴에 달콤한 체리 파이 한 판이 날아와 정통으로 꽂혔다.

설탕 범벅이 된 체리 소스를 남긴 채 파이 시트가 바닥으로 추락했다. 시트는 깨끗하게 닦인 그의 가죽 부츠 위로 철퍽, 내려앉았다.

이건 형들의 싸움에 휘말리던 어린 시절 이후 거의 20년 만에 겪는 일이었다.

"……어떤 자식이지?"

도미닉의 판단력도 함께 바닥으로 처박혔다. 그때 2층 창문 쪽에서 '히이익' 하고 놀라는 소리가 들렸다.

"재수 없어. 밥맛이야. 으으, 어째서 이 집 남자들은 하나같이 저질인 거지!"

레나는 발을 구르며 분노를 뿜었다.

그녀는 새벽부터 줄곧 스칼렛의 방에 머물며 언제 대리인 일행이 올지 마음을 졸였다. 레나의 시중을 드는 하녀는 단 두 명. 그들은 되도록 레나와 눈을 마주치지 않았고 지시받은 일만 처리했다.

'진짜' 스칼렛은 성 안쪽의 커다란 밀실로 거처를 옮겼다고 한다. 은둔 생활에 들어간 것이다. 스칼렛이 원래 제 방으로 돌아오는 날은 레나가 죽은 다음일 터였다.

가 보진 않았지만 여긴 밀실도 꽤 살 만할 거야.

그러니까 스칼렛이 밀실 밖으로 나올 일이 일어나지 않았으면 좋겠다고, 레나는 속으로 기도했다.

그런 생각을 하며 푹신한 소파에 널브러져 있는데 노크도 없이 방문이 열렸다.

첫 번째 방문객은 백작의 장남이었다.

백작의 눈매를 닮은 장남은 예전부터 레나에게 추파를 던졌었다. 마을에 갈 때마다 열심히 난로의 재를 발랐던 때임을 떠올려 보면, 그냥 어리고 날씬한 여자애면 다 좋았던 게 아닌가 하는 생각이 들었다.

그랬던 그도 이제 두 아이의 아버지가 되었다. 하지만 레나는 방으로 들어오는 그와 눈이 마주치자마자 결혼 여부는 아무런 문제가 아님을 깨달았다.

웨이브진 머리를 등 뒤로 늘어뜨리고 아름다운 자줏빛 드레스를 입은 레나를 보는 그의 눈은 음흉함 그 자체였다.

지체할 까닭이 없었다.

레나는 산토끼처럼 잽싸게 화롯가로 달려가 달궈진 부지깽이를 집어 들었다.

"당장 나가요!"

"훗, 귀여운 발버둥을……."

부지깽이 끝이 향한 곳은 레나의 얼굴이었다.

"당신 동생이랑 닮은 이 얼굴을 망가뜨리기 전에!"

의외의 전개에 장남이 흠칫 놀랐다. 그러나 레나의 위협은 거침없었다.

"지진다? 지져 버린다? 날이면 날마다 오는 얼굴이 아니에요. 앙?"

"……자, 잠깐. 이봐."

"내 얼굴 망가지면 당신 동생이 가야 한다고요. 알고 있겠죠? 자, 왔던 길 그대로 돌아 나가 보실까!"

실랑이는 15분쯤 이어졌다. 승자는 레나였다. 하지만 실제로 뺨이 뜨거워졌기도 하고, 온몸에 진이 빠져서 이걸 두고 승리라고 해야 할지 애매했다.

문을 잠가 두는 건 소용이 없었다.

다음은 레나와 동갑인 셋째 아들의 차례였다. 장남에게 먹혀들었던 자해 위협이 놈에게는 통하지 않았다. 아마 백작가의 지능은 아래로 내려갈수록 하향 곡선을 그리다가 막내 스칼렛에 이르러 갑자기 상승해 꼭대기를 찍은 모양이었다.

그러나 누구보다도 레나의 인내심을 시험한 건 차남이었다.

그는 실제로 레나를 두 팔로 결박한 뒤 마구잡이로 혀를 들이밀었다. 키도, 체격도 압도적이라 당해 낼 수가 없었다.

레나는 제발 모두가 잠든 밤에 다시 찾아와 달라고 애원한 후에야 풀려났다. 입에 담기도 싫은 약속들을 해 준 것이다.

놈이 물러가고 서서히 머리가 식자 그제야 분노가 끓어올랐다.

"이건 내 몸이라고. 귀족이면 아무렇게나 해도 되는 줄 알아, 바보들!"

스칼렛의 방에서는 성 바깥쪽이 보이지 않았다. 대리인 일행은 오다가 호수에 빠져 죽은 게 틀림없었다.

새 소식을 알려 주는 사람은 없지, 기다리는 이는 안 오지. 레나의 호흡이 가빠지기 시작했다.

"……이대로는 못 참겠어!"

레나는 방문을 박차고 나갔다. 그녀의 손에는 아침에 안 먹고 그대로 둔 체리 파이가 들려 있었다. 한 놈만 걸리라는 심정으로 남들 눈을 피해 성을 누볐다.

복수의 기회는 파랑새처럼 날아왔다.

훤칠한 키에 남다른 체격, 흑발, 검은 가죽옷!

이 집 둘째 놈이었다. 놈은 밤까지 기다리기도 힘든지 반반한 하녀를 탐색하는 양 주위를 두리번대고 있었다.

레나가 자세를 잡았다. 이래 봬도 들판을 뛰어다니며 과녁 맞추기 연습을 한 몸이었다.

준비, 겨누고, 돌아보길 기다렸다가…… 바로 지금!

체리 파이는 멋들어지게 날아가 상대의 면상에 내다 꽂혔다. 야호! 레나는 환호성을 지르고 싶은 충동을 겨우 삼켰다.

너무 완벽한 성공이라 뒷맛이 아쉽기까지 했다.

체리 파이 대신 냄새가 더 고약한 걸로 던질 걸 그랬나?

속 시원한 기쁨은 거기까지였다. 무게를 견디지 못한 파이 시트가 상대의 가죽 부츠 위로 떨어지고, 붉은 시럽 사이로 처음 보는 얼굴이 드러났다.

상대는 음산한 목소리로 중얼거렸다.

"히이익!"

레나는 입을 틀어막은 채 창문 옆으로 몸을 숨겼다. 차남이 아닐 뿐 아니라, 처음 보는 얼굴이었다. 하인이라기엔 옷차림이 근사했고, 백작의 기사라기엔 옆에 검 한 자루 차고 있지 않았다.

누구지? 내가 무슨 짓을 한 거지?

도무지 어떻게 해야 할지 모르겠다. 레나가 알고 있는 단 한 가지는, 저 사람에게 걸리면 죽는다는 것.

이를 악물고 중얼거리는데 풍겨 나는 살기가 이만저만이 아니었다.

"도망치자."

파이를 던진 사람의 얼굴은 보지 못했을 거다. 도망치려면 지금뿐이었다. 레나는 두 손으로 얼굴을 가린 채 방으로 내달렸다. 상대 남자가 알아채고 뒤쫓아 오지 않기만을 빌 뿐이었다.

방문을 닫고 등 뒤로 문을 걸어 잠글 땐 어찌나 안도가 되던지.

그게 오늘 오후의 일이었다.

“라몬트 경, 부족한 내 여식을 소개하겠네. 이 아이가 막내딸 스칼렛일세.”

주님, 어째서.

“스칼렛, 인사드려라. 로젠하트까지 먼 길을 책임져 주실 공작 대리인, 도미닉 라몬트 경이다.”

제게 이런 시련을.

“처음 뵙겠습니다, 라몬트 경.”

레나는 무릎을 살짝 굽혀 인사함과 동시에 오른손을 도미닉의 앞으로 내밀었다. 무릎에 물이 찰 때까지 연습하라던 마담의 목소리가 귓가에 들리는 것만 같았다.

보름간의 특훈은 효과가 있었다. 입 댈 부분이 없는 고상한 몸짓에 백작의 눈 주위가 떨렸다.

무슨 생각인지 레나를 지그시 응시하던 도미닉이 이내 그녀의 손을 잡았다. 그의 입술이 레나의 손등을 가벼이 스쳤다.

“뵙게 되어 영광입니다, 레이디.”

“제가 더 영광이죠. 소문으로만 접하던 철의 기사님을 실제로 뵈었으니까요.”

"아버님을 닮아 띄워 주기에 능하시군요."

윽, 빈말이라도 백작과 닮았다고 하지 않았으면. 레나는 울상 짓고 싶은 것을 참고 애써 미소를 지어 보였다. 도미닉이 알 수 없는 표정으로 그녀를 마주 보았다.

'뚫어질 듯한' 시선이란 게 뭔지, 레나는 오늘에야 비로소 알게 되었다. 노려보고 있는 게 아닌데도 도미닉의 눈빛은 레나를 산 채로 집어삼킬 것 같았다.

왠지 실내가 더워지는 기분이야.

자연스럽게 눈을 피할까 고민할 무렵, 백작이 만찬의 시작을 알렸다. 깨끗하게 차려입은 하인들이 식전주와 전채 요리를 가져왔다. 레나는 의자 옆에 서 있던 하인의 도움을 받아 자리에 앉았다.

레이디는 고쳐 앉지 않는다.

레이디는 한 번에 우아하게 앉는다.

마담의 목소리는 여전히 레나 곁에 있었다. 다행히도 드레스를 밟고 엎어지거나 뭉친 그대로 깔고 앉지 않았다.

레나는 한숨 대신 식전주를 들이켰다. 한 번도 맛본 적 없는 달콤한 액체가 목을 타고 넘어갔다.

놀란 티를 내선 안 돼. 세상에 이렇게 맛난 술이 있냐는 듯 벌컥벌컥 마셔선 안 된다고. 레나는 간신히 술잔을 식탁에 내려놓았다.

전채는 곱게 다진 호박 위에 짭조름한 햄과 치즈를 올리고 체리 퓌레를 끼얹은 요리였다.

체리. 이놈의 망할 체리가 왜 또 여기에 있지?

도둑이 제 발 저린다고 레나의 오른쪽 뺨이 따가웠다. 도미닉은 백작과 이야기를 나누면서도 그녀를 쳐다보는 것을 게을리하지 않았다.

이름조차 소개받지 못한 네 명의 기사들은 도미닉을 따라온 이들인 듯 보였다.

귀족과 한 테이블을 쓸 줄은 몰랐던 것 같았다. 한입에 삼켜도 될 만큼 앙증맞은 전채를 두고 포크를 써야 되는지 스푼으로 떠먹어야 하는지 혼란스러워했으니까.

얼마 전까지만 해도 레나 또한 저들과 같았다. 여유를 부려서 되는 자리가 아닌데도 기사들에게 뭔가 도움을 주고 싶었다.

솔직한 속마음을 말하자면 도미닉 라몬트가 아닌 다른 대상에 관심을 쏟고 싶었다.

그만 좀 쳐다봐요, 진짜. 고개를 들 수가 없잖아.

레나는 가장 가까이 앉은 기사의 눈길을 어렵게 끈 다음, 보란 듯이 햄과 치즈를 잘라 다진 호박과 함께 떠먹었다.

참고가 되었으면 하는 마음에 천천히, 정확하게 해 보였는데 기사의 입이 떡 벌어진 걸로 보아 별 도움이 안 된 것 같았다. 하긴 보통 사람 입장에선 쓸데없이 복잡한 매너긴 했다.

반면 도미닉은 나무랄 데 없는 매너로 그릇을 비웠다.

도미닉 라몬트.

본우드 땅을 딛고 살아가는 사람으로서 어떻게 그 이름을 모를 수가 있을까. 레나는 할 수만 있다면 시간을 돌려 파이를 던지기 전으로 돌아가고 싶었다.

어머니, 제가 철의 기사에게 끔찍한 짓을 저질렀어요.

16세에 처음으로 출정해 27세가 된 지금, 공작의 든든한 오른팔이 된 그는 뭇 기사들의 영웅이었다. 레나에겐 공작만큼이나 멀고 먼 존재였다.

"다른 자제분들을 뵐 수 있을 거라 기대했는데 조촐한 자리가 되었군요."

도미닉이 그릇을 물리며 백작에게 말했다. 도미닉 쪽 사람들이 모두 초대받은 것과 달리 백작가에선 레나와 페트론 백작밖에 식사에 참여하지 않았다.

레나는 수프 그릇을 받으면서 속으로 대신 대답했다.

입이 많으면 통제가 어려운 법이거든요. 게다가 바보들의 입이라서.

"아내는 조금 피곤하다며 양해를 구했네. 다른 애들은 안채에서 먼저 먹었지. 그래도 스칼렛은 함께하는 게 예의일 것 같아서 나오라고 했네."

백작이 레나를 쳐다보며 대답을 요구했다.

"그렇지, 스칼렛?"

"네, 아버지."

"오늘 요리는 입에 맞는지 모르겠구나. 통 입맛이 없다고 했잖느냐."

이제 본격적으로 먹으려는데 이게 무슨 날벼락이람. 하지만 일단은 백작의 말에 맞춰 줘야 했다. 그의 심기를 건드렸다간 무슨 심술을 부릴지 모르니까.

"네, 다행히 점점 입맛이 돌아오는 것 같아요."

"무리해서 들 필요는 없다."

"네, 아버지."

"대답할 땐 날 보고 해야지?"

당신을 보면 입맛이 달아날 것 같아. 레나는 겨우 백작과 시선을 맞춰 돈독한 부녀지간이 나눔 직한 미소를 꾸며 냈다.

"두 분 사이가 각별하다고 들었습니다. 한데 그런 것치고는 분위기가 딱딱하네요."

도미닉이 흥미로운 표정으로 레나를 쳐다보았다.

"레이디 스칼렛은 원래 조용한 성격이신지?"

레나는 백작을 슬쩍 쳐다보았다.

"스칼렛은 우리 가족 중에 제일 얌전한 아이지."

"제가 들은 것과는 좀 다르군요."

도미닉은 쉬지 않고 질문을 퍼부었다. 워낙 교묘하게 돌려 말해서 어떤 게 질문이고 어디까지가 혼잣말인지 정신을 차릴 수가 없었다. 절반은 백작이 대신 답한던 것 같았다.

긴장이 계속 이어지니 레나는 짜증마저 나려 했다.

대체 저 남자는 나에 대해 궁금한 게 왜 저렇게 많은 걸까?

"라몬트 경은 원래 이처럼 사교적이신가요?"

너 말 굉장히 많다, 는 것을 극도로 예의 바르게 꾸미면 이런 문장이 된다.

처음으로 레나가 먼저 질문을 하자 도미닉의 입가에 만족스런 웃음이 번져 나갔다. 마치 이 순간만을 기다려 온 듯한 표정이 의심스러웠다.

"필요할 땐 사교적이 되죠."

"지금이 그때인가요? 제게 궁금한 점이 많아 보이셔서요."

"앞으로 제가 모실 레이디니까요. 사소한 것 하나까지 기억해 두려 합니다."

아니, 그러지 마요. 레나는 속으로 고개를 가로저었다.

"그래도 저한테만 질문이 몰리는 것 같아요. 다른 건 궁금하지 않으세요? 가령……."

"아."

도미닉이 와인을 마신 뒤 잔을 내려놓으며 말했다.

"일깨워 주신 김에 묻죠. 아까 전부터 궁금했던 건데."

"네."

뭐지. 이 뒷골이 싸한 예감은. 레나는 갑자기 목이 타는 것을 느끼며 물 잔을 집어 들었다. 차갑고 맑은 물 한 모금이 레나의 안을 채웠다.

"혹시 디저트는 체리 파인가요?"

"풉!"

식탁에 물을 뿜지 않기 위해 억지로 삼켰더니 그대로 사레가 걸렸다. 레나는 기침을 하고 또 했다. 숨이 넘어갈 지경이었다. 백작조차 레나가 왜 이러는지 당황한 눈치였다.

레나는 이후로도 냅킨에 얼굴을 파묻고 격렬히 기침을 해야 했다.

맞은편에 앉은 도미닉이 씩 웃으며 입가를 닦았다. 아무도 이유를 몰랐지만, 그는 이미 훌륭한 디저트를 끝낸 표정이었다.

다음 날 정오.

성 내부의 작은 예배당에서 대리 결혼식이 진행되었다. 신랑 측 하객 네 명, 신부 측 하객 여섯 명. 3남 2녀에 백작 부부까지 총 일곱 명이 참석해야 하는데 왜 한 자리가 비느냐 묻는다면 레나는 길 잃은 체리 파이가 제 주인을 찾아갔다고 답하리라.

페트론가의 차남은 부주의하게 방문을 열어젖힌 대가를 치르는 중이었다. 방문에 설치된 단순하면서도 효과적인 장치가 레나 대신 그를 맞이했다.

억 소리도 내지 못하고 사타구니를 부여잡은 채 바닥에 쓰러졌으니 적어도 닷새는 침대 밖을 벗어나지 못할 터.

이래서 부모님이 지식으로 몸을 지킬 수 있다고 하셨구나. 그간의 독서는 헛수고가 아니었다. 덕분에 레나는 조금이나마 평온한 상태에서 결혼식을 치를 수 있었다.

그럴 수 있을 거라 믿었다.

식장에 들어서기 전까지는.

꽃과 흰 레이스로 간소하게 꾸며진 식장에 들어서자 감청색 예복을 입은 도미닉이 눈에 들어왔다. 어제의 검은 가죽옷과는 다른 느낌이었다.

레나는 저도 모르게 숨을 멈췄다.

만찬 때엔 정신이 없어서 그를 제대로 보지 못했었다. 인사를 할 때 느꼈던 것 하나. 키가 크다는 것. 식탁에서 느꼈던 것 또 하나. 눈빛이 강렬하다는 것.

그 외엔 아무것도 기억에 남지 않았는데 오늘 사제 앞에서 그녀를 기다리는 도미닉의 모습은 그야말로 인상적이었다.

검은 머리카락을 쓸어 올려 이마를 드러내자 일부 귀족에게서나 느낄 수 있는 냉엄한 분위기가 흘러나왔다. 짙은 눈썹 아래엔 잿빛 눈동자가 물처럼 고여 있었다. 예의상 입가에 띤 미소가 날카로운 눈매까지 번지는 것을, 레나는 아직 한 번도 보지 못했다.

각진 어깨에서부터 등을 따라 날렵하게 떨어지는 예복 상의는 도미닉에게 꼭 맞았다. 저게 기사의 몸이구나, 하는 생각이 들었다. 아버지나 이 집 남자들의 몸과는 많이 달랐다.

결국 시선이 흰 바지를 팽팽하게 늘리고 있는 허벅지에 이르자 레나의 뺨이 붉게 물들었다.

그만 봐, 레나. 도미닉은 진짜 신랑도 아니잖아.

스스로를 다그쳐 보지만 한 번 두근거리기 시작한 가슴은 좀처럼 진정되지를 않았다.

멀리 영지까지 이동해야 하는 까닭에 종종 대리인을 세우는 귀족들과 달리 레나 같은 평범한 사람들에게 있어 결혼은 평생에 한 번뿐이었다.

그래서 더욱 긴장이 되는 걸지도 모른다.

도미닉 라몬트의 얼굴을 힐끔 보기만 해도 부끄러워지는 이유는 아마 그 때문일 거다.

레나는 백작의 손을 잡은 채 짧은 꽃길을 걸었다. 이윽고 백작이 도미닉에게 그녀의 손을 넘겨주었다. 어제에 이어 두 번째로 잡힌 손은 따스했다.

그 따스함만큼이나 레나의 두근거림도 강해졌다.

"많이 긴장되시나 봅니다."

예식이 진행되는 동안은 손을 놓아야 한다. 그녀의 손을 놓기 전, 도미닉이 낮은 목소리로 말했다. 아마 레나의 떨림을 감지한 모양이었다.

"결혼식은 처음이어서요."

방금 쿡, 하고 웃은 건가?

"이거 놀랍군요. 아, 기분이 상했다면 죄송합니다. 사실이긴 하지만…… 전혀 예상치 못한 대답이라."

저렇게 연달아 쿡쿡 웃을 만큼 바보 같은 대답이었나. 레나는 면사포 아래서 입술을 살짝 오므렸다.

"저에 비해 라몬트 경은 굉장히 여유로워 보이시네요."

사제가 축문을 낭독하기 시작했는데 어찌 된 일인지 신랑 신부는 여전히 수다 삼매경이었다. 도미닉이 태연하게 대답했다.

"이게 열두 번째 결혼이거든요."

"……정말요?"

유부남이었어? 레나는 저도 모르게 목소리를 높였다. 모두의 시선이 신부에게로 모여들었다. 뒤늦게 자신의 실수를 깨

닫고 혀를 깨물었지만 이미 벌어진 일.

사제는 애써 헛기침으로 상황을 무마해 보려 하고, 뒤쪽 하객석에서는 수군대는 소리가 났다. 도미닉만 몸을 떨며 웃고 있었다.

레나는 그제야 도미닉이 농담을 했음을 깨달았다.

하긴 애 딸린 유부남을 신랑 대리인으로 세웠을 리 없었다.

레나는 제 얼굴을 가려 주는 면사포에 감사했다.

면사포가 아니었으면 도미닉을 노려보는 흉악한 얼굴이 결국 사제를 식겁하게 만들었을 테니까 말이다.

"신의 거룩한 인도에 따라 오늘 여기 축복 어린 장소에 모였으니……."

예상 밖의 방해에도 불구하고 사제는 꿋꿋이 예식을 진행해 갔다. 어느덧 결혼식은 막바지에 이르러 신랑의 서약 순서가 되었다.

"로젠하트의 영주이자 아미티지 가문의 11대 공작, 줄리어스 오셰어 케일런 아미티지는 홀든의 영주이자 페트론 백작의 3녀, 스칼렛 프레이야 페트론을 신부로 맞이하여 기쁠 때나 괴로울 때나 온 마음을 다해 평생을 함께하겠는가?"

사제의 질문이 끝나자 잠깐의 간격을 두고 도미닉이 대답했다.

"예."

아주 찰나였지만 그는 대답을 주저했다. 딴 사람은 몰라도 도미닉의 바로 옆에 서 있는 레나는 그의 망설임을 느낄 수 있었다.

아까만 해도 농담을 하며 레나를 놀렸던 것과 달리 도미닉은 그 짧은 대답을 하기가 꺼림칙한 것 같았다. 하지만 결국 어쩔 수 없다는 듯 내뱉었다.

혹시 그는 이 결혼이 달갑지 않은 걸까?

더 생각할 여유는 없었다. 다음은 신부가 서약할 차례였다.

"……줄리어스 오셰어 케일런 아미티지를 신랑으로 맞이하여 기쁠 때나 괴로울 때나 온 마음을 다해 평생을 함께하겠는가?"

남의 신분으로 위장하여 치르는 결혼식. 그러나 어머니는 공작이 레나의 짝이라고 말했다. 시작이 남다를 뿐이지 결국 행복한 결말을 맞이할 거라고.

줄리어스 오셰어 케일런 아미티지.

레나는 속으로 남편의 풀네임을 되풀이해 보았다.

제발 그의 사랑을 받을 수 있기를. 아버지가 어머니에게 그러하듯 존중과 애정을 아낌없이 받을 수 있기를.

레나는 간절히 기도했다.

"뭔가 마음에 걸리는 게 있나 보군요?"

도미닉이 예의 낮은 목소리로 말을 걸었다. 이런, 자신의 침묵이 너무 길어진 모양이었다. 그녀는 반박의 뜻을 담아 가볍게 코웃음을 쳐 준 뒤 목소리를 내어 답했다.

"네."

사제가 자연스러움을 가장하며 이마의 땀을 닦았다. 대답이 떨어진 시기가 아슬아슬했던 것 같다.

"신랑 신부는 몸을 돌려 마주 보도록 합니다. 신랑은 신부의 면사포를 걷은 뒤 결혼반지를 끼워 주십시오."

잠자리 날개처럼 얇고 투명한 면사포가 도미닉의 손에 의해 걷어졌다. 가까이서 마주 본 그는 심장이 저릿할 만큼 매력적이었다. 기사의 정도(正道)라고 할 수 있는 외모에 오만하면서도 반항적인 분위기라니.

레나의 가슴이 또다시 두방망이질 치기 시작했다.

귀족들은 어째서 대리인을 보내는 거지? 성스러운 결혼식 면사포를 왜 다른 사람 손에 의해 걷게 만드는 거야?

만약 신부와 대리인이 손잡고 도망치는 일이 일어나면 어쩌려고.

자, 잠깐. 내가 방금 무슨 생각을?

"아직 결혼반지를 끼기 전입니다. 지금이라도 늦지 않았죠."

도미닉이 레나의 왼손을 가져가며 말했다.

"결혼, 거절해도 됩니다. 레이디 스칼렛."

이 남자는 또 무슨 소릴 하는 거고? 레나는 도미닉의 말이 진심인가 싶어 그를 빤히 보았다.

엄지손톱만 한 사파이어 테두리를 자잘한 다이아몬드가 감싸고 있는 화려한 반지가 레이스 장갑 위로 끼워졌다. 레나는 하녀가 넘겨준 반지를 받았다. 자신의 것과 같은 백금에 반지 크기를 넘지 않는 사파이어가 박힌 물건이었다. 단순하면서도 우아했다.

사제의 지시에 따라 도미닉의 왼손에 반지를 끼워 주었다.

"반지를 꼈지만 여전히 거절은 해도 되고요."

도미닉이 다시 진의를 알 수 없는 말을 속삭였다.

"어쨌든 이 나라는 결혼에 있어 레이디의 의사를 딱 한 번 존중하니까요. 아직 레이디는 그 효력을 발동하지 않았습니다."

"……제게 파혼을 권하시는 저의가 뭐죠?"

"그렇게 적극적으로 '권하지는' 않았습니다만."

레나는 도미닉을 똑바로 쳐다보았다. 혹시 이 남자는 자기가 파혼을 적극적으로 권한 게 아니라 '넌지시' 흘린 것에 불과하다고 말하고 싶은 건가.

어느 쪽이든 레나의 머리로는 이해할 수가 없었다.

젊은 공작은 복수를 위해 페트론의 딸을 요구했다. 공작의 친우로 소문난 도미닉이라면 이에 반대할 이유가 없었다.

전 약혼녀의 참혹한 시신을 거두는 자리에 도미닉도 함께 했을 것이다. 비탄과 분노에 이를 갈았을 터. 스칼렛이 자기들 영역에 들어오기만을 고대하고 있을 사람이었다.

한데 파혼 권유라니?

레나는 열심히 머리를 굴렸다. 이제는 '이혼'이란 단어를 써야 맞겠지만 어찌 되었건 도미닉의 언행은 수상했다.

그렇다면 답은 하나다. 그가 이렇게 구는 이유.

이건 함정이야.

"반지를 끼워 주며 서로의 운명을 묶는 절차가 끝났습니다. 이제 신랑은 신부의 입술에 신성한 서약의 키스를 하십시오."

레나의 눈매가 새치름해졌다. 그는 신부를 충동질하여 벌써부터 흠집을 잡아내려는 거다.

원하는 대로 움직일 줄 알고? 흥, 이 결혼은 무조건! 무사히! 성사시켜야 한다고요. 내 목숨과 부모님의 안녕이 달려 있으니까!

"말이 정말 많으시네요, 라몬트 경. 어서 키스나 하지 그래요?"

도미닉의 한쪽 눈썹이 위로 치켜 올라갔다. 이유는 모르겠지만 그 모습을 본 레나는 자신이 마지막 기회를 차 버렸다는 기분을 지울 수가 없었다.

"……원하시는 게 그거라면."

어쩐지 으르렁대는 듯한 목소리였다.

그가 고개를 숙이자 레나는 살며시 눈을 감았다. 어젯밤 손등에 인사를 받았던 것처럼 입술 근처에 가벼운 키스를 받을 줄 알았다.

그러나 도미닉은 곧장 레나의 입술을 향해 다가왔다.

"……읏."

먼저 부드러운 윗입술이 그에게 삼켜졌다. 도미닉은 레나의 입술이 달콤한 버터케이크라도 되는 것처럼 빨아 먹었다. 말랑한 윗입술을 잘근잘근 씹다가 혀를 넣어 입술 안쪽을 따라 더듬기도 했다.

혀를 쓰다니!

레나가 충격에 얼어붙은 동안에도 그는 키스를 멈추지 않았다. 윗입술을 녹인 다음은 도톰한 아래를 맛볼 차례였다.

도미닉의 커다란 손이 레나의 허리를 감더니 제게로 끌어당겼다. 신부의 나긋한 허리가 휙 끌려갔다.

그는 고개를 틀어 본격적으로 혀를 쓰기 시작했다. 레나는 완전히 그에게 지배당한 채 당혹스러운 쾌감을 받아 내야 했다.

곧 두 다리로 버티고 서 있기가 힘들어졌다.

그는 야하게, 아주 야하게 혀를 비볐다가 이 자리에서 레나의 신음 소릴 듣고 말겠다는 듯 간지러운 숨결을 흘려 넣었다.

소름이 돋을 만큼 오싹한 기분이었다.

"흐읏……."

제발 그만두라고 소리치기 직전에야 도미닉은 키스를 멈추었다. 그는 입술을 떼고 나서도 몇 초간 레나의 입술 위에 머무르며 숨을 골랐다.

촉촉함과 열기가 두 사람 사이에 남아 있었다.

레나는 겨우 눈을 떴다. 커다란 초록빛 눈동자가 흐릿해진 것을 본 도미닉이 보복에 성공한 자의 얼굴을 하고 멀어졌다.

현실로 돌아오기에는 다소간의 시간이 필요했다.

"크흠, 흠, 흐음. 이로써 서약의 키스가 끝났습니다."

사제가 거듭 목소릴 가다듬었다. 그는 이제 이마의 땀을 닦으려는 시도조차 하지 않았다. 돌발 상황이 너무 잦은 예식은 어서 끝내 버리는 게 좋다고 마음먹은 듯했다.

사제는 아까보다 현저히 빨라진 속도로 두 사람의 맺어짐을 선언했다.

"두 사람이 완전한 하나가 되었음을 공표하는 바입니다. 바라건대 신의 축복이 언제나 함께하기를."

"축복이 함께하기를."

식장 안의 모든 사람들이 입을 모아 따라했다.

끝났구나.

그렇지만 레나는 식이 무사히 끝난 데에서 오는 기쁨을 누릴 수가 없었다.

방금 전 키스의 여파가 하객들에게도 강렬하게 남아 있음이 느껴졌다.

몸을 돌려 하객들에게 인사를 할 때, 그녀는 애매하게 허공을 응시했다. 어느 누구와도 눈을 맞출 용기가 나지 않았다.

도미닉의 팔짱을 낀 레나는 꽃길을 걸었다. 사제의 박수 소리가 가장 우렁찼다. 꽃길의 끝에 다다르자 예배당 문이 활짝 열렸다.

눈부신 햇살이 그들의 머리 위로 쏟아졌다.

윤이 나는 대리석 바닥과 저 끝까지 펼쳐진 푸른 잔디, 화창한 가을 하늘, 면사포를 살랑이게 하는 선선한 바람까지, 모든 게 아름다운 풍경이었다.

공작 영지에서 치러질 결혼식이 얼마나 성대할지와 상관없이, 레나에겐 오늘 이 결혼식이 진짜처럼 느껴지는 순간이었다.

너무 뜨거웠던 키스만 제외한다면.

"……어떻게 그럴 수 있죠?"

하객들이 사제에게 감사를 표하는 잠깐의 틈에, 레나는 도미닉을 쏘아보며 말했다.

"당신은 대리인일 뿐이라고요. 가, 감히 서약의 키스를 그렇게 으, 음란하게!"

레나의 첫 키스가 그렇게 날아갔다. 정확히 표현하자면 '날아갔다' 기보다 '집어삼켜졌다' 가 맞겠다. 그것도 신랑이 아닌, 신랑의 대리인에게 당했다!

하지만 도미닉은 무엇을 잘못했는지 모르겠다는 표정으로 대꾸했다.

"……음란함이 뭔지 이미 알고 계시나 봅니다, 레이디?"

심지어 눈 하나 꿈쩍하지 않은 채로.

내가 경고했잖아, 하는 말투로.

그는 레나를 내리깐 눈으로 보았다. 발뒤꿈치를 들어 봤자 그의 어깨에도 닿지 않는 레나를 더욱 작고 하찮게 만드는 눈빛이었다.

레나의 눈이 서서히 경악으로 물들었다. 아무 말이든 쏘아붙여 줘야 하는데 목소리가 나오질 않았다.

이, 이, 이 남자가 지금.

"하하, 라몬트 경. 수고가 많았네."

뒤에서 백작의 목소리가 들렸다. 레나는 복수의 기회를 다음으로 미루며 고개를 돌렸다.

하녀가 그녀에게 다가와 방으로 안내해 주겠다고 하였다. 드레스를 갈아입고 요기를 한 뒤 즉시 공작 영지로 떠날 예정이었다.

레나는 백작에게 인사를 하는 둥 마는 둥 하고 얼른 자리를 떠났다.

근데 왜 내가 도망치듯 피해야 하는 거지?

chapter
2

공격과 방어 사이

백작의 성을 떠난 지 사흘째 되는 날이었다.

평온하다 못해 지루한 분위기였다. 도미닉은 자신의 말과 마차의 속도를 나란히 맞춘 채 창문을 힐끗 보았다. 아까 전까지 독서에 빠져 있던 스칼렛은 눈을 쉬기로 했는지 바깥 풍경을 보고 있었다.

리본 밖으로 빠져나온 잔머리가 바람에 흩날렸다. 턱을 괴고 바깥 구경을 하는 모습은 순진한 시골 소녀를 떠올리게 했다.

그게 문제였다.

도미닉의 얼굴이 차갑게 굳었다.

언제까지 사랑스럽고 천진한 귀족 레이디 연기를 할 거지, 스칼렛? 호화롭고 안락한 집을 떠난 지 벌써 사흘째라고. 이제 슬슬 성격을 드러낼 때도 되지 않았나?

스칼렛의 모든 행보가 도미닉의 예상을 벗어났다. 아무것도 모르는 네 얼간이는 이렇게 속 썩이지 않는 레이디는 처음 본다며 흡족해했다.

사실이었다.

훨씬 좋은 외관의 고급 여관이 있는데도 공작가의 검소한 가풍을 운운하며 평범한 여관으로 마차를 돌렸을 때, 스칼렛은 라몬트 경 좋을 대로 하시라며 선선히 고개를 끄덕였다.

여관 주인을 시켜서 뜨거운 물이 떨어졌다고 말하게 했을 때도 괜찮다면서 냉수를 받았다.

주면 주는 대로 먹고, 없으면 없는 대로 버텼다.

그렇게 행동하는 스칼렛은 정말 아무렇지 않은 얼굴이었다. 예상보다 독했다. 역시, 만만한 상대가 아니었다.

"배고프진 않으십니까, 레이디?"

여자들에게 제법 인기가 많다고 자부하는 휠이 마차 옆으로 오더니 스칼렛에게 말을 걸었다. 싱긋거리는 얼굴이 왠지 도미닉의 심기를 건드렸다.

"여관에서 아침이 부족할 줄 누가 알았겠습니까. 거기다 점심은 빵과 홍차로 때우셨으니."

"괜찮아요, 휠. 드레스 맵시를 위해 체중 조절하는 셈 치죠."

스칼렛이 명랑하게 대꾸했다. 휠은 말도 안 되는 소릴 들었다는 듯 과장되게 고개를 내저었다.

"거기서 더 뺄 살이 어디 있다고요. 지금도 로젠하트의 바람에 날아갈 만큼 가냘프십니다."

얼씨구.

"로젠하트는 바람이 많이 부나요?"

스칼렛이 눈을 동그랗게 뜨고 물었다. 이제껏 백작 영지를 벗어나 본 적이 없다고 했으니 이번이 그녀의 첫 여행인 셈이었다. 휠이 입술을 늘려 웃으며 대답했다.

"밤낮으로 산들바람이 솔솔 불지요."

"어머."

스칼렛이 마주 웃음을 터뜨렸다. 맑은 웃음소리가 퍼져 나갔다. 시골길의 지루함을 날리는 소리에 나머지 기사들의 얼굴도 밝아졌다.

그러라고 데려온 거긴 하지만, 다들 기강이 헤벌레 풀어진 게 도저히 못 봐 주겠군.

도미닉의 턱에 힘이 들어갔다. 꾸며 낸 천진함으로 벌써부터 제 사람을 포섭하려는 스칼렛이 마음에 들지 않았다.

그는 좀 더, 교활한 계략을 예상했었다.

어린 나이, 눈부신 미모, 원하는 바를 위해서 수단을 가리지 않는 요부를 상상하며 그에 맞설 계획을 안배했다.

하지만 백작의 성에서 만난 스칼렛은 예상과는 전혀 다른 인물이었다.

열 살짜리 남자애처럼 그의 얼굴에 파이를 투척하고 달아나질 않나, 예법을 몰라 난감해하는 네 얼간이를 위해 포크와 나이프 쓰는 법을 보여 주질 않나. 그러다가 도미닉의 일격에 격렬히 기침하는 허술함을 보이기도 했다.

아직 호화찬란한 성을 떠나지 않아서 여유가 있는 걸지도 모른다고 생각했다. 그래서 도미닉은 성을 떠나는 순간만을 기다렸다. 길 위에서의 생활은 결코 쉽지 않으리라 벼르면서.

그리고 그사이, 스칼렛과의 키스에 자제력을 잃었지.

그때만 떠올리면 스스로에게 화가 나고 어이가 없어서 헛웃음이 날 지경이었다. 목숨과 체면을 보전할 기회를 주었는데도 입술을 삐죽거리며 키스나 하라는 도발을 봐줄 수가 없었다. 이전의 귀여운 모습도 새하얗게 지워졌다.

순간 화가 머리끝까지 치밀어 올랐고, 페트론가가 보는 앞에서 그들 모두를 모욕해 보이고 싶었다.

그런데 그 입술이 그토록 달콤할 줄이야.

스칼렛이 들고 있던 부케가 두 사람 사이에서 짓눌리면서 야생화의 향기가 피어올랐다. 부드럽고 말캉한 입술에선 크림 맛이 났다. 응징으로 시작한 키스가 점점 짙어져 그의 몸에도 열기를 불러일으켰다.

몽롱해진 스칼렛의 얼굴, 두 볼의 홍조, 더운 숨결.

숨이 멎도록 매혹적이었다.

찰나의 순간이긴 했지만 도미닉 라몬트는 그렇게 원수의 딸에게 흔들렸다. 그녀는 원수의 딸일 뿐만 아니라 친우의 신부이기도 했다.

그가 지켜 온 모든 신념에 어긋나는 일이었다.

"……도대체 어디까지가 연기고 어디까지가 진짜인 거지?"

도미닉은 여전히 휠과 웃고 떠드는 스칼렛을 노려보며 나직하게 중얼거렸다.

인정할 수 없는 자신의 감정은 차치해 두고서라도 막내딸을 대하는 백작의 태도 또한 의심스러웠다.

그가 듣기로 백작은 막내딸의 요구라면 무조건 들어준다고 했다. 후계자는 장남이지만, 그 집의 실질적인 지배자는 스칼렛이었다.

그런데 자신이 본 부녀지간은 듣던 대로가 아니었다.

둘 사이엔 도미닉이 감지해 낼 정도의 어색함이 흘렀다. 게다가 스칼렛을 대하는 집안 식구 분위기가 전체적으로 좀.

"부엌데기랄까."

아들들은 이상한 눈으로 누이동생을 쳐다보고, 언니들은

불편한 기색을 보였다. 성에 머문 시간이 짧았기에 구체적인 이유까지는 파악할 수 없었다.

“아버지 사랑을 독차지한 막내에게 심술을 부린다고 하기엔 또 이상하고.”

도미닉이 개운치 않은 뒷맛을 삼켰다.

의혹은, 어제 아침에 몰래 열어 본 스칼렛의 짐 가방에서 최고치를 찍었다. 애초에 그가 작정한 대로 정결한 기사도와 신사로서의 양심을 진흙탕에 처박은 다음 행한 일이었다.

로젠하트까지 빨리 달리면 20일.

필요한 물품은 공작가에서 마련해 주겠다고 했지만 모두들 스칼렛이 마차에 다 싣지도 못할 짐 가방을 고집하리라 예상했다.

레이디들은 하루에도 몇 번씩 옷을 갈아입는다. 모자, 장신구, 속옷, 잠옷도 따로 필요하다.

지금 스칼렛 옆에서 정신을 못 차리고 있는 휠은 그녀가 최소 스무 벌의 옷을 가져올 거라고 장담했다.

도미닉은 마차의 협소함을 핑계로 들면서 가장 작은 가방 하나만을 허락하리라 별렀었다. 그는 스칼렛이 열두 명의 시녀와 하인도 함께 데려가야 한다고 떼를 쓰길 바랐다. 강아지와 고양이와 새장 속의 카나리아도 꼭 가져가고 싶다고 소릴 질렀다면 얼마나 통쾌했을까.

하지만 스칼렛의 짐 가방은 원래부터 하나뿐이었다.

그 안에는 지금 입고 있는 것보다 더 단순한 드레스 두 벌과 차마 뒤져 볼 수 없는 속옷 꾸러미, 허브 향이 나는 크림 한 통, 빗과 거울, 세면도구, 책 세 권이 들어 있었다.

이게 전부인가?

혹시 뒤져 볼 것을 예상하고 꾸린 가방일까?

시골 아낙의 여행 가방도 이보다는 단출하지 않을 터였다. 그때 마침 도미닉의 눈에 들어온 작은 주머니가 있었다.

독(毒).

가장 먼저 머릿속을 스친 가능성은 무색무취의 맹독이었다.

죽은 약혼녀를 빼닮은 원수의 딸과 독약은 얼마나 잘 어울리는 조합이란 말인가. 그러나 이번에도 도미닉의 기대는 산산이 부서졌다.

가죽 주머니 안에는 짤랑이는 동전 두 줌이 들어 있었다.

"……장난해, 지금? 페트론가가 딸에게 금화도 아닌 동전을 줬다고?"

절대 곧이곧대로 믿을 수 없는 현실이었다.

아무래도 안 되겠군. 스칼렛이 우리 예상과 다른 노선을 택한 모양이니, 이쪽도 강도를 올려야겠어.

“꺄! 그게 정말이에요? 눈 가리고 과녁을 맞힐 수 있다고요?”

“제가 그 실력으로 공작님의 기사단에 들어갔다는 것 아닙니까.”

휠은 이제 흥이 올라서 되는 대로 지껄이는 중이었다. 듣고만 있을 순 없었는지 뒤쪽에서 말을 몰던 짐머마저 허풍에 동참하려는 기색을 보였다.

도미닉의 얼굴이 더욱 험악하게 변했다.

당신이 원하는 대로 흘러가게 두지 않겠어, 스칼렛.

그는 먼 길을 떠난 레이디가 가장 꺼리는 상황을 곰곰이 생각해 봤다. 얼마 지나지 않아 괜찮은 발상이 떠올랐다.

“노숙이요?”

레나는 자신이 제대로 들은 건지 확신이 가지 않았다. 그래서 도미닉을 향해 다시 한 번 물었다.

“오늘 노숙을 하잔 말씀인가요, 라몬트 경? 여기…… 숲 속에서?”

“정확히 말해 숲 속은 아니죠, 레이디. 큰길에서 멀리 떨어지지도 않았고, 근처에 아누후강도 지나갑니다. 전시 상황이었으면 모든 지휘관이 탐낼 야영지입니다."

"지금이 전시 상황인가요?"

레나가 가슴 앞으로 팔짱을 끼며 물었다. 레이디들은 보통 취하지 않는 자세에 도미닉의 눈이 위험하게 빛났다.

"아닙니까?"

켕기는 게 있으니까 아니라고 발뺌도 못 하겠네.

도미닉은 레나가 백기를 흔들 때까지 탈탈 털겠다고 결심한 게 분명했다. 지난 며칠간의 괴롭힘에도 그녀가 꿈쩍 않자 강수를 두는 것이었다.

하지만 노숙은 좀 심하잖아요, 흑기사 아저씨?

레나는 두려움에 일렁이는 눈으로 주변을 둘러보았다.

부모님과 함께 살 때 그녀가 한 거라곤 책을 읽으며 들판을 쏘다닌 것밖에 없기 때문에, 산과 들이라면 제 집만큼이나 익숙했다. 거추장스러운 드레스 차림이라도 반들반들 윤이 나는 무도회장을 가로지르듯 숲길을 걸을 수 있었다.

그게 낮의 숲이라면 말이다.

숲을 잘 아는 사람일수록 밤의 숲을 두려워했다. 낮에는 천국처럼 아름답던 숲도 밤이 되면 숨죽이고 먹잇감을 노리는 거대한 존재로 변하기 때문이다.

곰.

그중에서도 곰은 가장 두려워해야 마땅한 맹수였다.

어리석게 밤의 숲을 파고 들어와 불을 피우는 인간들의 냄새는 어둠 속을 어슬렁거리던 곰의 후각을 자극한다.

레나의 머릿속에 최악의 상황이 그려졌다.

강물로 목을 축이려던 아빠 곰이 건너편 숲 속의 냄새를 맡는다. 뒤늦게 따라온 엄마 곰도 합류한다. 아기 곰 세 마리도 아장아장 걸어온다.

어머나, 세상에. 여기가 잔치판.

오싹함이 레나의 등골을 타고 내달렸다. 그녀는 몸을 가늘게 떨었다.

"저, 라몬트 경. 레이디도 계시고 한데 굳이 노숙을 무릅쓸 필요가……."

돌아가는 상황을 지켜보던 휠이 슬쩍 레나에게 힘을 실어주려 했으나 도미닉의 눈빛 한 번에 입을 다물었다.

노숙을 좋아하는 사람은 없다. 다만 도미닉의 결정이라 모두가 따르는 것이다.

그래, 알겠다 이거야. 내가 기겁하고 떼를 쓰고 통곡하기를 바라는 거지? 그걸 원하는 거잖아요, 도미닉 라몬트 경?

레나가 입을 조그맣게 오므렸다. 그래도 마지막으로 딱 한 번만 더 묻자.

"곰이 나오면 어떡해요?"

"여기까진 안 내려옵니다."

당신이 곰이에요? 곰도 아닌데 어떻게 그걸 알아?

마음 같아선 목에 핏대를 세우며 윽박지르고 싶었지만 레나는 모든 인내심을 끌어모았다. 후, 참자. 참는 레이디에게 복이 있나니.

대신 곰의 기척이 느껴지는 즉시 꿀단지를 그에게 던져 버리고 자신은 줄행랑을 치리라 마음먹었다. 근육질인 도미닉을 씹으려면 제아무리 곰이라도 턱 운동깨나 해야 할 거다.

레나가 그대로 입을 다물자 도미닉이 네 기사들에게 이런저런 지시를 내렸다. 기사들은 썩 내키지 않는 얼굴이었지만 잠자코 그의 말을 따랐다. 각자 맡은 역할이 있는지 이내 동서남북으로 흩어졌다.

모두 분주하게 움직이는 와중에 가만히 서 있는 사람은 레나뿐이었다.

잘 알지도 못하면서 서성대느니 다른 얘기가 있을 때까지 얌전히 있는 게 낫다는 판단이었다.

그렇게 20분을 서 있었지만 아무도 레나에게 신경 써 주지 않았다. 아마 그녀가 먼저 말을 걸기 전에는 쳐다보지도 말란 지시가 따로 내려졌나 보다.

스칼렛이라면 어찌했을까, 머리를 굴려 보고 있는데 저쪽에서 도미닉이 다가왔다.

"거미가 다리를 타고 오르기라도 하는 겁니까?"

"네?"

"아직 여기 서 있군요."

그녀가 손 놓고 기다리는 게 황당하다는 말투였다. 그는 멍청한 병졸을 조롱하는 지휘관 같은 분위기를 풍기고 있었다.

도미닉 라몬트. 날 못 잡아먹어서 안달 난 남자.

레나는 고개를 치켜들었다. 키 큰 도미닉과 눈을 맞추려면 최대한 몸을 늘려야 했다. 그래 봤자 도미닉의 한참 아래지만.

그나저나 이 남자는 왜 이리 가까이 서 있는 거지?

레나는 오히려 잘못한 쪽은 도미닉이라는 듯 새쭉하게 물었다.

"내게도 일을 시킬 건 아니죠?"

"반갑지 않은 질문이군요, 레이디. 한 가지 알려 드리자면 노숙할 땐 모두가 동등합니다. 무슨 일이라도 거들어야 하죠. 백작가에선 어땠을지 몰라도 우리 아미티지가에선 그렇습니다."

이러니까 도와주려던 마음도 싹 사라진다는 거다. 레나는 신기하기까지 한 눈빛으로 도미닉을 올려다봤다.

어떻게 한 사람에게서 상반된 감정이 동시에 느껴질 수 있을까?

도미닉은 일부러 레나를 도발하려는 듯 고압적인 태도를 고수하면서도, 그녀의 꼬투리를 잡을 수 있어서 기뻐 죽을 지경인 사람처럼 보였다.

"참고로 공작님의 전 약혼녀이셨던 레이디 소피께선 몸소 물을 길어 나르고, 돌멩이를 주워 병사들의 눕는 자리를 살피고, 서슴없이 비눗물에 손을 담가 빨래를 도우셨죠."

"……아미티지가의 병사들은 손이 없나요? 자기 빨래는 자기가 하는 거예요."

레나는 참지 못하고 톡 쏘아붙였다.

소피의 비참한 죽음은 안타까웠다. 그리고 페트론의 수법이 지나친 건 그녀 역시 인정하는 바. 하지만 죽은 소피가 살아 있는 레나를 판단하는 기준이 되어선 안 됐다.

원래 사람들은 망자에게 더욱 너그러워지는 법이었다. 그걸 감안해도 레나는 기준 미달인데, 여기저기서 들은 이야기를 종합해 보면 소피는 실제로도 성녀의 현신이었던 듯했다.

술수에 능한 레이디를 흉내 내기도 벅찬데 죽은 성녀와 겨루라고?

이기지 못할 싸움은 아예 시작하지도 않는 게 좋았다.

가능만 하다면.

"레이디 소피의 훌륭하심에 대해선 잘 알겠어요, 경. 그런데 여기 레이디 스칼렛은 약간 다른 견해임을 알려 드리고 싶군요."

"하기 싫으신 겁니까?"

도미닉이 한 걸음 더 가까이 다가왔다.

"영지까지 아직 열흘하고도 이레가 더 남았습니다. 머나먼 고생길이죠. 포근한 깃털 베개가 그리운 거라면 지금 돌아가셔도 됩니다."

그는 기회를 잡은 악마처럼 달콤하게 속삭였다.

"지금도 늦지 않았어요."

"집으로 돌아가라고요?"

레나의 목소리도 덩달아 은밀해졌다. 바로 그거라는 듯, 도미닉이 고개를 끄덕였다. 이렇게까지 열성적으로 권하는데 그의 기대를 저버리기란 몹시 괴로웠다.

레나가 그를 바라보며 말했다.

"……내가 왜요?"

옅은 미소가 번지려던 도미닉의 입가가 그대로 굳었다. 반면 레나의 얼굴은 득의양양해졌다. 한 방 먹였다는 만족감이 그녀의 전신에 퍼져 나갔다.

물 긷기, 돌 고르기, 빨래하기?

솔직히 그게 뭐 큰일인가. 고상한 귀족 레이디가 해서 돋보이는 거지, 레나도 매일 하고 이웃집 씨씨도 매일 하고 건

너건넛집 필리파가 1년 365일 하는 게 그런 일이었다.

이제 겨우 사흘째네요, 흑기사님. 고작 이런 회유에 넘어갈 줄 알았나요?

"불을 피워야죠? 페트론가의 땔감 선별 실력을 보여 줄게요."

레나는 일부러 살랑살랑 엉덩이를 흔들며 걸어갔다. 봉긋하게 부푼 자줏빛 드레스가 라몬트 경의 심기도 간질여 주리라.

과연 몇 걸음 옮기기도 전에 뒤에서 낮게 으르렁대는 소리가 들렸다.

그 순간의 짜릿함이란!

레나가 좋아하는 땅콩 크림보다도 고소한 맛이었다.

"꺅!"

날카로운 비명과 함께 첨벙, 하고 물에 빠지는 소리가 났다. 그건 분명 스칼렛의 목소리였다. 냄비에 수프 가루를 넣던 조쉬가 고개를 들었다. 휠, 랜달, 짐머도 동시에 서로를 쳐다봤다.

"살려 줘요…… 꺄악! 구해…… 물에…… 도와줘요!"

다들 약속이나 한 듯이 도미닉을 쳐다봤다. 마부는 불안한 눈으로 강 쪽을 힐끔거렸다.

"라몬트 경, 레이디 목소립니다."

"그래, 나도 들었어. 역시 공작 부인은 남다른 재주의 소유자군."

도미닉이 검을 닦으며 말했다.

"5피트도 안 되는 아누후강에 빠져 죽기란 여간 어려운 일이 아니지."

"……살려 줘요!"

"정말 인상적인 레이디야."

도미닉의 말에 온몸으로 반박하듯 스칼렛의 목소리가 더욱 다급해졌다. 랜달은 도저히 가만히 있을 수 없는지 상황을 살피기 위해 일어섰다. 조쉬도 냄비를 내려놓았다.

"강변이야 그렇죠. 하지만 안쪽으로 들어가면 10피트(1피트는 대략 30cm)는 됩니다."

"그렇다면 더더욱 놀랄 일이지, 조쉬. 거기까지 다다르기 위해 강의 절반을 헤엄쳐 갔다는 건데."

묵직한 검을 들어 허공을 겨눠 본 도미닉이 이어서 반대편을 문지르기 시작했다.

"……도와줘…… 제발! 수영…… 수영을 못해요!"

"팔팔한 저 목소리 들리나? 한 시간은 너끈히 버틸 수 있을걸."

스칼렛이 땔감을 모아 올 동안 정신 수련에 힘썼던 도미닉은 그녀가 한숨 돌리기도 전에 강물 긷는 일을 시킬 수 있었다.

남자들이야 강에서 다 벗고 씻으면 된다. 이 물은 레이디가 쓸 물이다. 아까 그쪽이 얘기하지 않았느냐.

자기 빨래는 자기 손으로.

그러니 레이디가 쓸 물은 본인 손으로 가져오시라.

길어 온 물을 '실수'로 엎어 버리고, 두 번째로 길어 온 물은 조리용으로 쓰고, 세 번째로 다시 길어 오게 했더니 결국 골이 난 모양이었다.

그래도 그렇지. 멀쩡히 다녀오던 강에 빠지다니 너무 빤히 보이는 수가 아닌가?

도미닉은 무슨 곡을 휘파람으로 불까 고민을 시작했다.

"라몬트 경! 아무래도 강에 들어가야 할 것 같습니다. 레이디의 상태가 좋지 않아요. 진짜로 물에 빠진 듯합니다!"

강까지 뛰어갔다 온 랜달이 상황 보고를 했다. 휠은 당장이라도 물에 뛰어들 준비가 되어 있다는 듯 검과 허리띠를 끌렀다.

도미닉은 진심인가 하는 눈으로 그들을 한 명씩 쳐다보았다.

다들 미녀를 구할 영웅 노릇을 하고 싶어 안달이 난 것처럼 보였다. 차라리 영웅 행세를 하고 싶은 쪽이라면 낫겠다. 이들이 스칼렛의 연기를 정말 믿는 것보다는 그 편이 나을 터다.

"……살려 줘요!"

세상에 무슨 물에 빠진 사람이 저렇게 또렷한 발음으로 구조를 요청한단 말인가.

"라몬트 경! 직접 눈으로 보시죠!"

이대로는 안 되겠다 싶었는지 랜달이 그를 재촉했다. 분위기를 살피니 이미 모두가 강을 향해 서 있었다.

"하."

도미닉은 땅이 꺼질 듯이 한숨을 쉬며 자리에서 일어났다. 하늘을 향해 시원히 뻗은 나무 사이로 조금 걷자 북서쪽 지방 사람들의 젖줄, 아누후강이 나왔다.

스칼렛이 강물 속에서 허우적대고 있었다.

진짜로 몸을 던졌군. 그것도 9월 말의 가을에.

도미닉은 강가에 나뒹구는 나무통 옆에 스칼렛의 구두가 벗어져 있는 건 아닌지 살펴보았다. 구두는 없었다. 아예 작정을 하고 뛰어들었다는 소리였다.

고작 물을 뜨기 싫다고 뻔대는 일에 이처럼 몸을 아끼지 않다니. 도미닉의 눈이 가늘어졌다. 그럼 제대로 계획한 일엔 얼마나 수단과 방법을 가리지 않을지 등골이 서늘할 지경이었다.

"꺅!"

"……다리 뻗는 법을 잊을 순 있어요. 가능한 일입니다, 레이디. 믿기 힘든 일이지만 인간은 가끔 놀라울 정도로 멍청해지곤 하죠."

대여섯 걸음 떨어진 곳에서 도미닉이 태평하게 말했다.

"순간적 퇴화랄까요."

"……도와줘요! ……콜록!"

"자, 쉽습니다. 지금 접고 있는 무릎을 펴 보세요. 솔직히 거기…… 5피트도 안 되는 것 같은데."

스칼렛이 울먹였다. 그녀는 도미닉을 향해 애탄 눈길을 보냈다.

"바, 발끝이…… 닿지 않아요! 콜록! 콜록! 다리에, 쥐가!"

"라몬트 경!"

휠이 항의하듯 그를 부른 뒤 허락을 기다리지 않고 강으로 뛰어들려고 했다. 그에 도미닉은 팔을 뻗어 휠을 막았다.

괜찮은 연극이었다. 이제 남은 기간 동안 스칼렛이 남이 떠다 준 물을 쓰리란 건 자명한 일이었다. 그녀가 나무통을 주워 드는 척이라도 하면, 사방에서 위험하다며 달려들 테니까.

그는 스칼렛이 열연 중인 무대 옆으로 다가갔다.

흥미로운 눈으로 내려다보자 그녀의 표정이 더욱 절박해졌다.

"제발…… 도와줘요."

그녀는 놀랍게도 팔다리의 힘이 빠져나가는 것까지 연기해 냈다. 도미닉은 자줏빛 드레스와 겹겹이 쌓인 레이스 속치마가 꽤 무거워 보이긴 한다고 생각했다.

물을 먹으면 더 무거워지겠지.

가까이서 보니 스칼렛의 입술이 보라색으로 변해 가는 것도 같았다.

"……도미닉."

그녀의 눈이 감기려고 했다.

"젠장."

이젠 뭐가 뭔지 모르겠어.

도미닉은 강으로 뛰어들었다. 네 얼간이에게 하지 말라고 막았던 그 짓을 자신이 했다. 그것도 제법 다급한 심정이 되어 앞뒤 안 가리고 저질렀다.

풍덩, 하는 소리와 함께 그의 몸이 강물 속으로 빠졌다.

한 걸음만 내딛어 손을 뻗으면 스칼렛을 건질 수 있을 것 같았다.

잠깐. 걸음을 내딛는다고?

"오, 놀랍게도."

바로 옆에서 스칼렛의 또렷한 목소리가 들렸다.

"다리가 펴졌어요, 라몬트 경!"

스칼렛의 머리가 수면 위로 안정감 있게 떠올랐다. 맑디맑은 아누후 강물이 그녀의 어깨쯤에서 찰랑였다.

"훌륭한 조언 고마웠어요."

스칼렛은 그대로 강변으로 걸어갔다. 강바닥에 발을 구를 때마다 드레스에 휘감긴 그녀의 몸이 수면 위로 솟았다.

이내 강변에 다다른 스칼렛은 두 손을 땅에 짚고 새털처럼 가벼운 몸을 물 밖으로 빼내려 했다. 물 먹은 드레스의 위력이 그제야 빛났다.

도미닉은 낑낑대며 땅 위로 올라가려는 스칼렛의 뒤로 다가섰다. 그리고 도움의 손이 그녀에게 닿기 전에 나긋한 허리를 감아 강물 속으로 던졌다.

어푸푸!

마음 같아선 어깨에 들쳐 메고 제 말을 들을 때까지 엉덩이를 때려 주고픈 심정이었다.

"비겁해!"

다음 순간, 복수의 여신처럼 수면 위로 솟구쳐 나온 스칼렛이 도미닉의 어깨에 매달려 그를 물속으로 끌고 들어갔다. 뜻밖의 공격에 도미닉은 입과 코로 맑은 강물을 맘껏 들이마시게 되었다.

그리고 네 명의 기사와 나이 지긋한 마부는 이 모든 광경을 강 밖에서 보았다.

일찍이 대단한 수완가라고 경고받은 요녀와, 동행하는 것만으로도 영광인 수석기사가 물속에서 엎치락뒤치락하는 모습은 구경꾼들을 얼떨떨하게 만들기에 충분했다.

"……옷 말리려면 불을 더 피워야 할 것 같은데."

누군가 멍한 목소리로 중얼거렸다.

저녁은 치즈를 넣은 수프와 말린 과일, 육포 한 줌이었다. 노숙이라 해서 물고기라도 잡아야 되나 걱정했던 레나는 의외로 잘 나오는 식사에 놀라며 그릇을 깨끗이 비웠다.

원래 물놀이를 하면 허기가 지는 법이었다.

굳이 따지자면 그건 놀이라기보다 수중 전투에 가까웠지만.

레나는 본우드 전역에 명성이 자자한 기사가 생각보다 유치하다는 사실을 깨달았다. 속은 게 분하다고 해도 즉시 응징을 가할 줄은 몰랐다.

그에 대해 살짝 흉을 봤더니 나머지 기사들이 이상하다는 듯 머리를 긁적였다.

“원래 저런 분이 아닌데……. 레이디께만 유별나게 구시는 것 같습니다.”

뭐라.

“숙녀분들은 물론이고 성에서 일하는 하녀들에게도 점잖으시죠.”

말도 안 돼.

“영지에서 인기가 장난이 아닙니다. 지위 고하를 불문하고 여자들은 다들 라몬트 경의 눈길을 끌고 싶어 해요. 존중받는 느낌이 든다나요.”

휠은 결코 따라잡지 못할 대상을 설명하는 투로 도미닉에 대해 말했다. 진심 어린 감탄이 그의 말끝에서 묻어났다. 다른 기사들도 저마다 고개를 끄덕이는 와중에 레나만 돌가루를 씹은 표정이 되었다.

우리가 동일 인물에 대해 얘기하고 있는 게 맞나요?

재차 확인하고 싶은 충동이 일었다. 그러니까 기사들의 말을 종합하면 도미닉 라몬트는 그녀 한정으로 유치하고, 좀스럽고, 조롱을 일삼고, 강물에 막 풍덩풍덩 던져 넣는 짓을 저지른다는 것이었다.

스칼렛은 원수의 딸이니까 좋게 대해 주고 싶지 않겠지.

하지만 레나는 스칼렛이 아니었다.

비록 스칼렛과 닮았고, 그 이유로 스칼렛의 예정된 운명을 대신 떠맡긴 했지만 그래도 레나는 레나였다.

백작의 강압에 떠밀린 게 안 그래도 억울한데 도미닉의 고약한 변화까지 감내하고 싶지는 않았다.

말끝마다 레이디라고 붙여 주면서 정작 레이디 취급은 안 해 주지. 바보.

당하고만 있을 순 없다는 생각이 들었다.

말이나 연기로 골탕 먹이는 것 말고 실질적인 무언가를 도미닉에게서 얻어 내고 싶었다. 이대로라면 도미닉과 기 싸움만 하다가 공작 영지에 도착하고 말 터였다.

"크흠."

레나는 작은 수첩과 깃펜을 옆에 내려놓으며 도미닉이 보이는 자리에 앉았다. 필기구는 오늘 아침, 숙소가 있던 마을에서 산 것이었다. 백작이 선심 쓰듯 넣어 준 동전이 요긴하게 쓰였다.

두 사람이 앉은 불가 옆에선 레나의 드레스와 속치마, 실크 스타킹, 도미닉의 검은 옷가지가 말라 가고 있었다.

흰 잠옷 위에 숄을 둘둘 두른 레나가 도미닉의 눈치를 보았다.

얄밉게도 그는 레나의 시선을 감지했으면서도 그쪽을 쳐다보지 않았다.

"저기, 묻고 싶은 게 있어요."

그가 갑자기 땔감 하나를 집어 들더니 세상에 이보다 재미있는 게 없다는 눈으로 그것을 들여다보기 시작했다.

흥, 신사 좋아하시네. 로젠하트 여자들은 죄다 눈이 삐었나 봐.

레나는 속으로 공작 영지 여자들까지 싸잡아 흉을 본 뒤 침착하게 말을 이었다.

"공작님에 대해 알려 주세요."

도미닉이 입을 열려고 했다. 한발 앞서 입술의 움직임을 읽은 레나가 선수를 쳤다.

"내가 왜요, 라고 되묻기 없어요."

"한 번 더 물에 던지는 건데."

도미닉은 진심으로 아쉽다는 듯 중얼거렸다.

"두 번도 괜찮았을 것 같아."

"그거 다 들려요."

레나는 눈을 흘기다가 곧 자세를 고쳐 앉았다. 도미닉에게 가까이 다가앉으면, 다가간 만큼 그가 멀어질 것 같아 최대한 몸을 기울이는 걸로 타협을 봤다.

내 남편 정보 좀 줘요, 흑기사님. 사실 당신 애먼 사람 괴롭히고 있는 거예요.

그런 일이 일어나선 안 되지만, 혹시 나중에 진실을 알게 되면 당신 안의 양심이 후회로 고통스러워질걸요?

레나가 두 손을 가슴 앞으로 끌어모았다.

"그건 또 무슨 자세입니까?"

도미닉이 의심스러운 눈으로 그녀를 쳐다봤다.

"도움을 청하는 자세요. 라몬트 경은 공작님의 오랜 친우시잖아요? 제 남편에 대해 뭐든 잘 알고 있겠죠."

"알고 싶은 게 뭡니까?"

도미닉이 나뭇가지를 모닥불 안으로 던져 넣으며 몸을 뒤로 기댔다. 어디 한번 해 보라는 듯한 포즈였다.

"성격? 여자 취향? 첫사랑?"

"학문에 관심 있는 여자에 대해 어떻게 생각하시는지요."

얄미운 남자, 언젠간 저 입을 찰싹 때려 주리라.

레나는 속내를 감춘 채 제일 궁금했던 것을 질문했다. 그리고 이 귀중한 시간이 끝날 때까지 자신이 도미닉 라몬트의 비위를 맞출 수 있기를 기도했다.

뜻밖의 질문이었다.

의외성의 정도가 심한 나머지 도미닉은 순간 정말로 당혹스러워졌다. 기껏해야 남편을 공략할 힌트를 얻어 내려는 거라고 생각했다. 지금까지 다른 여자들이 그래 왔듯이.

여자들은 늘 젊고 차가운 공작에 대해 궁금해했다. 얼음 같은 공작을 녹일 불이 자신이었으면 하고 바랐다.

하지만 무턱대고 공작에게 다가갈 순 없으니 공작의 곁에 있는 도미닉에게 접근했다. 은근한 시선을 보내면서 공작의 여자 취향과 침대에서의 모습 등을 물었다.

적지 않은 수의 여자들이 도미닉과 공작을 함께 가지고 싶어 했다.

엄밀히 말하면, 도미닉은 공작에게 접근하기 위한 발판 정도였다. 꽤 매력적이고 욕심나는 발판.

그걸 파악한 순간 도미닉은 웃는 낯으로 여자를 요리해 아예 접근을 차단해 버리곤 했다.

그래서 스칼렛이 남편에 대해 알려 달라고 했을 때, 올 게 왔구나 싶었다. 한데 그녀가 물은 것은 이제껏 도미닉조차 생각해 보지 않은 부분이었다.

줄리어스가 학문을 좋아하는 여자에 대해 어떻게 생각하느냐고?

스칼렛을 쳐다보자 그녀는 진심으로 궁금하다는 듯 눈을 반짝이고 있었다. 필기구를 챙겨 온 걸로 보아 대놓고 받아 적을 기세였다.

"……모사꾼은 질문도 남다른가."

"네? 뭐라고요?"

스칼렛이 귀를 쫑긋 세우며 되물었다. 혼잣말이었다고 둘러댄 그는 어떤 식으로 대답해 줄 것인지 고민했다.

피곤하니까 아무 질문도 안 받겠다고 할까? 그런 거 묻지 말라고? 그런 질문을 하는 저의에 대해 역으로 캐물을까?

짧은 시간 동안 여러 가지 생각이 떠올랐지만 그가 최종적으로 내린 결론은 이것이었다.

잘못된 정보를 주자.

스칼렛은 답을 얻을 때까지 포기하지 않을 모양새니 차라리 틀린 정보를 줘서 실전에서 써먹을 수 없도록 하는 것이다.

물론 도미닉이 생각하는 가장 좋은 결말은 공작 영지에 도착하기 전에 스칼렛이 이혼을 선언하는 거지만 말이다. 일단 두 사람이 만나게 되면, 공작은 원치 않아도 스칼렛의 외모에 흔들리게 될 터였다.

"학문에 관심 있는 여자라."

도미닉이 질문을 곱씹자 스칼렛은 열정적으로 고개를 끄덕였다.

"책에 파묻혀 사는 여자요. 독서가 취미죠."

"지식수준이 높다는 뜻이군요. 남자가 말하는 걸 이해하는 수준을 넘어 틀린 점을 찾아내고, 반박하고, 논리적으로 대립할 수 있다는 거 아닙니까?"

"심지어 가르쳐 줄 수도 있어요."

냉큼 말을 받긴 받았는데 정작 말을 받은 본인의 눈부터 흔들렸다. 공작의 수준이 어느 정도인지 몰라서 갑자기 자신감이 줄어든 눈치였다.

"어, 아마도요."

"좋군요. 여자에게 미모와 조신함만을 요구하는 남자가 다수지만 아닌 사람도 분명 있거든요. 더 많은 것에 대해, 더 깊은 대화를 나눌 수 있겠죠."

하루 일과를 마치고 돌아왔을 때 아내와 주고받을 수 있는 이야기가 풍부했으면 좋겠다. 도미닉은 본가의 어머니와 누이를 떠올렸다.

한적한 시골의 남작 저택에는 커다란 서재가 있었다. 38년 전, 당시 손꼽히는 미인이었던 어머니에게 구혼할 때 아버지는 평생 못다 읽을 만큼의 책을 약속했다.

부유한 준남작의 딸이었지만 외가에서는 어머니의 지성을 숨기려고 했다. 여자의 현명함은 환영받는 덕목이지만 여자의 똑똑함은 큰 자랑거리가 아니었다.

어머니는 수많은 구혼자들 중에서 자신이 고대어로 끄적인 낙서를 재치 있게 받아친 아버지를 선택했다.

두 사람은 결혼식장에서도 둘만 아는 언어로 소통하며 뭐가 그리 즐거운지 키득키득 웃었다. 그러고는 시골 영지에 박혀 실컷 책을 읽으며 아이들을 키웠다.

그런 본가의 가풍 아래 자란 누이가 '보통의' 결혼을 할 수 있을 리 만무했다. 누이는 아직 마음에 드는 자가 나타나지 않았다며 결혼을 거부하고 있었다. 가끔 편지를 주고받을 때면 새로 익히기 시작한 외국어라면서 난생처음 보는 문자를 잔뜩 써 보냈다.

대부분이 무도회장에서 만난 무식한 남자들의 욕이었다.

도미닉은 그 정도까진 아니지만 언젠가 만날 자신의 짝도 남편과 깊은 대화를 나눌 수 있길 바랐다.

그러니까 그는, 자기 정보를 공작의 것인 양 풀어 놓기 시작했다. 아예 거짓말을 만들어 내는 것보단 이쪽이 스칼렛을 낚기에 좋을 것 같았다.

"흐음."

스칼렛의 표정이 묘하게 변했다. 이런, 마무리를 제대로 안 했나. 도미닉은 최대한 자연스럽게 덧붙였다.

"그러니까 방금 제가 말한 건 줄리어스가 그렇단 겁니다."

"공작님을 이름으로 부르는군요?"

"친하니까요. 레이디가 언급하셨듯이."

"흐음."

방금 들은 정보의 사실 여부를 따지는 듯하다가 이내 노트에 기록하는 스칼렛을 보며, 도미닉은 그녀가 어떤 식으로 적었을지 궁금했다. 슬쩍 노트를 들여다볼 여유도 없이 다음 질문이 날아들었다.

"날씨의 영향을 많이 받는 편이신가요? 특별히 싫어하는 날씨가 있다든가."

별 희한한 걸 묻는군.

"다들 화창한 날이면 기분 좋고, 축축하게 흐린 날을 싫어하지 않습니까?"

"누가 그래요? '다들' 이라고."

스칼렛은 그렇게 단언하지 말라며 코를 찡그렸다.

"전 하늘은 적당히 흐린데 시원한 바람이 등을 떠미는 날씨를 좋아해요. 그런 날이면 자꾸 멀리 걷고 싶어져요. 걸어도 땀이 나지 않고, 힘도 들지 않고. 가슴까지 바람이 들어서 화창한 날보다 오히려 더 걷곤 하죠."

자신이 좋아하는 날씨에 대해 조곤조곤 얘기하는 모습을 보고 있자니 슬며시 미소가 지어졌다.

그렇군. 그런 날씨도 있었지.

도미닉은 스칼렛이 묘사한 날씨를 떠올리며 동조했다. 그녀가 좋아하는 날씨는 자신이 좋아하는 날씨이기도 했다.

"미친 듯이 쏟아지는 폭우."

도미닉이 조용히 덧붙였다.

"천둥 번개가 치고 아무도 나다니지 못하는 밤에, 집 안에서 그걸 보고 있으면……."

"무섭다기보다 왠지 안심이 되죠."

"시원하기도 하고. 다 씻겨 내려가는 느낌이랄까."

"우르릉, 쾅! 하고 나면 다음 천둥소릴 숨죽이고 기다리게 돼요."

두 사람의 눈이 마주쳤다. 어쩐지 스칼렛에게 휘말린 것 같았지만 너무 많은 말을 했다는 후회는 들지 않았다.

스칼렛은 그저 기쁘기만 한 것처럼 보였다. 그녀는 환히 웃는 얼굴로 방금 들은 것을 노트에 써 내려갔다.

"와, 신기해요. 공작님도 그런 날씨를 좋아하시는구나."

서슴없이 써 내려가는 글자는 어릴 적 글씨 교본에서 보던 것과 똑같았다. 유려하고 아름다웠다. 도미닉은 작은 노트가 자신의 취향으로 채워지는 것을 지켜보았다.

스칼렛이 남편의 정보라고 철석같이 믿고 있는 것들.

그것은 설명하기 힘든, 이상한 기분이었다.

"어쩐지 벌써부터 공작님과 가까워진 느낌이에요."

그녀가 도미닉의 표정을 보더니 풋, 하고 웃음을 터트렸다.

"알아요. 너무 이르다는 거. 고작 책이랑 날씨 얘기였죠. 그래도 막연히 무서웠던 분에서 한결 가까운 분으로 느껴져요."

"……무서웠습니까?"

도미닉이 물었다. 스칼렛은 처음부터 밝고, 엉뚱하고, 앙큼해서 공작을 휘어잡는 일에 자신만만할 줄 알았다. 앞날을 두려워하는 기색이라곤 전혀 없었기 때문이다.

옆에 앉은 그녀의 표정이 아주 미미하게 바뀌었다.

"무서워하지 않아도 될까요?"

스칼렛은 그 말을 하며 도미닉을 똑바로 바라보았다. 그는 대답을 하지 않았다.

이후로도 많은 질문이 이어졌다. 도미닉은 질문에 답하는 동시에 자신의 취향에 대해서 고찰해 보게 되었다.

어떤 질문은 즉답이 나오지 않아서 한참 뜸을 들이기도 했다. 그녀에게 잘못된 정보를 주려고 시작한 일이 점점 그의 시간과 흥미까지 사로잡고 있었다.

어느새 빽빽이 채워진 그녀의 노트를 보자 '저것이 도미닉 라몬트의 설명서인가' 하는 생각이 들었다.

스칼렛이 뿌듯한 눈으로 노트를 내려다보았다.

"밤이 깊었습니다, 레이디. 이만 자도록 하세요."

"그래야죠. 벌써 다들 잠들었네요."

도미닉이 땔감을 한가득 모닥불로 집어넣었다. 밤을 지켜줄 온기가 타올랐다. 잉크 뚜껑을 닫고 자리를 정리하던 스칼렛이 '아' 하는 소리와 함께 그를 불렀다.

"라몬트 경, 마지막이요. 이게 진짜 마지막이에요."

"뭐가 더 남아 있습니까?"

다급하게 부른 것과 달리 스칼렛은 우물쭈물했다. 노트를 품에 안은 채 그의 눈치를 보았다. 이번 대답은 받아 적지 않을 모양이었다.

그는 마지막 질문이 오길 기다렸다.

스칼렛은 입술을 축인 뒤 마른침을 삼키고서야 입을 열었다.

"저, 공작님은요."

"예."

"두 번째 기회를…… 주시는 분인가요?"

미처 감추지 못한 불안감이 그녀에게서 느껴졌다. 스칼렛의 눈이, 스칼렛의 입술이, 그녀의 어깨와 가냘픈 등과 손끝과 모든 것이 모닥불 그림자처럼 흔들리고 있었다.

스칼렛이 무슨 뜻으로 그런 질문을 한 것인지 짐작이 갔다.

그리고 도미닉은 정답을 알고 있었다.

"……예."

아니오.

"아마도."

줄리어스에게 두 번째란 없다.

"그렇군요."

스칼렛이 희미하게 웃었다. 긴장이 풀린 듯 조금 편해진 얼굴로 한숨을 쉬었다.

"다행이에요."

왜 그녀와 마주 보고 있기가 힘들어지는 걸까.

도미닉은 갑자기 이 자리가 불편해서 견딜 수가 없었다. 그가 준 잘못된 정보를 소중히 품에 안고, 남편이 생각보다 너그러운 사람임에 안도하는 스칼렛의 모습이 그의 속을 거북하게 만들었다.

"얼른 자요."

일부러 마차 문까지 열어 주며 그녀를 안으로 들여보냈다. 스칼렛은 기분이 좋아졌는지 순순히 도미닉의 말을 따랐다. 쿠션과 모포를 매만지는 소리가 났다.

도미닉은 자기 자리로 돌아가기 전, 땔감 한 줌을 더 넣었다. 타닥타닥 타오르는 불을 보며 그는 생각했다.

난 옳은 일을 했어.

자리에 눕자 등 뒤로 작은 돌멩이 하나 배기지 않았다. 해가 지기 전 스칼렛이 각자의 취침 장소를 챙기는 걸 보았다. 헬과 웃고 떠드는 소리만 들렸는데 시키지도 않은 돌 고르기를 한 거였다.

"……히잉, 곰이 나오진 않겠지."

스칼렛의 불안한 혼잣말이 마차 너머로 들려왔다. 여긴 안전하다고 말을 했는데도 여전히 곰이 나타날까 무서운 모양이었다.

노숙을, 하지 말 걸 그랬다.

별이 쏟아질 듯 빛나는 밤하늘을 올려다보고 있는데 문득 그런 생각이 스쳤다.

chapter
3

거기,
그 사람 옆에서 비켜 줄래요?

어쩜 이렇게까지 안 풀릴까 싶은 날이 있다.

레나에겐 백작의 성을 떠난 지 일곱째 되는 날이 바로 그러했다. 아침부터 하늘이 꾸물꾸물하더니 비그을 곳 하나 없는 허허벌판에서 폭우를 만났다.

작정하고 퍼붓는 비에 땅이 진흙탕으로 변하는 건 시간문제였다. 아니나 다를까 마차 뒷바퀴가 움푹 팬 땅에 빠졌다. 레나가 내린다고 해결될 일이 아니라며, 남자들은 쏟아지는 비를 맞으면서 마차를 밀었다.

40분 가까이 실랑이한 끝에 마차를 구출할 수 있었다. 얄궂게도 그 난리를 피우고 얼마 지나지 않아 비가 점점 그치기 시작했다.

누군가가 가다 보면 옷이 마를 테니 저녁쯤엔 물에 빠진 생쥐 꼴을 면할 수 있겠다는 허풍을 떨었다. 아마 헛일이었을 것이다.

허탈해지는 날씨지만 그래도 계속 폭우가 내리는 것보단 이쪽이 훨씬 낫기 때문에 다들 피식피식 웃음을 흘렸다.

다음 불행은 짐머에게 쏟아졌다.

점심용 빵이 엉망이 된 탓에 각자 사과 한 알로 때우고 갈 길을 재촉하던 오후쯤이었다. 전부터 안색이 안 좋던 짐머는 본격적으로 식은땀을 흘리더니 말 위에서 헛구역질을 했다.

딱히 먹은 것도 없고, 먹더라도 다 같은 걸 먹었다. 레나는 짐머의 이마를 짚어 보고는 평평한 땅에 그를 앉혔다.

"열은 없는데 식은땀이 나고 몸을 떠네요. 속은 어때요?"

"……악마가 내장을 쥐어뜯는 것 같습니다, 레이디."

짐머가 고통스러운 얼굴로 목소릴 짜냈다.

"뭔가를 따로 먹었나요, 짐머? 아주 작은 거라도 상관없어요. 혼자만 먹은 게 있어요?"

짐머가 고개를 젓다가 갑자기 인상을 찡그리며 말했다.

"아까 사과 먹을 때 베리 열매를 한 줌 먹었는데……."

"베리요? 아까 거긴 베리가 안 보였는데."

"빨갛고 새큼한 게 달려 있었어요. 맛도 모양도 베리랑 비슷해서…….”

뒤에 서 있던 마부가 걱정스럽게 물었다.

“독 있는 걸 잘못 먹은 게 아닌가? 얼핏 모양이 헷갈리는 것들이 있어.”

레나도 같은 생각이었다.

“모양을 좀 더 자세히 설명해 봐요. 뒷맛은 어땠어요?”

짐머가 떠듬떠듬 말을 이었다. 레나는 그의 말을 들은 뒤 일행을 잠시 기다리게 하고 풀숲으로 향했다. 드레스 앞을 풀물로 물들인 채 나타난 그녀의 손엔 낯선 약초가 한가득 들려 있었다.

못미더운 눈초리를 받으며 레나는 그것들을 찧고 즙을 내어 냄비에 한 번 끓였다. 그것을 짐머에게 두 숟갈 먹인 다음 마차 옆자리에 태웠다.

이동하는 내내 짐머는 혀를 긁어내고 싶을 만큼 쓰디쓴 즙을 한 숟갈씩 먹어야 했다. 해가 저물 즈음엔 건장하던 몸이 반쪽으로 변한 듯 흐물흐물해졌지만 끔찍한 복통은 가라앉았다.

짐머도 짐머지만 모두가 지친 상태였다.

“지독한 하루였어.”

이보다 상황을 잘 설명할 수 있는 말은 없으리라.

일행은 원래 예정지였던 큰 마을을 한참 못 가서 행장을 풀었다. 놀랍게도 시련은 아직 끝난 게 아니었다.

작은 마을은 여관을 따로 운영하지 않았다. 대신 작부의 가슴골 사이에 팁을 꽂아 주는 흥청망청한 술집이 2층을 손님방으로 겸한다고 했다. 모두의 시선이 도미닉에게서 레나에게로 옮겨 갔다.

여기서 결정권은 전적으로 레나에게 있었다.

그리고 레나는 귀부인으로서의 체면 같은 걸 따지고 싶지 않았다. 그녀 자신부터가 남자들 못지않게 지친 상태였다.

축축 처지는 드레스를 벗고 침대에 누울 수만 있다면 거기가 어디든 상관없었다.

"다른 선택지가 없잖아요. 우리 어서 들어가서 쉬어요."

안도의 한숨이 곳곳에서 터져 나왔다. 다들 레나의 허락이 떨어지기만을 기다리고 있던 거였다.

마을 사내들의 노골적인 시선을 받아 가며 레나는 2층으로 향했다.

백작 영지에서 마담이 운영했던 홍등가는 이곳에 비하면 점잖은 축에 속했다. 여긴 시끄러운 소리와 음식 냄새, 술 냄새, 담배 연기, 작부들의 간드러지는 웃음소리가 뒤섞여 레나의 머리를 지끈거리게 하고 있었다.

도미닉이 수고비를 주었는지 레나의 방으로 뜨거운 물이 들어왔다. 조금이라도 힘이 남아돌았다면 드레스를 창밖으로 던졌을 텐데, 다행히도 그녀에겐 손 하나 까딱할 여력이 없었다.

도대체 레이디들은 어떻게 이딴 옷을 입고 다니는 거야.

"하아아."

몸을 씻고 침대에 쓰러지듯 눕자, 와하하하! 시끌벅적한 웃음소리가 아래층에서 올라왔다.

"나 아직 밥 안 먹었는데……."

올라올 때 본 요리가 눈앞에 아른거렸지만 결국 노곤함이 배고픔을 이겼다. 레나는 누운 자세 그대로 잠에 빠져들었다.

"배고파."

눈을 뜨자마자 든 생각은 이거였다. 지금 먹지 않으면 난 죽는다. 온종일 점심때 사과 한 알 먹은 게 전부였다. 어두운 하늘 때문에 일부러 숙소에서 일찍 나선다고 아침도 제대로 먹지 못했다.

꼬르륵.

엄청나게 큰 소리를 내는 배를 문지르며 레나는 문 쪽을 쳐다보았다.

"라몬트 경이 목욕물만 부탁한 걸까? 아무것도 올라오질 않네."

거창한 걸 바라는 게 아니었다. 따뜻한 찐 감자 두 개만 주세요. 버터를 올리면 더 좋고. 목도 마르니까 물 한 잔만 부탁드려요.

누군가 갓 구운 옥수수를 주겠다고 하면 레나는 자기가 아는 모든 축문을 읊어 주고 싶은 심정이었다.

꼬르륵.

이래도 버틸 거냐는 듯 배가 거세게 항의했다. 웬만하면 1층으로 내려가고 싶지 않았다. 험상궂은 남자들이 자신을 아래위로 훑던 때의 기분은 썩 유쾌한 게 아니었다.

하지만 심각하게 배가 고팠다.

간단한 요리 한 접시만 부탁해서 얼른 방으로 돌아오면 되지 않을까.

레나는 젖지 않은 드레스를 몸에 걸친 뒤 문밖으로 고개를 빼꼼 내밀었다. 두꺼운 나무 문을 열자 1층의 소음이 생생하게 느껴졌다. 복도 끝 기둥에 기댄 채 진한 키스를 나누고 있는 남녀가 보였다.

사실 키스를 나눈다는 표현은 상황에 비해 열다섯 배 정도 순화된 것이었다.

취한 남자의 탐욕스러운 손이 여자의 허벅지를 마구 주물렀다. 집어삼킬 듯 혀를 얽는 소리가 여기까지 들리는 것 같았다. 두 사람은 방에 들어가기도 전에 방 안에서 일어날 일을 하고 있었다.

으아아, 난 안 보이고 안 들린다. 안 보이고 안 들리는 거다.

레나는 등 뒤로 방문을 닫고 괜히 옷매무새를 다듬었다. 허리를 꼿꼿이 펴고 복도를 걸어 1층으로 내려갔다.

아무와도 눈을 마주치지 않으려고 애쓰면서 주방 위치를 파악했다.

"실례합니다. 지나갈게요."

레나는 취한 사내들 사이를 어렵게 헤치고 지나가 주방에 다다랐다. 여기까지 오기만 했는데도 온몸에 진이 빠지는 기분이었다.

"저기요."

눈길을 끌고 싶지 않은데 여기서 더 크게 불러야 하나?

"저, 주문 좀 받아 주세요!"

가림막을 홱 걷고 나타난 여자는 블라우스 밖으로 젖가슴을 반쯤 내놓은 접대부였다. 양손에 맥주잔을 세 개씩 잡은 접대부는 레나를 힐끔 쳐다보더니 그대로 지나쳐 손님들에게 가 버렸다.

"저……."

여자가 다시 돌아오길 기다렸지만 이번엔 노골적으로 무

시하는 웃음만 돌아왔을 뿐이었다. 슬슬 오기가 치밀었다. 어디서 도미닉 일행이 보고 있지만 않다면 주방으로 쳐들어가 요리사를 윽박지를 수도 있었다.

"이런, 이런. 배가 고프신가? 우리 아기 고양이?"

갑자기 옆에서 걸쭉한 목소리로 누군가 말을 걸어왔다. 남자들이 왁자지껄하게 웃기 전까지 레나는 그게 자신을 향해 한 말인 줄 몰랐다.

"여긴 감자 샐러드랑 소시지가 먹을 만하지. 솔직히 청어 튀김은 왜 파는지 모르겠어. 그걸 시키는 놈은 죽은 제 할아비가 와도 몰라보게 만취한 놈일걸."

덩치는 레나의 두 배.

바싹 깎아 버린 민머리와 건장한 덩치가 어울려 한눈에도 위험한 분위기를 풍겼다. 잘못 걸렸다. 레나는 못 들은 척하며 주방 쪽에 시선을 고정시켰다. 취객과는 말을 섞지 않는 게 상책이었다.

"이름은 뭐지, 아가씨? 야들야들한 생김새를 보면 '크림'이나 '초콜릿' 비슷한 게 어울릴 것 같군그래."

와하하하! 또다시 터지는 웃음소리.

"여기요, 감자 샐러드 하나 주시겠어요?"

마지막이라 생각하고 주문해 보았지만 접대부는 코웃음을 치며 남자들에게 동조했다. 이들의 호의는 목욕물이 끝이었나 보다.

레나는 당장이라도 쓰러질 만큼 배가 고팠으나 이쯤에서 후퇴를 선택했다.

방으로 돌아가자. 여기 더 있다간 무슨 꼴을 당할지 모르겠어.

"꺅!"

돌아서는 순간 머리 가죽이 잡아당겨지는 것 같았다.

"히야, 이거 보라고! 완전히 금실이 따로 없는데?"

"코타 놈 마누라가 사 달라고 닦달하는 실크같이 생겼네."

"냄새도 끝내줘."

남의 머리카락에 무슨 짓이야!

레나는 무뢰한의 손에서 머리카락을 빼냈다. 얼마나 세게 잡아당겼는지 아직도 두피가 얼얼할 지경이었다. 눈물까지 찔끔 나왔다.

화를 내고 싶다. 그런데 화를 내면 이 바보들은 더 좋아하겠지.

대체 도미닉은 어디 있는 거야? 억울하고 분한 심정은 화살이 되어 도미닉을 향했다.

꼭 도미닉이 아니어도 좋다. 휠, 조쉬, 랜달, 하다못해 앓고 있는 짐머라도. 아니면 푸근한 인상의 마부 아저씨라도 옆에 있었다면 이런 취급은 당하지 않았을 거다.

검을 찬 남자는 함부로 건드리지 않는 법이었다.

반면 어린 아가씨는 제아무리 귀족이라도 장소에 따라 조롱의 대상이 되었다.

맥주잔이 딱딱해 보이는데 저걸로 뒤통수를 쳐 버리고 도망치면 방까지 쫓아올까?

"요리를 시켜 주지, 깜찍이. 대신 고 탱글한 엉덩이 한번……."

"안 됐지만."

남자와 레나 사이에 누군가 끼어들었다. 그가 도미닉임을 알아차림과 동시에 레나는 허리를 낚아채여 그에게 밀착당했다.

거침없는 태도였다.

도미닉은 한 팔로 레나의 허리를 감은 걸로도 모자라 옆구리를 느른하게 문지르기까지 했다. 레나의 눈이 휘둥그레졌다.

"임자 있는 아가씨라서."

그는 남자를 향해 보란 듯이 웃으며 레나의 엉덩이를 꽉 움켜쥐었다.

지, 지, 지금 무슨 짓을 한 거야?

충격으로 머릿속이 하얘졌다. 자신과 마주 보며 싱긋 웃는 얼굴이 도미닉이란 게 믿을 수가 없었다. 결혼식 때 농도 짙었던 키스도 이 정도로 충격적이진 않았다.

으르렁대면서 위협해야 하는 상황 아닌가? 저기요, 흑기사님. 본인이 제일 잘하시는 거 있잖아요?

혼자 주먹만으로 이곳 남자들을 전부 때려눕힐 수 있는 그가 이러는 게 레나는 당혹스러울 뿐이었다.

"아, 기사님 건가?"

남자는 레나와 도미닉을 번갈아 보며 분위기를 살폈다. 누가 봐도 그녀는 좋아하는 표정이 아니었다.

"깜찍이 양은 별로 내키지 않아 뵈는데?"

"내키지 않아도 참아야 하지."

도미닉은 얼굴 표정 한 번 안 바꾸고 레나의 엉덩이를 토닥토닥 두드렸다.

"내 거니까."

이, 이게 도, 도대체.

레나가 경직되어 있는 사이 남자들만의 대화가 끝난 모양이었다. 민머리 남자는 도미닉의 체격과 허리에 찬 검을 보고 파악을 마친 듯싶었다.

그는 아쉬움이 뚝뚝 떨어지는 눈으로 레나를 쳐다본 다음, 어깨를 으쓱했다. 그걸로 끝이었다. 상황은 종결되었다.

도미닉은 뻣뻣하게 굳어 있는 레나를 끌어다 구석 자리에 앉혔다. 그가 슬쩍 손을 들어 보이자 접대부가 기다렸다는 듯 달려왔다.

"아까 내가 먹었던 걸로."

"얼른 갖다 줄게요, 자기."

레나는 무엇부터 항의를 해야 될지 알 수가 없었다.

누군가 주먹으로 목구멍을 틀어막은 듯 목소리가 나오지 않았고, 혀는 독에 마비된 것처럼 굳었다. 의자에 앉을 때도 도미닉이 어깨를 눌러서 앉은 거지, 안 그랬으면 영원히 주방 앞에 서 있었을 것이다.

너무 어이가 없으면 숨이 막히는구나.

레나는 맞은편의 도미닉을 뚫어지게 쳐다봤다.

"엉덩이를, 주물러?"

다리를 꼰 채 제 집처럼 편하게 앉아 있던 도미닉이 레나를 보았다. 일말의 죄책감도 느껴지지 않는 표정이었다.

"엉덩이를, 내, 거기를…… 두드리고……."

뭐부터 화를 내지?

"내 거?"

도미닉은 그에 대해 전혀 해명할 생각이 없어 보였다. 레나의 얼굴이 완전히 일그러졌다.

"다르게 대처할 수도 있었잖아요? 근육은 장식으로 붙이고 다니는 거예요? 그 검, 사실은 장난감인가요?"

"아."

사람 속 터지기 딱 좋을 만큼 느린 말투로, 도미닉이 대답했다. 이제야 이해가 간다는 표정이었다.

"내가 저치를 베어 죽이지 않아서 화가 났군요."

"누가 죽이랬어요?"

레나가 두 주먹을 불끈 쥐었다. 왜 말을 할수록 열불이 나는 건지 모르겠다.

"잘하는 거 있잖아요. 숨결이 느껴질 만큼 가까이 다가서서 위압감으로 상대를 눌러 버리는 거. 나한텐 하루에 열두 번도 더 하는 그거 있잖아요."

"솔직히 열두 번 한 기억은 없지만."

도미닉이 천천히 다리를 바꿔 앉았다.

"그거, 취객에겐 통하지 않는 겁니다."

그는 북적이는 술집 1층을 손으로 슥 가리켜 보였다. 이미 흥분해서 누가 건드리지 않아도 씩씩대는 자부터 취할 대로 취한 나머지 접대부의 가슴에 얼굴을 파묻고 우는 자까지 있었다. 신이 나서 떠드는 건지 말싸움이 붙은 건지 헷갈리는 테이블도 부지기수였다.

"여기서 그런 짓을 했다간 정신 나간 취객들과 한판 붙을 테고 우린 꼼짝없이 밖으로 쫓겨나겠죠."

"그렇지만……!"

아, 분하다. 분해 죽을 것 같아.

레나는 도미닉의 말뜻을 완벽하게 알아들을 수 있는 게 원통했다. 자신의 분별력이 이토록 원망스러울 수가 없었다.

나도 마음껏 화를 내고 싶어!

레나는 도미닉을 한껏 노려보았다. 말로 다 뱉어 낼 수 없는 분노를 눈빛으로나마 전달할 셈이었다.

적어도 엉덩이를 만진 그 자체에 대해선 양해를 구할 수도 있잖아? 신사, 기사도, 양심 어디 갖다 팔았느냐고요.

"어쨌든 아까 행동에 대해 사과를 안 하면 내 목을 조를 눈빛이군요."

도미닉이 두 눈을 가늘게 뜨며 말했다. 웃음기가 묻어났다면 착각일까.

"부디 너그러이 용서해 주시길, 레이디."

"요리 나왔어요."

접대부가 탁자 위로 커다란 접시를 내려놓았다. 민머리 남자가 말했던 감자 샐러드와 절인 양배추, 소시지, 치즈가 끼워진 둥근 빵이 김을 모락모락 피워 올렸다. 허기 때문인지 마치 왕의 식탁처럼 근사하게 느껴졌다.

레나는 마담에게 배운 대로 포크와 나이프를 우아하게 들어 올렸다. 부드러운 샐러드를 떠서 한입 넣기 전에 요리보다 더 간절한 것이 떠올랐다.

"참, 물 한 잔도 부탁드려요."

요리를 가져온 접대부가 그대로 도미닉의 옆에 눌러앉았

다. 탄탄한 팔뚝을 쓸어내리며 지분대던 접대부는 대단한 농담을 들었다는 양 까르르 웃었다.

"물이요? '가랑이 사이 황소'에서 물을 찾아요?"

그게 술집의 이름이었다.

접대부의 말에 주변 남자들이 같이 웃음을 터뜨렸다. 입술을 빨갛게 칠한 곱슬머리 여자는 가슴을 도미닉의 팔 쪽으로 밀어붙이며 말을 이었다.

"밖에 나가면 마을 우물이 있어요."

접대부는 도미닉에게 제대로 꽂힌 표정이었다. 간드러지는 목소리로 그에게 무언가를 끊임없이 속삭였다. 그가 허락하기만 한다면 이 자리서 당장 허벅지 위에 올라앉을 기세였다.

물론 도미닉이 그렇게 두진 않았지만, 반대로 접대부를 밀쳐 내지도 않았다.

'모두에게 정중한' 도미닉 라몬트가 이런 뜻이었어?

레나의 기분이 뒤틀리기 시작했다.

아무리 취객이 판치는 술집이어도 도미닉의 말은 통하고 자신의 말은 무시당한다. 레나는 그냥 여기에 존재하는 자체만으로도 조롱을 당했다.

물.

마실 것 한 잔 달라는 게 어때서 이처럼 대놓고 놀림을 당해야 하지? 게다가 아까부터 저 남자는 왜 접대부를 가만히 내버려 두는 거야? 저기요, 레이디가 지금 식사를 하려는 자리거든요.

레나의 안에서 오기가 치솟았다.

"그럼 드래건에일로 하나 줘요."

귀가 먹지 않고서야 무시할 순 없으리라. 카랑카랑한 목소리가 주변을 순식간에 잠재웠다.

"가랑이 사이 황소에 그게 없을 리가요?"

"드래건에일이요? 진심이에요, 아가씨?"

도미닉 위로 올라타기 직전이던 접대부가 레나를 쳐다보며 되물었다.

"무리하는 거 아니에요?"

"주기나 줘요. 목말라 죽겠으니까."

남자들 사이에서 휘파람이 나왔다. 함성을 치는 자, 박수를 보내는 자. 다들 가관도 아니었다. 그도 그럴 것이 드래건에일은 고상한 숙녀 입에서 나올 만한 술이 아니었다.

술 이름에 드래건이 들어간 이유가 있었다. 큰 잔으로 쭉 들이켜면 드래건처럼 입에서 불을 뿜어 낸다고 해서 붙은 이름이었다.

접대부가 술을 가지러 간 사이 도미닉이 기묘한 눈으로 레나를 응시했다.

"지금 시킨 게 뭔지는 알고 있습니까?"

"술이요. 제일 센 술."

레나가 전투적으로 소시지를 잘라 입에 넣고 씹었다.

"물이 없다잖아요? 그럼 술을 시켜야지. 술이야 여기 차고 넘치겠죠."

"드래건에일 한 잔이요."

접대부가 레나의 머리통만큼 큰 잔을 접시 옆에 내려놓았다. 시뻘건 핏빛 술이 나무로 만든 잔 안에 가득 담겨 있었다.

레나는 입안의 소시지를 삼킨 뒤 드래건에일을 마셨다.

한 모금, 두 모금, 세 모금. 모두의 시선이 레나에게 쏠려 있었다. 입을 대자마자 얼굴을 찡그릴 줄 알았던 아가씨가 물 들이켜듯 술을 마시자 남자들의 분위기가 유쾌해졌다.

탁!

테이블 위에 잔을 내려놓는 소리가 시원스러웠다. 남자들의 환호성을 한 귀로 흘리면서 레나는 인상을 찌푸리지 않으려고 온 힘을 쏟았다.

여기에 대체 뭘 넣은 거야?

"체리브랜디에 세 가지 증류주를 섞었죠. 그냥, 마시고 죽으라는 술인데."

도미닉은 이제 그녀의 머릿속도 읽나 보다. 술잔을 쏘아보는 레나를 향해 그가 설명을 덧붙여 주었다.

"그러고 보니 이것도 체리군."

단지 세 모금을 마셨을 뿐인데 눈앞이 핑 돌았다. 빈속이라 술기운이 빨리 돌기 때문일 것이다. 레나는 샐러드를 먹고 양배추를 씹었다. 빵도 꼭꼭 씹어 먹었다.

접대부는 다시 도미닉에게 매달렸다.

확실히, 평범한 마을 남자들 사이에서 도미닉은 독보적으로 빛났다. 접대부가 평생 본 남자 중에 그가 제일 매력적일 것이라는 데에 레나는 남은 동전을 몽땅 걸 수도 있었다.

쓸데없이 잘생겨가지고.

레나는 드래건에일을 다시 한 모금 들이켰다.

영주의 신부에게 키스나 막 하고 다니고. 흥, 알고 보니 호색한이었어. 정중한 게 아니라 그냥 여자가 좋았던 거야.

감자 샐러드를 삼키자 목이 콱 막혔다. 드래건에일을 또 한 모금 마셨다.

접시를 다 비울 때쯤 레나는 한 마리의 드래건이 된 기분이었다. 백작이건 공작이건 아무것도 무섭지 않았다. 날개를 펄럭이며 날아가 모조리 제 앞에 무릎 꿇리리라!

그런데 왜 아까부터 사람들이 거꾸로 서 있지?

누군가 말을 거는데 자신이 제대로 대답을 한 건지 확신이 들지 않았다.

“자기 여자 아니죠? 모셔야 되는 귀족 나리 딸 같은 거죠?”

도미닉은 엉겨 붙는 접대부를 떼어 냈다. 스칼렛의 횡설수설이 정도를 넘고 있었다.

집에 가고 싶다, 어머니가 보고 싶다, 드레스 입기 싫어, 도미닉 라몬트 바보, 멍청이, 호색한 망나니.

부루퉁한 얼굴로 바닥이 보이는 잔을 쥐고 흔든다. 취한 레이디는 자러 갈 시간이었다. 그렇게 말하자 스칼렛은 안 그래도 일어날 생각이었다며 벌떡 자리에서 일어섰다.

몹시 위험한 행동이었다.

과연 스칼렛은 반쯤 돌아서지도 못하고 비틀거리더니 중심을 잃고 옆으로 넘어지려 했다. 도미닉이 부축한 덕에 그의 품 안으로 쓰러졌지만 말이다.

“놔요, 이거.”

스칼렛이 그의 품에서 꼬물거렸다.

“가서 라몬트 경 좋다는 여자들 엉덩이나 만지라고.”

“레이디에 대해 새로운 사실을 하나 알았군요.”

도미닉이 능숙하게 스칼렛을 안아 들었다. 워낙 가벼워서 힘도 별로 들지 않았다.

"취하면 입이 험해지네요."

"바보 같아."

스칼렛은 내뱉듯이 말했다가 이내 제가 한 말에 킥킥 웃었다.

"다들 취하면 입이 험해진다고요. 여태 몰랐어요?"

"알긴 알았지만 당신도 그럴 줄은 몰랐지."

"근데 나 안 취했어요."

"만취를 증명하는 답변이군."

스칼렛은 취한 나머지 언젠가부터 도미닉의 말이 짧아진 걸 알아채지 못했다. 계단 손잡이에 머리를 부딪치게 하지 않으려고 고쳐 안자 그녀에게서 깨끗한 향기가 배어 나왔다.

물에 젖은 아침 들꽃 향기.

갑자기 떠오른 비유에 도미닉은 실소를 머금었다. 아마 스칼렛이 쓰는 허브 크림에서 나는 냄새일 거다.

드래건에일을 마신 건 스칼렛인데, 겨우 맥주 한 잔을 곁들인 자신이 술 취한 시인처럼 굴고 있었다.

방으로 걸어가는 동안에도 스칼렛은 쉼 없이 종알거렸다.

"엉덩이 만졌어. 도미닉 라몬트 경이 내 엉덩일 주물렀어……. 만지작만지작."

"엉덩이 얘기 좀 그만해."

"내가 자기 거라니 욕심쟁이야. 접대부도 자기 거고, 로젠하트 여자들도 자기 거고, 나도 자기 거고. 헤픈 남자 같으니."

거대한 중상모략이 스칼렛의 입에서 꾸며졌다. 자신은 로젠하트 여자들에 대해 언급한 적이 없으니 이건 필시 네 얼간이 입에서 나온 말이렷다.

아무리 모시는 레이디가 마음에 들어도 시키지도 않은 말을 나불대는 건 좋지 않았다. 거기다 스칼렛은 함부로 마음에 들어 하면 안 되는 사람이었다.

입조심을 시켜야겠다.

하지만 그것과는 별개로 도미닉의 심기를 건드리는 말이 있었다. 술에 취했다지만 영 엉터리 같은 말을 듣고 넘기기가 힘들었다.

"헤프다는 말은 동정에게 쓰는 게 아니지."

"……헤픈 걸 동경한다고요? 세상에…… 너무해."

스칼렛은 이제 듣고 싶은 것만 듣고 있었다. 그녀는 이보다 실망스러울 수가 없다는 표정으로 고개를 흔들었다.

"공작님도 라몬트 경이 이런 거 알아요? 혹시, 혹시 공작님도 헤퍼요?"

스칼렛은 자신이 누구에게 안겨 있는 줄 잊었는지 도미닉의 품을 파고들었다. 그녀가 움직일 때마다 향기가 아른거렸다.

"싫다……. 공작님은, 내 짝인데."

방에 도착했다.

예법상 도미닉은 문을 열어 놓은 채 스칼렛을 침대에 내려 놓고 그대로 방을 나와야 했다. 그는 오늘 이미 자신에게 허락된 것 이상으로 스칼렛을 만졌다. 아무리 상황에 따른 이유가 있었다 해도 그녀가 화를 낼 만했다.

그러나 도미닉은 뒷발로 문을 닫았다. 달칵, 문이 닫히는 소리와 함께 바깥의 소음이 멀어졌다.

침대에 스칼렛을 내려놓자 벌써 눈을 감은 그녀가 이불 속으로 파고들었다. 침대가 몸을 삼키는 기분일 것이다. 다리를 뻗고 누운 게 기분 좋은지 만족스러운 미소가 번져 나갔다.

도미닉은 구두와 스타킹을 벗겼다.

드레스가 불편해 보였지만 그 이상은 차마 손을 댈 수 없었다.

공작님은 내 짝인데.

스칼렛의 그 한마디가 도미닉의 발길을 잡았다. 파멸시킬 대상을 말하는 것이라기엔 순수한 애정과 관심이 묻어났다.

"스칼렛."

도미닉은 아기처럼 몸을 웅크린 그녀를 내려다보며 물었다.

"당신 혹시…… 줄리어스를 정말 마음에 둬서 이 결혼을 하는 건가?"

스칼렛은 대답하지 않았다. 입을 웅얼거리기는 하는데 제대로 된 문장으로 나오진 않았다. 거의 잠에 빠져든 것이다.

이후로도 한참 동안 도미닉은 곤히 잠든 그녀를 지켜보았다.

스칼렛을 알아 갈수록 마음 한구석이 불편했다. 예상치 못한 그녀의 모든 면면이 그를 흔들고 있었다.

어느 쪽이 진짜 스칼렛일까.

소문으로 들은 영악한 마녀? 아니면 꾸밈없이 천진한 아가씨?

도미닉은 차라리 전자(前者)이길 바랐다. 스칼렛 프레이야 페트론 앞에 준비된 것은 철저한 모욕과 수난의 가시밭길이기 때문에.

"흐음……."

스칼렛이 몸을 뒤척였다. 그는 흘러내린 머리카락을 넘겨주려다 멈칫하고 손을 거두었다. 안 돼, 오늘은 더 이상 그만. 은연중에라도 스칼렛과 닿는 것이 익숙해지면 곤란하다.

좋은 꿈 꾸길, 레이디.

도미닉은 방문을 닫으며 마음속으로 인사를 보냈다.

"으……."

레나는 지끈거리는 머리를 부여잡고 풀밭을 뒤졌다. 이것도 아니고, 저것도 아니다. 그녀는 이른 아침부터 숙취에 효과적인 약초를 찾는 중이었다.

이래서 지식 있는 여자들이 마녀로 몰려 화형당했구나.

미친 사람처럼 풀숲을 헤치고 있자니 책에서 읽었던 마녀사냥 얘기가 떠올랐다. 겉모습만 보면 의심 인물로 몰리기 딱 좋았다. 30분의 사투 끝에 레나는 원하던 물건을 찾았다.

흰 뿌리만 물에 씻어서 입에 넣고 씹자 달큼하면서도 쓴 맛이 배어 나왔다. 이제껏 이 약초를 쓸 일이 없었는데, 알아두길 잘했던 것 같았다.

딸랑딸랑.

레나는 여전히 망치로 두드려 맞은 것 같은 머리를 짚으며 술집으로 들어섰다. 어젯밤에는 몰랐는데 문에 작은 종이 붙어 있었다. 간밤의 시끌벅적함은 온데간데없고 폐업 직전의 분위기가 감돌았다.

저쪽에 앉아 있던 도미닉이 레나를 불렀다. 비틀거리며 다가가자 그가 따뜻한 허브티 한 잔을 내밀었다. 얇게 자른 레몬 조각까지 띄워져 있었다.

이건 또 어디서 구한 거지?

그러나 레나는 뚱한 의문을 입 밖으로 내지 않았다. 이곳은 전지전능하신 도미닉 라몬트가 지배하는 술집 '가랑이 사이 황소' 가 아닌가. 그가 아침으로 3단 케이크를 주문했다면 정말 그게 나왔을지도 몰랐다.

호로록, 마시자 따뜻하고 향긋한 찻물이 레나의 안으로 흘러들어 갔다. 감사한 기운이 퍼져 나간다. 레나는 벽에 등을 기댄 채 생명수를 마시는 기분으로 허브티를 들이켰다.

"드래건에일을 경험한 소감은?"

도미닉이 놓칠 수 없는 기회라는 듯 물어 왔다. 대자연으로부터 아침의 기운을 빨아들인 사람처럼 그에게선 싱그러운 기운이 넘쳤다.

초췌해진 레나와는 정반대의 모습이었다.

누가 윗사람인지 모르겠네.

모르는 사람이 본다면 그가 영주님이고 레나가 주인을 섬기는 입장이라 착각할 것이다. 풍겨 나는 자신감부터가 달랐다.

"라몬트 경도 이런 말 쓸까요? 짐머가 하는 건 들었는데."

레나가 허브티를 한 모금 넘겼다.

"엿 같아요."

도미닉의 어깨가 떨렸다.

이 남자는 내가 욕하거나 바보 같은 짓을 할 때마다 좋아하네. 괜한 참견이겠지만, 레나는 도미닉의 여자 취향이 심히 걱정되기 시작했다.

"다신 안 마셔."

"취했을 때만 입이 험한 줄 알았는데 평소에도 잘 하는군요?"

그래도 레이디 귀에 욕이 들어가면 안 된다며, 그는 짐머의 입단속을 약속했다.

레나가 찻잔을 비울 때쯤 마침 짐머가 아래층으로 내려왔다. 어제 점심 이후로 아무것도 먹지 못하고 잠만 잤지만 안색은 한결 나아진 모습이었다.

"이리 와요."

레나가 손을 까딱했다.

그녀는 저보다 훨씬 큰 짐머를 앞에 세워 놓고 손으로 이마를 짚어 보았다. 뺨의 온도를 재고 혓바닥도 내밀게 했다. 기분을 묻자 속이 진정되었다는 답이 돌아왔다.

비로소 레나는 밝게 웃었다.

"고비를 넘겼네요. 다행이에요."

"모든 게 레이디 덕분입니다. 어젠 그대로 객사하는 줄 알았어요."

짐머는 여신을 대하는 듯한 눈으로 레나를 보았다. 그가 감격 어린 목소리로 말을 이었다.

"사실 여태까지 레이디가 하늘을 보며 알 수 없는 주문을 외울 때마다 어릴 적 어머니가 들려주신 마녀 이야기를 떠올리기도 했는데……. 뉘우치고 있습니다. 레이디 스칼렛은 제 생명의 은인이요, 지성의 표본이에요. 명실공히 로젠하트의 빛이 되실 겁니다."

마녀 이야기에서 레나는 흠칫했다.

자연을 향한 기도는 부모님께 배운 것이었다. 사람들이 일요일마다 예배당에서 드리는 기도와는 영 모양새가 다르다는 걸 알고 있었다.

마녀사냥은 이제 200년 전 이야기로 한물간 소재지만 이런 말을 들을 때마다 레나는 옆구리가 쑤셨다. 괜히 찔린다고나 할까.

몰래 한다고 했는데 본 사람이 있었구나.

행동에 더욱 주의를 기울여야겠다는 생각과 함께 짐머의 과찬에 얼굴이 달아올랐다. 가만히 놔두면 레나를 살아 있는 여신의 반열에 올릴 기세였다.

그녀는 찻잔을 내려놓은 뒤 씩씩하게 말했다.

"그럼 출발해 볼까요?"

레이디만 짐을 챙겨 내려오면 된다고 도미닉이 말했다. 왠지 기다렸다는 듯 끼어드는 느낌이라 레나는 아침부터 눈을 흘기지 않을 수 없었다.

“다시 들를 생각은 없어요? 하루 더 묵는 건 어때요, 자기?”

새벽녘에야 침대에 누웠을 접대부가 잠옷 차림으로 배웅을 나왔다. 그녀가 팔을 잡고 매달리는 상대는 물론 도미닉 라몬트였다.

그대로 보고 있자니 아니꼬워서 레나는 괜히 마부에게 다가가 간밤의 안부를 묻고, 짐머에게 너무 무리하지 말라고 말해 주었다.

그랬는데도 배웅은 아직 끝나지 않았다.

누가 보면 연인이 전쟁터로 끌려가는 줄 알겠네.

레나는 인상을 팍 썼다. 짐을 옮기고 말안장을 고치는 내내 도미닉은 접대부에게 이만 들어가라는 말을 하지 않았다.

단 한 번도.

“우린 어젯밤을 근사하게 보낼 수 있었는데…….”

뭐가 어쩌고 어째?

레나는 이 상황이 자기만 불편한가 싶어 주변을 둘러보았다. 다른 기사들에겐 익숙한 상황인 듯 아무도 신경을 쓰지 않았다.

“정말 아쉽네요, 무정한 사람.”

"맡은 임무가 있으니 어쩔 수 없지."

도미닉이 손의 먼지를 털고 앞머리를 불어 올렸다. 그러고는 부드럽게 웃는데 그 미소의 다정함이란, 일개 술집 접대부에게 보내는 것치곤 지나친 감이 있었다.

저거네. 저기에 로젠하트 여자들이 홀랑 넘어갔다는 거지?

레나는 팔짱을 끼고 도미닉을 노려보았다. 어젯밤부터 자꾸 기분이 나쁜데 자신이 왜 화가 나는지 알 수가 없어 답답한 참이었다.

도저히 못 봐주겠어.

"크흠."

접대부가 막 도미닉의 품에 몸을 던지려는 순간, 레나는 그의 옆으로 다가가 헛기침을 하였다. 그리곤 돌아보는 도미닉 앞에 자신의 손을 내밀었다.

새침하게 내리깐 눈과 도도한 손짓.

네가 신사라면 감히 이 손을 거부해선 안 된다는 기운이 물씬 풍겨 나왔다. 레나는 다른 설명 없이 눈으로만 마차를 가리켜 보였다.

마차까지 에스코트를 해 달라는 뜻이었다.

스스로도 유치함의 끝이란 생각이 들었지만 도미닉이 자신의 손을 잡았을 때, 그녀는 더없는 짜릿함을 맛보았다.

그의 도움을 받아 마차에 올랐다. 마차 문을 닫은 도미닉이 자신의 말에 오르자 접대부의 한숨이 깊어졌다.

"또 볼 수 있을까요?"

도미닉은 고개를 살짝 숙여 인사한 뒤 말 옆구리를 가볍게 찼다. 그것이 출발 신호가 되어 모두가 움직였다.

레나는 접대부를 향해 혀를 쏙 내밀고 싶은 충동을 자제해야 했다. 유치하고 못된 레나가 그녀 안에서 꿈틀거렸다.

낯설다. 평소와는 다른 자신이 마음에 들지 않았다.

정말 익숙하지 않은 감정이었다.

"라몬트 경."

레나는 창문 너머로 그를 불렀다. 마차와 비슷한 속도로 말을 몰던 그가 레나 쪽을 쳐다보았다.

그의 관심을 독점하는 게 좋았다. 레나가 부르면, 그는 대답해야 했다. 원래 그래야 하는데 어젯밤부터 뭔가 어긋났다.

하지만 콧소리로 앙탈 부리는 접대부는 이제 없다. 도미닉이 어중간하게 여지를 주는 걸 보지 않아도 된다.

레나는 갑자기 기분이 좋아진 나머지 생긋 웃으며 질문했다.

"가장 좋아하는 색깔이 뭐예요?"

뜬금없는 질문에 도미닉은 바로 대답하지 않았다. 그는 레나를 한참 쳐다보다 기가 막힌 듯 웃었다.

"공작에 대해서는 별별 심오한 걸 물어보더니 난 가장 좋아하는 색깔입니까?"

"나중에 물건 고를 일이 있으면 참고하게요."

그의 관심을 끌고 싶어서 일단 떠오른 대로 물어본 건데 도미닉은 그리 기뻐 보이지 않았다.

"응? 표정이 왜 그래요?"

마치 기분이 상한 사람처럼.

"대답해 줘요. 어려운 질문이 아니잖아요."

"너무 안 어려워서……."

뒷말은 잘 들리지 않았다. 마차 바퀴 굴러가는 소리가 너무 큰 탓인가. 레나는 여전히 대답을 기다리는 얼굴로 도미닉을 빤히 바라보았다.

생각해 본 적이 없다는 답으로 넘어가려 했던 그는 레나의 항의를 받았다. 결국 다른 기사들이 각자 좋아하는 색깔을 말한 다음에야 도미닉의 답을 들을 수 있었다.

"초록색."

그가 담담히 말했다.

"딱히 생각해 본 적은 없지만, 굳이 말하라면 초록색이겠군요."

"초록색이요?"

레나는 무의식적으로 그의 말을 받았다.

"내가 매일 거울 속에서 보는 색깔이네요."

다음 순간, 도미닉과 눈이 마주친 건 우연이었을까. 그와 시선을 마주하고 있는 몇 초 동안 레나는 아무 생각도 할 수 없었다.

뜻을 파악하기 힘들지만 어쩐지 기묘한 눈빛.

시선을 온전히 받아 내기가 버거워서 레나는 고개를 돌리고 말았다. 먼저 말을 건 사람은 자신이었는데 먼저 내빼는 쪽도 자신이었다.

나, 점점 이상해지는 것 같아.

레나는 두 손을 들어 볼에 갖다 대었다. 아까 전만 해도 사늘했던 뺨이 이유 모를 열기로 달아올라 있었다.

누가 먼저 시작했는지는 아무도 몰랐다.

열흘째 되는 날 점심, 초원에서 때 아닌 활쏘기 경기 한 판이 펼쳐졌다. 아마 네 명의 기사 중 누군가 도발을 했나 본데 어느새 다들 휩쓸려서 과녁을 정하고 있었다.

나무 정중앙에 붉은 칠을 하고 순서대로 활을 쐈다.

두 발 연속으로 중앙을 맞추고 나면 멀찌감치 떨어진 돌탑의 끝을 맞추는 식이었다. 돌탑 꼭대기엔 베어 먹어서 앙상해진 사과나 용케 꽂아 놓은 나뭇잎 같은 게 올라갔다.

남자로서, 기사로서의 허세가 넉넉히 넘쳐흐르는 순간이었다.

조쉬가 선두를 달리고, 허풍을 떤 것이 무색하게 휠이 꼴찌에 머물러 있을 때 누군가 레나를 향해 말을 걸었다.

"레이디는 화살이 무섭지 않나 보네요?"

손뼉을 치며 응원하던 레나가 웃는 얼굴로 갸웃거렸다.

"다들 활을 잘 다루잖아요? 빗나가서 날 맞출 일도 없는데 왜 무서워해야 하죠?"

"오, 숙녀분들은 원체 심약하니까 레이디도 화살을 겁내실 줄 알았어요. 화살이 과녁에 콱콱 박히는 것만으로도 가슴이 내려앉는다는 여자들이 많잖아요."

그 말의 어디가 레나를 자극했을까.

물론 너무 허약한 나머지 바람이 조금 세게 부는 것만으로도 쓰러지는 아가씨들이 있긴 했다. 하지만 모든 여자가 그런 건 아니었다.

화살을 겁내지 않는 것쯤으로 특별 취급을 받고 싶지는 않았다.

솔직히 방금 전까지만 해도 남자들의 자존심 대결을 강 건너 불구경하던 그녀였다. 그런데 지금은,

"이리 주세요."

드레스를 털며 일어나 기사들 쪽으로 다가갔다. 마침 랜달

의 차례여서 그가 활을 들고 있었다.

기사들의 얼굴에 설마, 하는 표정이 스쳐 지나갔다.

"활을 쏘시려는 건 아니죠?"

"활 쏘는 여자 처음 보나요?"

레나는 기세 좋게 랜달의 활을 빼앗아 들었다. 아예 못한다면 모를까 몇 번 시위를 당겨 본 입장에서 가만있을 순 없었다.

오로지 책으로만 익힌 실력이었다. 부모님과 함께 살 무렵, 레나는 어설프긴 하지만 직접 활을 만들어 쏴 본 적이 있었다.

단순히 활 쏘는 여신의 그림이 멋져서 시작해 본 거였다.

이론과 실전엔 큰 차이가 있었으나 어쨌든 못하는 것과는 달랐다. 매일 어깨가 욱신거릴 때까지 연습하다 보니 나중엔 과녁 안에 화살을 넣는 정도는 하게 되었다.

윽, 힘들어.

티를 내지 않았지만 레나는 활을 잡는 순간 자기가 만들어 쓰던 것과는 전혀 다른 종류임을 깨달았다. 이거야말로 사람을 겨냥해 죽일 수 있는 활이었다. 팽팽함의 정도가 달랐다.

대번에 어깨가 뻐근해지면서 오른팔이 부들부들 떨렸지만 그녀는 입술을 꼭 깨물고 시위를 당겼다.

숨을 고르고 과녁을 조준한 다음, 화살을 쏘았다.

핑!

시위를 떠난 화살이 날아가 과녁에 박혔다. 화살은 한 끗 차이로 중앙을 빗겨 갔다. 이건 레나조차 예상치 못한 결과였다.

기사들 사이에서 감탄이 터져 나왔다.

침착해, 레나. 늘 있어 온 일인 것처럼 자연스럽게 웃어.

레나는 표정 관리를 하며 랜달에게 활을 넘겨주었다. 어깨를 으쓱하는 것쯤은 괜찮을 것이다. 이쯤이면 여자들은 모두 유약하다고 함부로 말하지 못할 터.

박수갈채 속에서 자리를 뜨려는데 멀찍이서 지켜보던 도미닉이 불쑥 끼어들었다.

"다시 해 보시죠."

레나는 못 들은 척하려 했다. 방금 것이 우연임을 그녀 자신이 제일 잘 알고 있기 때문에. 하지만 도미닉은 집요했다.

"한 번만 더 해 봐요. 이번에도 맞추면 백작가의 철저함에 무릎 꿇겠습니다."

"무슨 뜻이죠?"

"신부 수업으로 활쏘기라니. 참신함이 눈부시네요."

본래 의도는 그게 아니었는데 엉뚱한 곳에서 도미닉의 오해를 샀다. 옴짝달싹도 못하는 상황이란 이런 건가.

과녁을 빗기면 방금 결과가 순제 행운이었음이 들통 난다.

기사들은 웃음과 안도가 어우러진 표정으로 레나를 달랠 것이다. 레이디는 활 같은 거 모르셔도 된다는 소릴 듣고 자신이 견딜 수 있을까?

반면 이번에도 행운의 여신이 그녀의 편을 들어줘서 비슷한 점수를 낸다면. 언젠가부터 느슨해진 도미닉의 경계심이 최대로 올라갈 터였다.

정말이지, 이 남자는 왜 갑자기 끼어들어서 분위기를 망치는 거야?

기사들이 죄다 자신을 쳐다보고 있었다. 레나는 하는 수 없이 활을 다시 잡았다.

시위가 당겨지느냐, 레나의 팔이 끊어지느냐!

핑!

다행히 화살은 제대로 날아갔지만 과녁을 한참 못 가서 땅에 떨어지고 말았다. 이런! 저런! 여기저기서 아쉬운 소리가 터졌다.

레나는 완전히 골이 난 표정으로 도미닉을 보았다.

그래, 당신 뜻대로 되니까 이제 속이 시원해요? 내 얕은 수가 드러나서 개운하냐고요, 속 좁은 멍텅구리.

그러나 도미닉은 비웃는 표정도, 안심한 표정도 아니었다.

"다시 잡아 봐요."

"못하는 거 봤잖아요?"

목소리가 저절로 부루퉁해졌다. 그가 자신을 웃음거리로 만들었다는 생각에 기분이 상했다.

"어깨에 과하게 힘이 들어갔어요. 등은 곧게 펴고."

"……뭐하는 거죠?"

"과녁, 맞추고 싶잖습니까."

도미닉이 가까이 다가왔다. 그는 레나에게 활을 잡게 하고는 잘못된 부분을 하나씩 지적해 나갔다. 그의 엄격한 지도하에 레나의 자세가 달라졌다.

신출내기 기사는 꿈도 못 꾸는 도미닉 라몬트의 일대일 지도라며 옆에서 부러운 눈길을 보냈으나 레나는 드래건에일만 생각날 뿐이었다.

독한 폭탄주를 마셨을 때만큼이나 온몸이 힘들었다.

내일 일어나면 분명 어깨가 떨어져 나갈 거야. 아아, 허리 오목한 부분은 또 어떻고. 벌써부터 전신이 욱신거려.

가르치는 의도는 모르겠지만 그가 장난으로 하는 것이 아님은 알 수 있었다.

이렇게 진지한 교습이 장난일 리 없었다.

핑!

몇 번의 시도 끝에 레나는 혼자 힘으로 과녁을 맞혔다. 한 번이라도 맞히지 않으면 도미닉이 이대로 밤을 새자고 할 것 같아서, 필사의 안간힘을 다했다.

과녁 중앙에서 한참 멀긴 했지만 그의 고갯짓을 끌어낼 수 있었다.

"놀랍군요."

"하나도 안 놀라는 표정으로 그런 말 하지 말아요."

레나는 랜달에게 활을 건넨 뒤 욱신대는 어깨를 감싸 잡았다. 내일 아침이 두려울 정도로 아팠다. 모든 근육통은 다음 날 정점을 찍는 법이었다.

"중간에 그만둘 줄 알았는데 말입니다."

"왜요, 여자라서요? 무도회나 손꼽아 기다리는 레이디라서?"

"……댄스보다 이쪽에 더 소질 있는 것 같아서 새삼 놀라워요."

이 남자가 돌멩이 하나로 두 마리 새 잡는 법을 아네.

레나는 어깨를 주무르며 도미닉을 올려다보았다. 반박하지 못하는 제 상황이 분하고 안타까웠다.

그녀는 어제, 제자리에서 빙글빙글 돌기만 하는 댄스 실력을 도미닉에게 들켰다. 그는 진심으로 페트론가의 댄스 선생이 누군지 알고 싶어 했다.

"그래요. 나 머리 좋은 수완가라고 소문나긴 했는데 댄스는 엉망이에요. 선생님도 일찌감치 두 손 들었어요."

레나는 될 대로 되란 심정으로 털어놓았다. 속일 수 없는 부분은 아예 미리 밝히는 게 나았다.

마담은 알고 있는 댄스곡이 있으면 한번 해 보라고 시키더니 다시는 레나에게 댄스를 시키지 않았다. 다른 걸 가르치기도 빠듯하다며, 만약 춤추는 자리에 가면 몸 상태를 핑계로 빠지라고 충고했다.

레나의 표정이 시무룩해졌다.

“결혼식 피로연의 첫 댄스는 신랑 신부가 이끌죠. 난…… 망했어요.”

모두가 신랑 신부만을 지켜볼 텐데 우스운 꼴을 당할 것이다. 게다가 레나는 공작 영지에서 환영받지 못하는 존재.

떠올리는 것만으로도 벌써 우울해졌다.

“……읏, 잠깐. 뭐하는 거예요?”

그녀는 도미닉의 손에 끌려갔다. 하루치 운동은 다 한 것 같은데 그는 다시 깐깐한 선생의 모습으로 바뀌어 있었다.

“아까 썼던 부분, 그래요, 여기 허리를 곧게 세우고. 한 손은 어깨에, 다른 손은.”

그의 크고 단단한 손이 레나의 손을 감싸 쥐었다.

“나는 왼발, 레이디는 오른발부터.”

“자, 잠깐만요.”

이대로 댄스 교습을 시작하는 거야?

아픈 건 둘째 치고 너무 갑작스러운 상황에 레나는 주변을 둘러보았다.

누군가 막아 주겠지. 여기서 시간을 너무 잡아먹는다고 깨우쳐 주겠지. 활쏘기 대결까지는 식후의 여가로 적당했는데 어느새 레나의 개인 수업 시간이 된 모양새였다.

그러나 도미닉을 막는 자는 아무도 없었다.

마부는 본격적으로 낮잠을 즐기는 중이었고, 세 기사는 아직 활쏘기에 매달렸다. 오직 조쉬만이 이쪽을 쳐다보고 있었다.

“이건 너무…… 가까운걸요.”

레나가 두 사람 간의 거리를 지적하자 도미닉이 존재하지도 않는 페트론가의 댄스 선생을 다시 한 번 깎아내렸다.

“기본이 3박자. 물결을 타는 느낌으로 몸을 움직여요.”

“발등을, 밟을 것 같은데.”

도미닉이 픽 웃었다.

“누님 연습 상대를 해 줄 때 내 발등은 이미 끝났죠. 레이디가 누님을 이길 것 같진 않군요.”

그가 나직하게 박자를 읊으면서 댄스가 시작되었다.

레나는 도미닉의 발을 밟았다. 다리끼리 부딪쳤고 스텝이 엉키기 일쑤였다. 처음엔 미안하고 당황스러워서 어쩔 줄 모르다가 나중엔 반쯤 포기하고 도미닉의 리드에 몸을 맡겼다.

아예 그에게 기댔더니 차라리 편했다.

부드럽게 돌고, 돌고, 핑그르르 멀어졌다가 돌아왔다. 레나의 연한 살구색 드레스가 푸른 초원 위에서 둥글게 원을 그렸다.

왜 이야기 속 여주인공들이 춤을 추다 사랑에 빠지는지 알겠어.

레나는 도미닉의 가슴에 시선을 둔 채 멍하니 생각했다.

같은 박자에 맞춰 움직이고 있을 뿐인데 그 이상의 무언가가 그녀 안에서 움트는 것 같았다.

"시선."

도미닉이 짧게 지적했다. 아까 활쏘기를 가르칠 때처럼 딱딱한 어조였다. 특별함을 느끼는 건 자신뿐인가 보다.

숨길 수 없는 서운함이 레나의 가슴을 치고 갔다.

그녀는 처음에 들은 대로 고개를 들어 도미닉의 눈을 바라보았다. 그리고 그와 눈이 마주친 순간, 온몸을 옭아매는 듯한 시선에 숨을 멈췄다.

그는 언제부터 자신을 이런 눈으로 보고 있었을까.

"아직 시간이 남았는데 피로연을 망치게 두긴 아깝죠."

도미닉은 자신이 이렇게 행동하는 이유에 대해 설명을 하는 듯했다. 납득 가지 않는 수고로움이었지만 레나는 캐묻지 않았다.

"다음엔 뒤로 젖힐 겁니다."

완전히 몸을 맡기라는 말이 비밀스런 주문처럼 레나의 귀에 스며들었다.

우아하게 돌았다가 그의 품에 안겨 천천히 허리를 젖혔다. 자칫 불안한 자세였지만 몸을 받쳐 주는 도미닉의 팔이 있는 한 레나는 안전했다.

그래, 그의 안에서 '안전한' 기분이었다.

한편 저쪽에서 혼자 댄스 교습 장면을 보던 조쉬는 고개를 내저으며 중얼거렸다.

"위험해. 왠지 위험하다고……."

"어? 방금 뭐라고 했어?"

눈을 가리고 하자는 둥 대결의 수위를 높이던 짐머가 조쉬 쪽을 쳐다보았다.

"눈 가리고 쏘기, 너도 할래?"

"그게 아니라."

조쉬의 눈이 두 남녀를 향했다. 두 사람의 시선은 서로에게서 떨어질 줄을 몰랐다. 위험하지만 거부할 수 없고, 은밀하지만 노골적인 무언가가 둘에게서 느껴졌다.

"라몬트 경과 레이디가 좀 너무."

"너무 뭐?"

조쉬가 뒷머리를 긁었다. 막상 말하려니 이거다 싶은 표현이 떠오르지 않았다. 휠은 화술이 좋은 반면 자신은 이 방면에 취약했다.

"……너무 잘 어울리는 거 같지 않아?"

"엥?"

짐머가 놀란 당나귀 같은 소릴 냈다가 곧바로 웃었다.

"그게 무슨 뚱딴지같은 소리야."

"아니, 두 사람을 보고 있으면 뭔가 이상야릇한 게. 그, 그래. 지나치게 잘 어울린달까? 필요 이상으로 말이야."

"그럼 필요한 만큼 잘 어울리는 건 뭐냐?"

짐머는 훨도 아니면서 반박하기 힘든 말로 되받아쳤다. 동료는 이미 조쉬의 말에 흥미를 잃은 얼굴이었다.

"미남 미녀라서 그래. 예쁘고 잘난 귀족 나리 두 분이 서 있으니까 가만있어도 그럴듯해 보이는 거지."

"……가만있지도 않는 것 같은데."

"뭐라고 중얼거리는 거냐? 어이, 빨리 결정해. 참가할 거야, 말 거야?"

조쉬는 손을 휘휘 내저었다. 그러고는 여전히 서로를 바라보고 있는 두 사람에게 눈길을 돌렸다.

라몬트 경의 눈은 과하게 진지했고 레이디의 뺨은 심하게 상기되어 있었다. 지금 두 사람은 둘만의 세계에서 시간을 보내는 중이었다.

"아무래도 위험한 축인데."

하지만 딱 꼬집어서 어디가 어떻게 위험한지 설명할 순 없었다. 조쉬는 생각이 막힐 때마다 머리를 긁다가 결국 손톱에 불그스름한 것이 묻어나고 나서야 외마디 비명과 함께 손을 뗐다.

chapter
4

고백

“턴, 턴, 턱을 좀 더 들고. 다시 턴.”

도미닉의 차분한 지시에 맞춰 레나가 제자리서 돌았다.

지난 엿새 동안, 점심 식사 이후의 한 시간은 레나의 댄스 교습 시간으로 자리 잡았다. 이미 활쏘기 때 짐작했지만 그는 인내심과 깐깐함을 동시에 갖춘 선생이었다.

도미닉은 틈이 날 때마다 스텝을 익히길 요구했고, 여관에서 자기 전 10분만이라도 복습을 하라고 시켰다. 마담에게 배운 것보다 고난도의 속성 강좌였다.

한 가지 다행인 것은 레나가 우수한 학생이라는 점.

조금이라도 응용 동작을 하려 하면 대번에 발이 꼬이지만 이제 적어도 도미닉과 첫날부터 연습한 곡은 끝까지 춰 낼 수 있었다.

박자와 동작만 맞추기 급급하던 어느 순간 그가 읊조리는 멜로디를 들었을 때, 레나는 모든 조각이 끼워 맞춰지는 느낌을 받았다.

그녀는 도미닉에게 곡의 제목을 물었다.

달빛 서약의 노래.

오래전부터 사랑받아 온 댄스곡이며 특히 피로연의 처음 곡으로 많이 쓰인다고 그가 알려 주었다.

"어쩐지…… 영 낯설지 않다고 했어."

음악이라곤 유랑 악단의 연주밖에 들어 보지 않은 레나도 주된 멜로디는 어디선가 들어 봄 직한 곡이었다.

"정신을 딴 데 팔고 있군요."

고개를 들자 도미닉이 집중하지 않는 학생을 꾸짖는 표정으로 그녀를 내려다보고 있었다. 슬쩍 힘이 들어간 미간에 정신이 들었다.

어쩐지 조금 창피한 기분에 레나는 화제를 돌렸다.

"결혼식도 라몬트 경과 올리고 맹세의 키스도 라몬트 경과 했는데 이젠 피로연 첫 곡까지 함께 연습하네요."

레나가 부드러운 발놀림으로 도미닉을 따라갈 때마다 라벤더색 드레스 자락이 바람에 나부꼈다.

"공작님의 키는 어떻게 되시죠? 체격과 보폭은요? 내 몸은 경에게 익숙해졌는데 나중에 실수를 하면 어떡해요."

"아미티지 공작은 나보다 2센티 작습니다. 체격은 비슷하고 보폭은 눈여겨본 적이 없는데."

도미닉이 레나의 손을 잡고 끌어당겼다. 두 번 회전하면서 그의 품으로 안기는 동작이었다. 이 동작만 하면 도미닉에게 완전히 갇히는 느낌이라 레나의 기분이 새콤달콤해지곤 했다.

"제대로만 익혀 두면 상대가 누구든 맞춰 갈 수 있습니다."

도미닉이 배움의 정석과도 같은 말을 했다.

"하긴, 워낙 걱정되는 실력이니 상대를 바꿔 연습해 보는 것도 좋겠군요."

그리고 그 말을 한 지 3초도 되지 않아 자신의 말을 번복했다. 그래도 엿새 만에 배운 것치곤 제법 괜찮은 실력이라고 자부했던 레나는 샐쭉한 표정을 지었다.

"휠."

도미닉의 부름에 저 멀리서 대련을 하던 휠이 달려왔다.

"넘겨받아."

"눈부신 레이디 스칼렛."

갑작스러운 상황에도 휠의 입은 쉬지 않았다. 휠은 도미닉에게서 떨어져 나온 레나의 손을 잡고 자신에게로 이끌었다.

"아앗, 휠, 너무 빨라요!"

휠은 도미닉보다 훨씬 빠르고 모든 동작이 짧게 끊어졌다. 이 정도면 3박자가 아니라 빠르게 뛰어가는 2박자라 해도 무방했다.

"다양성이죠, 레이디."

휠이 웃으며 대꾸했다.

"첫 곡은 공작님과 추지만 그다음 곡들은 다른 귀족 나리들과 함께해야 합니다. 그 사람들 중에 저처럼 활기 넘치는 사람이 분명 있을 거예요."

"그렇지만…… 아무리 그래도 이건!"

심지어 휠은 정해진 동작을 무시하고 흥이 나는 대로 레나를 빙글빙글 돌렸다. 꺄하하, 웃음이 터지고 말았다.

완전히 엉터리고 엉망이다. 귀족 무도회의 고상함과는 거리가 멀었으나 레나는 그의 경박함이 마음에 들었다.

"배탈이나 나는 짐머에게 가 볼까요?"

휠이 레나의 손을 잡은 채 짐머에게 다가갔다. 짐머는 일행 중 가장 덩치가 컸다. 아주 두꺼운 통나무와 함께하는 기분이었다. 그다음은 랜달, 이어서 조쉬.

결국 레나는 자발적으로 중년의 마부와도 풀밭 위를 누볐다.

맑은 웃음소리가 연신 터져 나왔다. 다시 도미닉에게 돌아왔을 때 레나의 두 볼은 즐거운 흥분으로 물들어 있었다.

"나 어땠어요?"

도미닉이 그녀의 손을 잡았다.

"최악 중에 이런 최악이 없군요."

하지만 그는 어쩔 수 없다는 듯 웃는 얼굴이었다.

기사들과 함께하고 나니 신기하게도 댄스에 대한 부담감이 많이 줄어들었다. 레나는 한결 나아진 모습으로 도미닉과 합을 맞춰 나갔다.

나중에 여유가 생겼을 때는 사이사이에 질문을 할 정도가 되었다.

"저번에 제일 좋아하는 색깔을 물었었죠."

레나가 음모를 꾸미는 악당처럼 눈을 빛냈다. 이건 진짜 충격일걸, 하는 자신감마저 배어 나오는 눈빛에 도미닉이 해보란 듯 고개를 끄덕였다.

"첫 키스에 대해 물어봐도 될까요, 도미닉 라몬트 경?"

질문을 마친 레나는 앙큼한 미소를 지었다. 반면 도미닉은 말없이 그녀를 쳐다보다가 고개를 절레절레 내저었다.

"그 질문이 색깔 질문에 비해 나은 게 뭡니까? 단순 흥미위주에 성의라곤 찾아볼 수가 없군요."

사정없는 혹평이 이어졌다. 그는 모닥불 앞에서 이야기를 나눴던 밤, 공작에 대해 레나가 궁금해했던 것들이 퍽 인상적이었던가 보다.

기껏 댄스 교습을 해 줘도 그런 것밖에 궁금하지 않느냐며 레나를 흘겨보았다.

“열네 살.”

단답이 돌아왔다.

“가족 여행 차 들렀던 친척 집의 하녀였죠.”

돌아온 대답은 질문보다 몇 배는 충격적이었다. 적어도 레나에겐 말이다.

“열……네 살이요? 너무 어린 거 아닌가요?”

“남달리 성숙했던지라.”

“아무리 그래도 열네 살이라니. 난 그때…….”

차마 초경도 시작하지 않았다는 말은 입에 담을 수가 없었다. 레나는 머릿속으로 열네 살을 족히 열네 번쯤 되풀이해 본 다음 열네 살의 풋풋한 미소년에 대해 생각해 봤다.

열네 살의 도미닉은 어떤 모습이었을까.

아마 키는 또래보다 남달리 컸을 것이다. 그때 이미 기사단에 들어가 검을 다루고 있었을지도 모른다. 그가 처음 전장에 나간 게 열여섯 때니까.

싱그러우면서도 다부진 소년을 떠올리자 레나의 심기가 불편해졌다.

은연중에 그를 도발해 보고 싶어서 던진 질문인데 제 기분이 상하다니, 이건 실수가 틀림없었다.

"좋았어요?"

레나가 뾰로통하게 물었다.

"물론 좋았겠죠."

자문자답이었다. 레나의 머릿속엔 아까부터 '후원에서의 비밀스런 만남' 이란 제목의 단막극이 상연 중이었다.

막이 오르자 열여덟 살같이 성숙한 도미닉과 레나보다 300배쯤 요염한 하녀가 내일 세상이 멸망할 기세로 키스를 하기 시작한다.

최악이야.

현실의 도미닉은 뭐가 그리 재미있는지 자꾸만 쿡쿡 웃었다.

"웃지 말아요."

"이젠 웃는 것도 안 됩니까?"

"왠지 기분 나빠."

"레이디는 질문을 했고, 난 대답을 했습니다. 뭐가 기분이 나쁘죠?"

나도 몰라요, 그런 거. 이렇게 대꾸할 순 없겠지.

레나는 자신이 왜 하고많은 질문 중에 그런 걸 선택했는지 후회스러울 지경이었다. 이럴 줄 알았으면 못 먹는 음식이나 가장 좋아하는 장소를 물을 걸 그랬다.

본전도 못 찾고 약이 오르기만 해.

자신이 화나는 이유를 필사적으로 찾아보려 했지만 그나마 유사한 감정이 하필 '질투'라서 레나는 그쯤에서 후퇴했다.

13년 전에 일어난 일이다.

옛날 일을 가지고 그때의 하녀에게 질투하는 건 너무 우습지 않은가 말이다. 그녀도 많은 나이가 아니었을 텐데.

게다가 애초에 내가 왜 라몬트 경의 첫 키스 상대를 질투해야 하지?

라몬트 경이 내 연인이야? 내 약혼자야? 하다못해 오래 알아 온 지인이기라도 해?

아무것도 해당되지 않잖아.

"좋았느냐고 물은 것도 질문이라면 예, 나쁘진 않았어요. 물이 바뀐 탓인지 바로 그날 밤부터 온 가족이 앓은 기억만 빼면."

"저런."

"그러고 기사단에 들어갔고 다음엔 전쟁을 치렀죠."

찰나이지만 도미닉의 두 눈에 어두운 기운이 스쳐 지나갔다. 그 전쟁으로 젊은 나이에 영웅이 되었는데 옆에서 지켜본 바에 따르면 도미닉은 영웅 칭호를 별로 달갑게 여기지 않았다.

그는 전쟁 이야기 자체를 좋아하지 않았다.

레나는 제자리에 멈춰 섰다. 더는 춤을 출 분위기가 아니었다.

"멈추라고 한 적이 없을 텐데요?"

오히려 도미닉이 그녀를 재촉했다. 그의 눈에는 아직 어두운 여운이 남아 있었지만 목소리와 표정은 평소와 같았다. 레나는 정말 혼란스러웠다.

방금 전까지 첫 키스 상대에 대해 질투 비슷한 걸 느꼈는데 도미닉의 힘든 과거를 대하자마자 이전의 불만은 눈 녹듯이 사라졌다.

그는 자신의 눈에 어떤 감정이 비쳤는지 알고 있을까?

열여섯, 성인식을 치렀지만 어리다면 어린 나이다. 그 나이에 피바람이 몰아치는 전장에 나가 살기 위해 적을 베었던 도미닉은 어떤 시간을 보냈을까.

어떤 시간을 버텨야 했을까.

이미 10년도 더 전의 일이긴 하지만 레나는 그때의 도미닉을 위로해 주고 싶었다. 하지만 자신은 지금 스칼렛의 가면을 쓰고 있다.

스칼렛은 최근 전쟁에서 그의 주인이자 친우의 약혼녀를 죽게 만든 장본인의 딸이다. 그런 자신이 감히 도미닉의 상처를 위로해 주려 해도 될까.

"전쟁……."

레나는 입을 열어 봤다. 그러나 그 한마디만 꺼냈는데도 혀가 굳은 듯 더 이상 말이 나오지 않았다. 적절한 말을 찾을 수 없는 것이다.

"힘들었겠죠. 난 상상도 할 수 없을 만큼 힘들었을 거예요."

하지만, 이라며 레나가 말을 이었다.

"어쨌든 경이 그때의 전쟁에서 살아 돌아와서 기뻐요."

"그거라면……."

도미닉의 얼굴이 굳기 전에 그녀는 말을 맺었다.

"안 그랬으면 '가랑이 사이 황소'에서 위기를 모면할 수 없었을 테니까. 보나 마나 그 주정뱅이에게 엉덩이도 뺏겼을 테고요."

아무리 생각해 봐도 그 술집 이름을 누가 지었는지 모르겠다. 어쩜 입에 담는 것만으로 민망하고 우스꽝스러울 수가 있지?

도미닉도 그것을 느꼈는지 표정을 풀었다. 그는 레나가 굳이 술집 이름을 발음한 이유를 알겠다는 듯 낮게 웃었다.

"그 음흉한 치에게 두드려지느니 경의 손길을 받는 편이 낫죠."

"아직도 난 용서받지 못한 거군요."

"몰랐어요? 엉덩이는 절대 원수를 잊지 않아요. 삼대를 가죠."

도미닉이 검은 앞머리를 쓸어 올리며 웃었다.

"……엉덩이 얘긴 그만할 순 없습니까? 고상한 댄스 교습 중이었는데."

이젠 레나도 참기 힘들었다. 태연자약하게 말을 받으려던 그녀 역시 풉, 웃음을 터뜨리고 말았다.

한편 아까 전부터 실눈으로 그들을 지켜보는 이가 있었으니,

"위험해. 위험하다고."

여지없이 조쉬였다.

그는 이번엔 짐머 대신 여자 관계에 능통하다고 자부하는 휠을 끌어다 물었다. 라몬트 경과 레이디가 지나치게 잘 어울리지 않느냐는 물음에 휠은 한참 지켜보다가 말했다.

"잘 어울리네."

"그렇지? 맞지? 내 말이 맞지? 그렇다니까!"

"근데 너 왜 이렇게 좋아하냐?"

"아니, 좋아하는 게 아니라 내 말이 맞다고 인정받아서."

조쉬는 자신이 포착한 여러 가지 증거를 늘어놓았다. 그때마다 휠은 엄숙한 얼굴로 고개를 끄덕였다.

그렇지만 조쉬의 말에 계속 동조하던 휠도 마지막 결론만

은 달랐다. 잔뜩 희망 고문을 하더니 결국엔 조쉬와 다른 길을 걸었다.

"근데 레이디는 공작님과 더 잘 어울릴 거야."

"……왜?"

"그게 더 그림이 돼."

이 무슨 근거조차 없는 단언이란 말인가. 조쉬의 입이 서서히 벌어졌다.

"그리고 라몬트 경은 모시는 레이디와 놀아날 남자가 아니야."

"……그건 또 왜?"

"딴 사람은 몰라도 라몬트 경은 아니지. 의리남이거든."

그 의리남이 흔들리니까 문제라는 거지, 이 머저리야. 조쉬는 동료를 향해 막말을 퍼붓고 싶은 충동을 간신히 억눌렀다.

끝내 이렇게 되고 마는가.

공작 부인을 모셔 오는 영광스러운 임무에서 네 명의 기사 중 진정한 옥석이 가려지고야 마는가.

공작 영지에 도착하기까지는 아직 시간이 있었다.

존경해 마지않는 수석기사와 고결한 레이디, 두 사람이 돌이킬 수 없는 잘못을 저지르지 않게 자신이 신경을 써야 하리라.

조쉬는 한숨을 쉬며 머리를 긁으려다가 무언가 생각난 듯 멈칫했다. 그러고는 반대쪽 머리를 살살 긁기 시작했다.

징조라는 말이 있다.

그날, 불운의 징조는 마부에게 찾아왔다. 집에 있는 어린 아들 생각이 난다면서 여관 주인 아들의 일을 도와주다가 어깨를 다친 것이다.

언뜻 보면 단순히 피멍이 든 것 같지만 레나는 상처가 아물 때까지 제법 시간이 걸릴 것임을 알았다. 뼈가 다치지 않은 것은 천만다행이었다. 그녀는 연고를 바르고 붕대를 감아주며 최대한 오른팔과 어깨를 쓰지 말라고 했다.

"이거 공연히 레이디께 폐를 끼치게 되었군요."

"무슨 말씀이세요. 아이를 도와주려다 다치신 걸요. 바쁜 거 없으니까 천천히 가요."

레나는 사과하는 마부를 위로했다.

처음엔 평소대로 마차를 몰던 그도 시간이 지날수록 어깨가 뻐근한지 조금씩 속도가 느려졌다.

영지까지는 아직 사나흘이 더 걸린다고 들었다.

다른 사람들도 말은 몰 줄 아니까 교대로 마차를 움직이고 마부는 쉬게 하는 편이 좋을 것 같았다.

거기까지 생각이 미친 레나는 창문 너머로 도미닉을 불렀고 랜달이 오늘의 마부 자리를 자원했다. 자리를 바꾼다고 잠시 길가에 멈춰 섰을 때였다.

"레이디!"

콱!

마차가 선 김에 허리를 편다고 나왔던 레나는 휠의 고함 소리와 함께 옆으로 떠밀려 쓰러졌다. 그와 동시에 레나가 서 있던 마차 쪽으로 손도끼가 날아와 박혔다.

"강도들입니다!"

조쉬와 짐머가 동시에 검을 빼어 들며 소리쳤다. 도미닉이 욕을 뱉으며 레나를 마차 안으로 밀었다.

"랜달! 마부석으로!"

상대가 몇인 줄도 모르는데 싸울 순 없었다. 도미닉은 한시라도 빨리 자리를 뜨는 것이 상책임을 알았다. 그러나 랜달은 이미 허벅지에 화살 한 대를 맞은 뒤였다. 그가 화살대를 꺾고 절뚝거리며 마부석으로 달려갔다.

"가진 걸 다 내놓으시지!"

"젠장."

복면을 한 자들이 길 양쪽에서 쏟아져 나왔다. 눈대중으로 서른 명이 넘어 보였다. 이쪽 지역은 치안이 나쁘지 않다고 알고 있었는데, 역시 한적한 길에 세워진 멀끔한 마차는 없던 도적들의 구미도 당기나 보다.

차라리 앞뒤로 호위가 열 명씩 붙고 아미티지 공작가의 문장이 떡하니 새겨진 공식 마차였으면 그들도 군침만 다셨을지도 모른다. 지금 일행은 거금까진 없어도 털면 쏠쏠할 하급 귀족처럼 보였다.

거기다 아리따운 귀족 레이디.

인질로 이보다 훌륭한 대상이 어디 있을까.

가문을 협박해서 몸값을 받아 낸 후 고급 노예로 외국에 팔아 버리는 일이 드물지 않았다. 여자의 가문에는 인질이 허약한 나머지 죽어 버렸다고 하면 그만이다. 그러고 나서 돈은 두 배로 챙기는 수법이었다.

이미 귀족을 노린다는 점에서 이후의 보복 같은 건 염두에 두지 않는 무리들이었다.

재빨리 주변을 훑자 강도떼 중 활 담당이 마부석을 겨누고 있는 게 보였다. 랜달이 말고삐를 당기는 시늉이라도 내면 바로 그의 가슴을 관통시킬 준비가 되어 있었다.

그럼에도 불구하고 랜달이 마차를 움직이거나 첫 번째 공격이 실패하면 다음 예정 수순은 말이었다.

무슨 생각이었는지 도미닉은 말에서 내려와 검을 뽑아 들었다. 그리고 마차에서 레나를 끌어내 자신의 뒤에 서게 했다.

"돌아서 칠 겁니다."

그가 이보다 더 낮을 수 없는 목소리로 말을 덧붙였다.

"페트론가의 전략이었죠. 이해됐습니까?"

레나는 고개를 끄덕였다.

강도들에게 말(馬)은 중요한 약탈품이었다. 잘만 팔면 시시한 사람 몸값보다 배로 받아 낼 수 있었다. 하지만 사람들의 도주 또한 막아야 하기에 섣불리 움직이면 그들은 말부터 제거할 터였다. 아무리 빨리 몰아도 말이 배에 화살을 맞으면 그대로 고꾸라지기 마련. 말 없이는 이곳을 벗어날 수 없었다.

도미닉은 우선 강도떼를 말들에게서 멀어지게 하려는 생각이었다.

"뒤도 안 돌아보고 달릴 겁니다."

"……비명 한 번 안 지르고 따라갈 테니까, 길이나 틔워 줘요."

그의 등 뒤에 서 있는지라 얼굴이 보이지 않았지만 어쩐지 도미닉이 피식 웃고 있는 듯한 기분이 들었다.

"씩씩해서 좋군요."

그가 나머지 기사들에게 지시했다.

"조쉬, 마부랑 함께 움직여. 짐머는 랜달을 맡는다. 휠은 후방 단독으로."

도미닉의 검이 새파랗게 빛났다. 아니면 빛난 것은 그의 살기가 도는 눈 쪽일까.

"막아서는 놈은 다 죽여라."

레나의 손을 잡고 있는 그의 왼손에 힘이 들어갔다. 레나는 자신도 힘을 넣어 그의 손을 잡는 걸로 답을 대신했다.

전쟁 이야기에 도미닉의 낯빛이 어두워진 것이 바로 어제 일인데 지금 그는 누구보다 냉정한 리더로 바뀌어 있었다.

레나뿐만이 아니었다. 다른 기사들도 갑작스러운 위기에 얼굴이 굳어졌으나 리더의 지시에 일말의 의문도 갖지 않고 따랐다. 모두들 도미닉을 완전히 신뢰하고 있었다.

"일찌감치 항복하기로 한 건가? 그렇다면 환영이지만, 여전히 들고 있는 날붙이가 거슬리는데……."

강도단의 두목격으로 보이는 자가 수염을 쓸며 말했다.

"지금이다."

도미닉이 그대로 달려 나갔다. 레나는 드레스 자락을 단단히 움켜쥐었다. 예상치 못한 움직임에 앞쪽의 강도들이 우왕좌왕하다가 무기를 휘두르기 시작했다.

보기만 해도 섬뜩한 도끼와 잡초를 베는 넓적한 칼이 허공을 갈랐다.

레나는 눈을 질끈 감는 대신 이를 악물었다. 혹시라도 발이 걸려 넘어져 도미닉의 짐이 되고 싶지는 않았으니까.

"아악!"

도미닉의 검이 강도의 몸을 베었다. 한 명이 떨어져 나가기 무섭게 몇 명이 그의 앞으로 달려들었다.

레나의 몸이 이리저리 흔들렸다.

조금만 한눈을 팔았다간 드레스와 함께 몸 어딘가가 잘려 나갈 판이었다. 그녀는 잔뜩 신경을 곤두세운 채 도미닉의 주변을 살폈다. 그가 이끄는 대로 몸을 옮기는 걸로는 부족했다. 레나는 시퍼런 칼들이 날아다니는 방향에서 눈을 떼지 않았다.

"악!"

"이 자식들이!"

"여자만 남기고 죽여라!"

피를 본 강도들의 눈이 뒤집혔다. 도미닉의 실력이 독보적으로 뛰어나긴 했지만 일행 중엔 부상자와 여자, 검을 다루지 못하는 자가 섞여 있었다.

강도들이 수적으로 밀어붙이자 초반의 기선 제압도 슬슬 효력이 떨어져 갔다.

도미닉은 눈앞의 적을 서슴없이 찌른 뒤 일행에게 풀숲으로 뛰어들라고 외쳤다. 길을 따라 앞으로만 나아가던 기사들이 리더의 명에 따라 옆으로 몸을 던졌다.

야트막한 비탈길이 그들을 맞았다.

구르고 구르다가 숨 돌릴 틈도 없이 일어나 달렸다. 마차와 말을 오롯이 가질 수 있는데도 피를 본 강도들은 그들의 뒤를 바짝 쫓았다.

이렇게 숨통이 터질 만큼 달린 적은 처음이었다. 호흡이 턱 끝까지 차올랐다. 그래도 레나는 걸음을 늦추는 법 없이 도미닉의 뒤를 따랐다.

"이쪽으로."

이대로 영원히 숲의 끝까지 달리나 싶었는데 도미닉이 움푹 꺼진 장소를 발견했다. 벼락을 맞았는지 옆으로 넘어진 고목나무가 벽이 되어 주었다. 천만다행으로 나무 안은 텅 비어 있었다.

도미닉과 레나가 그 안에 숨고, 나머지 사람들은 최대한 나무 가까이 붙었다. 넝쿨과 마른 잎사귀로 몸을 덮으니 숨만 참는다면 그 옆을 지나가는 사람도 속여 넘길 수 있을 것 같았다.

이 방법이 성공해서 무사히 마차로 돌아갈 수 있다면 좋겠다.

다들 그런 생각을 하며 숨을 죽이고 있을 무렵이었다.

"으윽……."

가장자리에 주저앉은 랜달이 신음을 흘렸다.

"망할……. 화살촉이, 흐으윽."

뛰고 구르는 사이 화살촉이 허벅지를 깊이 파고들었나 보다. 랜달은 고통을 견디기 힘들다는 듯 연신 신음을 흘렸다.

식은땀이 그의 이마를 타고 흘렀다.

고통스러운 것은 이해하지만 지금 소리를 참지 않는다면 목숨을 장담하기 힘든 상황이었다. 엎친 데 덮친 격으로 저쪽에서 강도들의 발소리가 들렸다.

그들은 거친 숨소리를 뿜어내며 소리를 질러 댔다.

“봤어? 봤나? 어디로 튀었지, 이 쥐새끼들이!”

“갑자기 종적이 끊겼어. 하늘로 솟지 않았다면야 분명 이 근처다!”

“수색해!”

“부두목의 목이 잘렸어. 반드시 찾아내 죽인다!”

레나는 자신의 숨소리가 새어 나갈까 두려워 입을 틀어막았다. 하지만 문제는 레나 쪽이 아니었다. 화살촉에 다른 뭔가가 발려 있기라도 했는지, 랜달이 신음을 참지 못했다.

모두의 눈이 불안으로 흔들렸다.

이제 와서 다른 곳으로 도망치기엔 너무 늦었다.

으으, 하는 소리가 너무 컸다는 생각을 하자마자 강도 중 누군가가 쉿, 하고 주변 사람들을 불러 모았다.

“방금 무슨 소릴 들었어.”

레나의 어깨가 움츠러들었다. 순간 수백 가지 생각이 머릿속을 스쳤다. 몸의 떨림을 주체할 수가 없는데 그녀를 감싸 안는 누군가가 있었다.

도미닉, 그였다.

그가 레나를 끌어안은 채 지그시 힘을 주었다. 그의 몸이 주는 온기가, 단단함이 레나를 쓰러지지 않도록 받쳐 주었다.

"이쪽인 것 같은데."

"어이, 이봐! 이쪽에서 소릴 들었대!"

발소리가 모여들었다.

레나를 안고 있는 도미닉의 팔에도 힘이 더 들어갔다. 그녀는 도미닉이 천천히 검을 고쳐 잡는 것을 지켜보았다. 그것을 기점으로 다른 기사들도 호흡을 골랐다.

"흐윽!"

랜달이 끝내 고통스런 신음을 지르고야 말았다. 그와 동시에 도적들이 기다렸다는 듯 거센 함성과 함께 밀려들었다.

"안에 있어요!"

도미닉이 레나를 더 깊숙이 밀어 넣은 뒤 밖으로 몸을 날렸다. 기사들도 그의 뒤를 따랐다. 레나는 날붙이가 부딪히는 소리를 들으며 마부와 함께 랜달을 안쪽으로 옮겼다. 랜달의 몸은 짧은 시간에 불덩이로 바뀌어 있었다.

이렇게는 승산이 없어.

레나는 십자가 목걸이에 입을 맞추는 마부를 쳐다보며 생각했다. 밖에 나가 싸우고 있는 네 명이 살아 돌아올지 의심스러웠다.

도미닉이야 그렇다 쳐도 휠과 조쉬가 부상을 입은 것 같았다. 다만 랜달만큼 위중하지 않기에 검을 들고 나가 싸우는 것이다.

무조건 여길 빠져나가야 해.

레나는 앞으로 자신이 저지를 일을 떠올리며 마음을 단단히 먹었다. 그녀는 마부의 어깨를 잡고 잠시만 기다려 달라고 말했다.

자신을 따라 나오지 말라고.

"레이디, 그게 무슨."

"곧 봐요."

그리고 레나는 나무 밖으로 나갔다.

바깥은 치열한 싸움이 벌어지고 있었다. 피비린내와 날붙이 부딪히는 소리와 고함으로 가득했다. 강도들은 곡괭이나 도끼를 휘두르면 다인 줄 아는 무지렁이끼리 모인 게 아니었다.

기사를 상대할 만큼의 실력을 갖고 있었다. 위험을 무릅써야겠다는 레나의 생각이 더욱 확고해졌다.

"여기 있었군!"

칼을 든 자가 음험한 웃음을 흘리며 레나를 반겼다. 그녀는 비명을 삼킨 뒤 잽싸게 작은 몸을 움직였다. 사내의 절반만 한 몸집이 이럴 때 도움이 되었다.

강도는 레나가 그 자리서 기절하는 대신 반대편으로 도망치기 시작하자 당황했다.

"저기! 여자가 도망친다!"

레나의 뒤로 두엇이 따라붙었다.

절대 멈추지 않아. 가슴이 터져 죽는 한이 있어도 끝까지, 마차까지 달릴 거야.

레나는 드레스 자락을 감아쥐고 전력을 다해 달렸다. 이제껏 도망쳐 온 길을 역으로 거슬러 올라갈 예정이었다.

이미 지친 몸을 끌고 산길을 달리기란 여간 힘든 일이 아니었다. 흙바닥 위로 튀어나온 나무뿌리에 걸려 넘어질 뻔하기도 하고, 도중 다리에 힘이 풀려 주저앉을 뻔도 했다.

특히 비탈길을 올라가는 건 최악이었다. 그녀의 바로 뒤에서 들리는 거친 숨소리에 온몸이 파들파들 떨렸다.

손에 닿는 대로 잡고 올라가자 이내 손바닥이 화끈거렸다.

하지만 이 모든 수난에도 레나는 결국 원래의 장소로 돌아왔다. 길 위에 얌전히 놓여 있는 마차를 보자 눈시울이 뜨거워졌다.

말을 타 본 적은 없었다.

마차를 몰아 본 적은 더더욱 없다.

그러나 지금 상황에 그런 건 중요치 않았다. 전복되지 않기만을 빌면서, 레나는 마부석으로 올라가 고삐를 감아쥐었다.

"이랴!"

매일 마부가 하던 대로 따라 했다. 평소보다 거친 리드에 말들이 흥분한 소리를 내더니 달리기 시작했다.

"제발 고꾸라지지 않기를. 제발, 제발."

레나는 채찍을 휘두르며 방향을 비탈길 쪽으로 틀었다. 경사가 험한 것은 아니니 잘만 몬다면 마차도 너끈히 내려갈 수 있을 길이었다.

말과 마차의 질주에 언덕을 올라오던 강도들이 비명을 지르며 옆으로 피했다.

"됐어!"

아찔한 순간이 있었지만 마차는 무사히 평탄한 산길로 내려앉았다. 그녀는 속도를 줄이지 않고 앞을 향해 달렸다. 방어할 무기가 아무것도 없는 마부가 걱정되었다. 랜달이 무사할지도 염려가 되었다.

그리고 도미닉, 무엇보다 그가 잘못될 게 두려워 속도를 줄일 수가 없었다.

레나가 한참을 달린 거리를 마차는 단숨에 이동했다. 어느새 저쪽에서 싸우는 소리가 들렸다. 그녀는 기사들을 치지 않도록 주의를 기울인 채, 중앙부를 향해 마차를 몰았다.

히히히힝!

"아악!"

"뭐, 뭐야!"

날붙이가 맞부딪히는 소리에 말들이 성난 콧김을 내뿜었다. 앞발을 들었다가 차는 말들의 반경 안에 있었던 강도들은 저만치 날아가 땅바닥에 나뒹굴었다. 갑작스런 마차의 난입에 모두들 어리둥절해진 순간이었다.

"라몬트 경, 타요!"

마부석의 레나가 도미닉을 향해 소리쳤다.

그녀를 확인하자마자 도미닉은 두 번 생각 않고 나무 쪽으로 달려갔다. 기사들의 호위 아래 랜달과 마부가 마차에 올랐다.

레나는 마부에게 자리를 내어 준 뒤 안으로 들어가 랜달을 살폈다.

하나둘씩 마차에 타고 마지막으로 도미닉이 남았다.

마부는 주저 않고 채찍을 내리쳤다.

"아직 라몬트 경이 안 탔어요!"

"합류하실 겁니다."

마부는 그렇게 대답한 다음 더욱 속력을 높였다. 랜달을 다른 기사들에게 맡긴 레나는 불안을 견디지 못하고 창문으로 고개를 내밀었다.

바로 다음 순간, 마차 뒤로 뭔가가 부딪히는 소리가 들렸다.

강도일까? 강도가 마차로 따라붙은 건가? 아니면 혹시. 레나가 창문턱을 세게 부여잡았다.

도미닉이 마차에 치이기라도 한 건 아닐지.

"더, 더, 더 속력을 높여!"

주먹으로 마차를 두드리며 외치는 목소리는 도미닉의 것이었다.

레나는 비로소 등받이에 몸을 묻고 눈을 감았다. 온몸의 긴장이 풀리면서 눈앞이 어지러웠다. 그들은 다시 마차가 있던 장소로 돌아갔고, 기사들은 제자리에서 기다리던 말들을 회수했다.

도미닉이 뛰어드느라 레나의 소지품이 담긴 가방과 식량 꾸러미를 잃었지만 그래도 무사히 그곳을 탈출했다는 사실이 중요했다.

이로써 레나의 일행은 다시 안전해졌다. 하마터면 목숨을 잃을 뻔한 숲속의 강도 사건은 그렇게 마무리가 되었다.

낮의 여파 때문일까. 숙소 침대에 눕자마자 곯아떨어질 거라 생각했는데 의외로 레나의 정신은 말똥말똥했다. 함께 모여 저녁을 먹을 때는 괜찮더니, 방에 들어와 혼자 있으니 또다시 가슴이 술렁였다.

눈을 감으면 시퍼런 도끼와 칼날이 떠올랐다. 바로 눈앞에서 사람이 죽는 걸 목격한 건 처음이었다. 자칫 잘못하면 로젠하트에 도착하기도 전에 끔찍한 일을 당할 뻔했다.

다시 생각해 봐도 낮의 자신은 제정신이 아니었다.

마차를 몰다니. 평탄한 도로도 아닌 숲길을 전속력으로 달렸다. 마차가 옆으로 쓰러지기라도 했다면 그 자리에서 목이 부러져 죽었을 것이다.

남은 생의 행운을 모조리 긁어다 쓴 순간이 아니었을까?

위기를 잘 넘겼다는 대견함이나 뿌듯함보다는 소름이 돋았다.

"왠지 오늘은 잠을 못 잘 것 같아……."

그때 누군가가 레나의 방문을 두드렸다.

문을 열자 나른한 미소를 머금은 흑발의 기사가 와인 잔 두 개를 들어 보였다. 달콤한 향기가 두 사람의 주변에 퍼져나갔다.

"내 목숨을 구한 용감한 레이디를 위해."

와인은 특별히 자신이 한 턱 쏘는 거라고 덧붙였다. 그 말을 하는 도미닉의 입술엔 와인보다 붉은 피가 말라붙어 있었다.

레나는 멍하니 그의 입술을 쳐다보았다.

도미닉은 어지간해선 자신의 방을 찾아오지 않았다. 매일 아침 숙소를 떠날 때, 레나의 준비가 늦는다 해도 일단 아래층에서 기다렸다가 그녀가 내려오면 면박을 주는 식이었다. 저녁에 그녀를 부를 일이 있을 땐 여관의 하녀를 통해 밖으로 불러냈다.

그건 도미닉의 규칙이었다. 그리고 깐깐한 기사님은 규칙 깨기를 즐기는 편이 아니었다.

하지만 오늘 밤, 도미닉은 레나의 방을 찾았다. 무려 달콤한 술과 함께였다.

태어나 처음으로 잔혹한 광경을 본 레나가 여전히 진정하지 못하고 잠을 설칠까 봐 규칙을 어기면서까지 찾아온 것이었다. 그래 놓고 달래는 말은 한마디도 하지 않은 채, 랜달의 차도에 대해서만 늘어놓고 있었다. 노고를 치하할 겸 자비로 드레스를 마련해 주겠다는 말도 덧붙였다.

왠지 한숨이 나올 것만 같았다.

복잡 미묘한 감정이 그녀의 안에서 휘몰아쳤다.

레나는 오늘 이 순간까지, 자신이 눈썹 위가 찢어지고 입술에 피가 말라붙은 남자에게 마음을 빼앗길 줄은 예상하지 못했다. 그녀는 늘 도서관에 눌러 살 법한 학자풍의 신사를 동경해 왔다.

"드래건에일이 아니라고 홀대하는 겁니까?"

부끄러운 기억을 짓궂게 끌어내는 남자는 정말이지, 그녀의 취향이 아니었는데.

레나는 말없이 와인을 한 모금 마셨다.

달콤해서 홀짝홀짝 마시다 보면 어느새 흠뻑 취해 버릴 것 같은 맛이었다. 마치 도미닉 라몬트를 닮은 술이었다.

어떡하지.

그는 웃고 있는데 레나는 좀처럼 웃을 수가 없었다. 그리고 그것은 도미닉이 말하는 여독이나 긴장 때문이 아니었다.

이젠 정말 로젠하트가 코앞이었다.

아무것도 모르는 휠은 신나서 이 속도면 모레 정오쯤 공작 영지로 들어설 거라고 떠들었다. 두 밤만 지나면 아미티지 공작과 대면하게 되는 거였다.

어머니가 말해 주신 운명의 짝.

스칼렛으로 위장하여 맺어지는 것이지만 결국 그녀의 진정한 남편이 될 사람이었다.

그랬기에 레나는 여행 초반 도미닉의 시험을 견뎌 낼 수 있었다. 공작의 마음을 얻을 때까지는 고난의 가시밭길이겠지만 최선을 다해 보겠다고 다짐했었다.

힘든 길의 끝에 누가 자신을 기다리고 있을지 알기 때문이었다.

하지만 지금은 아니었다.

"……왜 하필 이런 일이 일어난 거지?"

레나는 멍하니 중얼거렸다.

결혼식장에 들어섰을 때의 도미닉의 모습이 떠올랐다. 얇은 면사포 너머 시선을 잡아끈 그의 모습. 그가 사제의 지시에 따라 면사포를 들어 올린 순간 레나는 가슴이 철렁 내려앉았었다.

하고많은 사람 중에 하필 도미닉을 대리인으로 보낸 공작이 조금 원망스럽기까지 했다.

대리인과 도망친 신부.

선례가 전무한 일은 아니었다. 사람 일이란 게 예측대로 되지만은 않는 거니까. 하지만 지금 레나의 상황은 너무도 특수했다.

도미닉에게 모든 것을 털어놓으면 그는 당연히 아미티지 공작에게도 알릴 것이다. 그렇게 되면 공작은 나름의 결정을 내릴 터.

천만다행으로 공작이 그녀를 받아 준다 해도 페트론 백작의 손에 잡혀 있는 부모님의 문제가 남아 있었다.

레나는 공작도 두려웠지만 그보다 페트론이 더 신경 쓰였다. 공작이 얼마나 잔혹한지는 아직 겪어 보지 않았으나 페트론의 악랄함은 이미 알고 있기에.

백작은 레나의 변심을 알아챈 즉시 부모님께 손을 쓸 것이었다. 그리고 절대 단칼에 목숨을 앗지 않을 터였다.

"내가 가야 할 길은 하나야. 공작의 마음을 사로잡은 다음 내 진짜 신분을 털어놓는 거, 그것뿐이야. 그를 완전한 내 편으로 만들어야 해."

레나는 스스로를 설득하듯 속삭였다. 이어서 조용히 남편의 성을 자신의 이름 뒤에 붙여 보았다.

"레나 아미티지……."

새롭게 주어지는 이름이 낯설었다. 위로 올라가면 왕실과 혈연 지간이기도 한 공작가의 성이었다. 이것이 그녀의 이름 뒤에 붙어도 될까.

그녀는 잠깐의 간격을 둔 다음 은밀한 주문처럼 다시 속삭여 봤다.

방금 전보다 작은 목소리였다.

"레나 라몬트."

묘한 기분이었다. 어울렸으면 좋겠다는 속내 때문에 이쪽이 더 끌리는 건지도 모른다. 레나는 재차 새로운 이름을 발음해 보았다.

"레나 라몬트."

운명도 이성도 이대로 공작과 결혼하는 게 맞다고 하는데 자신의 마음만 영 다른 곳을 보고 있었다.

오늘 점심은 마을에서 먹었다. 로젠하트에 다가갈수록 마을 간의 간격이 줄어들고 번화하다는 느낌이 들었다. 레나는 그것도 반갑지 않았다.

감정이 준비되지 않았는데 운명은 그저 레나의 등을 떠미는 것만 같았다.

점심 식사 이후 산책을 핑계로 가게를 나온 레나는 혼자 있을 곳을 찾아 걸었다. 정처 없이 헤매던 걸음은 가게의 뒤편으로 이어졌고, 작은 오솔길을 따라 들어가자 호젓한 정원이 나왔다.

그늘이 질 만큼 커다란 나무 아래 도미닉이 있었다.

그가 마차에 있을 거라고 막연히 생각했던 레나는 예상치 못한 조우에 깜짝 놀랐다. 처음엔 너무 놀란 나머지 곧장 드레스 자락을 움켜잡고 도망치려 했었다.

그러다 그가 등을 기댄 채 눈을 감고 있는 것을 보았다.

"……잠든 건가?"

조심스레 다가가 살펴보니 호흡이 골랐다. 무엇보다 잠든

게 아니라면 레나가 이토록 가까이 올 동안 알아채지 못할 리 없었다.

먼저 나가더니 여기서 낮잠을 청하고 있었구나.

도미닉도 내내 말 위에서 지내야 하니 그간 피로가 쌓였을 거다. 그럼 소중한 휴식을 방해하지 말자는 생각이 들었다. 하지만 마음은 이번에도 머리의 결정을 따라 주지 않았다.

보이지 않는 손에 발이 묶인 듯 레나는 그 자리에 멈춰 섰다.

이렇게 가까운 거리에서 그를 바라보는 게 얼마만인지. 풀밭에서의 댄스 교습은 물론 즐거운 시간이었지만 모두가 함께 있는 자리였다.

반면 지금은 단둘, 그것도 도미닉이 잠들어 있다. 결혼식 때도 이처럼 마음 놓고 그를 관찰하지 못했다.

"라몬트 경?"

레나는 그래도 혹시나 싶어 그의 이름을 불러 보았다. 선잠을 자는 중이면 잠결에도 부름에 반응한다던데 아무래도 깊이 잠든 모양이었다.

도미닉은 몸 한 번 뒤척이지 않고 계속 잠을 이어 갔다. 전장에서의 습관 때문에 머리만 대면 장소 불문 바로 잠든다는 걸 어디서 들은 듯했다.

"정말 자고 있구나."

레나는 안도가 엷게 배어나는 한숨을 내쉬었다. 사늘한 가을바람이 그녀의 머리카락을 건드리고 지나갔다.

"눈 밑이 짙어졌어요. 피부도 까칠하고……. 노숙에 강도단에. 경도 많이 지쳤겠죠."

그의 곁에 앉아 깨어 있는 도미닉에게는 할 수 없는 말을 해 보았다. 레나의 눈이 그의 모든 곳에 머물렀다.

짙은 눈썹과 그 아래 그늘을 드리울 만큼 긴 속눈썹, 단정한 콧날, 그리고 언젠가 닿은 기억이 있는 입술, 손가락으로 덧그려 보고 싶은 턱 선.

그중에서도 레나의 시선을 오래 잡아끈 것은 다름 아닌 입술이었다.

"서약의 키스, 기억하나요?"

레나는 도미닉의 입술을 보며 그날의 기억을 상기했다.

"그게 사실은 내 첫 키스였어요."

결혼식 서약으로도, 난생처음의 경험으로도 지나치게 강렬했던 입맞춤이었다. 돌이켜 보면 그것도 하나의 복선이 아니었을까 싶다.

레나를 벌주듯 시작했던 그 키스는 결국 도미닉을 그녀의 머릿속에 각인시켜 버리는 계기가 되었다.

당신이 대리인이 아니라 공작이었다면.

레나는 거기까지 생각하다가 괴로운 듯 고개를 저었다. 문제는 도미닉의 신분이 아니었다. 그가 아미티지 공작이 될 필요는 없었다. 진짜 문제는 갈피를 못 잡고 혼란스러워하는 레나 자신이니까.

"도미닉 라몬트."

레나는 울 것 같은 기분으로 그의 이름을 불렀다.

"당신이 좋아요."

점괘고 운명이고 이 순간만큼은 소용이 없었다. 자신을 막을 수 없었다. 그녀는 단 한 번이라도 자신의 감정에 솔직해지고 싶었다.

목소리를 내어 말하자 슬픈 감정이 더욱 복받쳤다.

"당신이 좋아서…… 내가 미워요."

잠들었을 때서야 고백하는 자신을 용서해 주길. 레나는 못다 한 말을 눈물과 함께 삼켰다. 현실에선 결코 말할 수 없을 테니까.

레나는 자신이 무슨 짓을 저지르고 있는지 자각하지도 못한 채 그에게 다가갔다. 레나의 보드라운 손가락이 도미닉의 뺨을 감쌌다.

처음 만져 보는 얼굴의 감촉이 낯설고 애틋했다.

레나는 살며시 눈을 감으며 그에게 입을 맞췄다.

도미닉의 입술은 약간 건조했다. 결혼식 날보다 덜 뜨거웠고, 조금 벌어진 입술 사이로 규칙적인 숨결이 느껴졌다.

그저 닿아 있는 것만으로도 가슴속이 간지러운 기분이었다.

따스하고, 부드럽고, 모든 것이 완전해진 느낌.

"……안 돼."

레나는 돌연 입술을 떼었다. 급히 숨을 들이켜고 손으로 자신의 입을 막았다. 뒤늦게 찾아온 충격에 온몸이 떨렸다.

지금 내가 무슨 짓을 저지른 거야.

그에게 키스를 했다. 도미닉 라몬트에게, 그것도 '잠든' 도미닉 라몬트에게 일방적으로 입을 맞췄다. 오늘은 대리 결혼식 날도 아니고 이건 서약의 키스도 아니었다.

오로지 레나의 의지로 그에게 입을 맞췄다.

그리고 입술이 닿아 있는 동안 레나는 여기서 좀 더 가까워지고 싶다고 생각했다.

도미닉이 눈을 뜨고, 다소 놀라지만 결국 연하게 웃으며 레나를 받아들이고, 그녀를 품에 안아 초록빛 풀밭 위에 눕히는 것을 원했다.

남편과 하는 모든 것을 도미닉과 하고 싶었다.

"안 돼, 이건…… 이래선……."

난 아미티지 공작 부인이야. 반드시 맺어져야 하는 상대가 있는걸.

"흣……."

레나는 이성과 감정 사이에서 외줄타기를 하다가 결국 줄에서 떨어지고 말았다. 폭풍 같은 깨달음이 그녀를 강하게 때렸다.

난 공작과 결혼하고 싶지 않아.

레나가 울먹이며 고개를 저었다.

이윽고 그녀는 자리에서 일어나 도망치듯 정원을 빠져나갔다. 그 자리에 더 있다가는 잠든 도미닉을 깨워 자신의 마음을 받아들여 달라고 매달릴 것만 같았기에.

파스락, 파스락.

드레스가 수풀을 스쳤다. 이파리 몇 잎이 흙바닥에 떨어졌다. 발소리가 멀어지고 정원은 다시 고적함에 잠겼다.

이곳에서 무슨 일이 일어났는지 짐작조차 못 할 만큼 고요해졌다.

그리고 끝내 아무런 소리도 들리지 않게 되었을 때, 도미닉이 천천히 눈을 떴다.

긴 잠에서 깨어난 듯 정신이 흐릿했다.

사리분별이 제대로 되지 않았다.

"……미칠 노릇이군."

자신은 왜 스칼렛이 다가와 이름을 불렀을 때 눈을 뜨지 않았단 말인가. 만약 그녀를 놀라게 하기 위한 장난이었다면, 이후로 언제고 눈을 떴어도 되었다.

적어도 결혼식 키스를 언급했을 때 눈을 떴어야 했다. 분명히 묘해지는 분위기를 알아차렸으면서도 자신은 잠든 척을 계속했다.

도대체 왜, 어째서.

그때 눈을 떴더라면 스칼렛의 위험한 고백을 막을 수 있었을 텐데.

"정말 막을 수 있었을까?"

"당신이 좋아요."

스칼렛은 그렇게 말했다. 먹먹해서 견딜 수 없는 목소리로 그에게 털어놓았다. 새털처럼 가벼운 키스를 남기고 스스로의 행동에 충격을 받아 자리를 떴다.

잘 도망쳤어, 스칼렛.

도미닉은 자조적으로 중얼거렸다. 일행들이 있는 가게까지 한달음에 달려갔을, 이제는 보이지 않는 그녀를 향해서.

당신이 도망치지 않았다면 내가 무슨 짓을 저질렀을지 모르니까.

"하……."

그는 다시 눈을 감으며 나무에 머리를 기댔다. 계략과 간교로 똘똘 뭉친 페트론가의 딸을 꺾겠다던 과거의 자신을 시궁창에 처박고 싶은 기분이었다.

소문은 사실이 아니었다.

더 최악인 것은, 도미닉 자신이 스칼렛에게 빠져들었다는 것.

순결한 키스의 여파가 그의 전신을 욱신거리게 만들었다. 도미닉은 입술을 깨물며 성난 몸을 달래려 애썼다.

영지까지는 이틀하고 반나절.

제 손으로 스칼렛을 사자 굴에 밀어 넣기까지 남은 시간이었다.

chapter
5

입성

"레이디 스칼렛! 보십시오!"

레나는 휠의 상기된 목소리에 커튼을 젖혔다. 창문을 열자 그가 마차와 나란히 달리고 있었다. 휠의 손가락이 앞쪽을 가리켰다.

"로젠하트에 오신 걸 환영합니다."

레나는 몸을 내밀고 앞을 바라보았다.

황금빛으로 익은 밀밭과 드넓은 초원이 마치 격자처럼 이어진 저 끝에 거대한 성벽이 있었다. 야트막한 언덕을 따라 도시가 만들어진 게 보였다. 언덕의 맨 위엔 고풍스러우면서도 웅장한 성이 위용을 자랑했다.

어떤 돌을 써서 만들었는지 모르겠지만 성벽이 부드러운 흰색으로 빛나서, 레나는 문득 어릴 적 보았던 이야기책을 떠올렸다.

이야기 속 공주님이 가족들에게 사랑받으며 살 것 같은 곳이었다. 그 공주님에겐 감춰야 하는 위험한 비밀 같은 것은 없으리라. 공주님은 행복한 하루하루를 보내다가 운명이 이끄는 대로 늠름한 공작님과 결혼을 하면 될 일이었다.

멋진 결말이란 그런 거겠지.

레나는 성을 바라보며 쓰디쓴 뒷맛을 삼켰다. 그녀는 공주님이 아니었다. 한때 운명의 짝을 만날 수 있으리라 두근거렸던 로젠하트도 더 이상은 꿈의 장소가 아니었다.

"이곳 이름이 왜 로젠하트냐면요. 저기, 흰색 성이 보이시죠?"

휠이 언덕 꼭대기를 가리키며 말했다.

"석양이 질 때면 노을이 성벽을 비춥니다. 그러면 성 전체가 은은한 장밋빛으로 물들어요. 멀리서 보면 장관도 그런 장관이 없습니다. 제가 기사가 되기 위해 이곳에 왔을 때가 마침 막 해가 지는 시간이었는데요, 레이디. 저는 이 땅에 들어서자마자 로젠하트와 사랑에 빠졌답니다. 첫눈에 반하듯 그렇게요."

휠의 두 눈이 자부심과 감격으로 일렁였다. 그에게 있어서 이곳은 제2의 고향이자 뼈를 묻을 안식처임에 틀림없었다.

자신의 가장 소중한 것을 자랑하는 듯한 아이의 모습이 그에게서 엿보였다.

레나는 희미하게 웃으며 바람에 흩날리는 잔머리를 쓸어 넘겼다.

“아름다워요.”

진심으로 감탄이 나오는 도시였다.

페트론 백작이 다스리는 홀든은 국왕에게 ‘제가 이렇게나 훌륭히 꾸몄나이다’ 하고 보여 주기 식으로 만든 느낌이 강했다.

얼핏 보면 광장에 호화로운 분수대도 있고, 보석 세공 가게와 드레스를 맞출 수 있는 가게, 먹기 아까우리만치 예쁜 과자를 파는 베이커리 등 번화한 상점가가 이어진 것 같지만, 뒷골목으로 가면 악취와 쥐 떼가 들끓었다.

누가 봐도 떠밀리고 치워진 듯한 빈민들이 거기에 살았다.

그들을 보살펴 봤자 세금 한 푼이 더 떨어지는 것도 아니기에, 백작은 차라리 사병 증강에 공을 들였다.

레나는 홀든이 모래 위에 쌓은 집이라고 생각했다.

당장 오색 빛깔의 보석을 박고 황금 가루를 뿌려 반짝여도 조금만 들춰 보면 곳곳에 비극과 어려움이 있었다.

어머니 유벤타가 자리 잡았을 때, 사람들은 집시였던 과거도 개의치 않고 그녀를 반겼다. 싼값에 약초를 처방해 주고 아이를 받아 주는 이가 절실히 필요했던 것이다.

어디든 가난한 사람은 살기 힘든 법이지만 그중에서도 홀든은 손꼽히게 척박한 곳이었다.

그러나 이곳 로젠하트는 달랐다.

영주의 보살핌이 도시 곳곳까지 닿아 있는 것이 느껴졌다. 창문 너머로 보이는 풍경은 깨끗하고 생동감이 넘쳤다.

낡은 옷을 입은 아이들이 골목에서 장난을 치며 웃고 있었다.

그것만으로도 레나는 아미티지 공작의 성품을 깨달았다. 적어도 페트론 백작은 인망에 있어서는 젊은 공작을 따라올 수 없었다.

만약 22일 전의 레나였다면 자신의 발견에 기뻐했을 터였다. 사람의 본성이란 중요하니까. 남편의 성품이 백작에 비할 수 없이 훌륭하다는 점은 좋은 출발 신호가 될 만했다.

설렘과 호감이 두려움을 이겼을 것이다.

덜컹.

아직 성까지 거리가 남은 것 같은데 돌연 마차가 멈추었다.

"라몬트 경, 왜 그러십니까? 어디 불편하신 데라도?"

랜달의 목소리가 들렸다. 그걸 들은 레나는 마차가 멈춘 이유를 알 수 있었다. 마차보다도 도미닉이 먼저 선 거다.

"라몬트 경?"

도미닉의 대답은 들리지 않았다.

그가 마차를 세웠어.

레나는 손수건을 틀어쥐었다. 아까부터 그녀는 차마 도미닉 쪽을 볼 수 없어서 반대편 창문을 향해 앉아 있었다. 휠이 말을 모는 쪽이었다.

무슨 일이죠, 하고 물어 마땅한 순간인데.

"……라몬트 경?"

랜달의 질문이 레나와 도미닉 두 사람을 동시에 향하는 것만 같았다.

혹시 그도 나와 같은 감정인 걸까? 마차 문을 열고 나를 말 위에 앉힌 뒤, 장밋빛 성의 반대편으로 달아날 마음일까?

레나의 가슴이 조여들었다.

자신도 용기를 내지 못하는데 그녀를 좋아하는지조차 알지 못하는 도미닉이 용기를 내주었으면 하는 건, 너무 큰 욕심일 터다.

그러면 도미닉은 왜 말없이 멈춰 서 있는 거지?

"라몬트 경, 공작님이 기다리실 겁니다."

그때 조쉬의 목소리가 들렸다. 무슨 일인지 어리둥절해하는 랜달과 달리 모종의 확신이 서 있는 말투였다.

조쉬는 정중하지만 힘이 실린 태도로 도미닉을 일깨웠다.

여전히 대답은 돌아오지 않았다.

레나의 숨이 거의 끊어질 것 같을 즈음에 마차가 움직이기 시작했다. 그녀는 반대편 커튼을 걷어 볼 자신이 없었다.

그래서 그저 고개를 돌려 커튼 너머로 어렴풋이 비치는 도미닉을 바라보았다.

멀리서 도미닉과 네 기사를 반기는 소리가 났다. 휠은 날카로운 휘파람을 불며 화답했다. 다른 기사들도 떠들썩하게 소리를 질렀다.

오랜 여정을 마치고 비로소 집에 돌아온 사람들의 기쁨이 마차 주변에 감돌았다.

이번엔 진짜로 마차가 멈췄다.

마부도, 기사들도 땅으로 내려갔다. 레나는 마른침을 삼켰다. 숄도 없이 단순한 드레스 차림인 것이 새삼 춥게 느껴지면서 오한이 들었다.

똑똑.

노크 소리와 함께 마차 문이 열렸다. 굳은 표정의 도미닉과 눈이 마주쳤다.

"로젠하트 성입니다, 레이디."

그녀를 향해 도미닉이 손을 내밀었다.

땅으로 내려서는데 다리가 꺾일 뻔했다. 도미닉이 잡아 주지 않았더라면 제자리에 풀썩 주저앉고 말았을 거다.

"조심하세요."

그가 레나를 부축해 주며 말했다. 레나는 그에게 고개를 끄덕이고는 눈앞의 성을 올려다보았다.

가까이서 보니 더욱 굉장한 위세였다.

페트론 백작은 종종 왕궁의 아름다움에 대해 찬탄하곤 했는데, 아직 왕궁을 본 적이 없는 레나로서는 공작의 성보다 멋진 곳은 없을 것 같았다. 성탑마다 걸려 있는 감청색 깃발이 그녀가 서 있는 장소가 어디인지 다시금 일깨워 주었다.

아미티지 공작의 성.

"안으로 들어가시죠."

그 말과 함께 도미닉이 자연스럽게 레나의 손을 놓았다. 당연한 처사임에도 레나는 혼자가 된 손이 허전했다. 가죽장갑 너머로 느껴지던 그의 온기가 아쉬웠다.

이제 이런 거리를 두는 것에 익숙해져야 하는 거겠지.

상대에 대한 감정을 깨달은 바로 다음 순간, 다른 사람과 결혼해야 하다니.

이보다 슬픈 꿈은 없을 거다.

레나는 가느다란 한숨을 내쉬며 도미닉의 뒤를 따랐다. 아치형 문과 녹색 정원을 지나는 동안 많은 사람들이 그들 곁을 스쳐 지나갔다. 기사와 하인, 하녀, 용무를 보러 온 것 같은 영지민 등이 도미닉을 향해 머리를 숙였다.

존경과 존중으로 가득한 태도에 도미닉 또한 점잖게 답했다.

그중 레나에게까지 인사를 한 이는 단 한 명도 없다는 게 뼈아픈 현실이었다.

그들은 도미닉이 데려온 사람이 누군지 똑똑히 알고 있었다. 적의를 품고 있지만 신분이 높은 그녀에게 함부로 할 수는 없었다. 그래서 로젠하트 사람들은 싸늘한 무시를 택했다.

말을 걸면 대답할 수밖에 없을 테지만, 레나가 먼저 나서기 전에는 그녀가 그곳에 없는 것처럼 행동했다.

어쩔 수 없어.

이 정도면 양호했다. 간밤의 악몽에서, 그녀는 마차에서 내리자마자 썩은 달걀과 토마토 세례를 당했다. 도미닉도 폭동 속에서 그녀를 구출할 수 없었다.

"방금 정원 말고도 이 성에는 작은 뜰이 세 곳이나 더 있습니다."

괜히 시키지도 않은 성 안내를 하는 도미닉이었다.

사람들의 공공연한 냉대를 눈치챈 그는 레나가 무안할까 봐 말을 걸어 주고 있었다.

"어떤 방을 쓰시게 될진 모르지만 안뜰 방향이든 도시 쪽이든 모두 풍경은 근사할 겁니다."

"기대되네요."

레나가 살짝 웃으며 말을 받았다. 그들은 이제 실내의 홀로 들어섰다. 또각또각, 레나의 구두 소리가 울려 퍼졌다.

"라몬트 경, 돌아오셨군요."

"정말 오래 기다렸답니다, 경."

"얼굴이 상한 것 같아요. 오랜 여행은 몸을 축나게 하지요."

다정한 인사말이 도미닉에게 쏟아졌다. 푸근한 인상의 중년 부인부터 주인의 부름에 따라 잽싸게 성안을 뛰어다닐 것 같은 하인들이 그를 에워싸고 맞이했다.

그를 따라 멈춰 선 레나는 도미닉이 이들과 어우러지는 모습을 가만히 바라보았다. 이곳이 도미닉의 집이구나 하는 생각이 들었다.

이들은 모두 한 가족인 것이다.

"못 본 새 피부가 좋아진 것 같군요, 채터슨 부인."

"또, 또, 또. 돌아온 지 얼마나 됐다고 늙은이를 놀리지요?"

"이 도미닉 라몬트, 거짓말은 못합니다만."

그들 속에선 도미닉도 편안해 보였다. 레나만 외따로 떨어진 채 즐겁고 화기애애한 분위기가 만들어지고 있었다. 모든 것이 따스하고 좋아 보였다.

그러니까 이 자리에 레나만 없었더라면.

도미닉은 안부 인사는 이쯤이면 적당하다 싶었는지 주변을 한 번 둘러보았다. 그가 딱히 누구에게랄 것 없이 물었다.

"디드로프는 어디 있습니까?"

그가 질문하자마자 다들 언급된 사람의 소재를 떠올리려 했다.

"공작 부인을 모셔 왔다고 전해야 하는데."

그리고 모두가 동시에 마법에 걸린 것처럼 그 자리서 굳어버렸다. 할 수만 있다면, 자신이 다른 사람들 눈에 보이지만 않았더라면 레나는 웃음을 뿜었을지도 모른다.

정말 다들 약속이나 한 듯 티 나게 얼어붙었다.

꿀 먹은 벙어리가 되었다.

"채터슨 부인?"

"……내게 묻지 마세요. 오늘 내내 그 사람을 본 적이 없어요."

"할 수 없군요."

도미닉이 레나를 힐끗 보더니 한숨을 쉬었다.

"디드로프가 나타날 때까지 여기서 기다릴 수밖에요. 40일

넘게 길 위에 있었더니 제법 고단하긴 하지만."

도미닉이 갑자기 치명상을 입은 사람처럼 인상을 찡그렸다.

"이곳에 서서 기다리겠습니다."

"늙은이의 동정심을 사려 해 봤자 소용없어요."

"자꾸 늙은이, 늙은이 하지 마시죠. 부인이 올해 겨우 쉰셋이란 걸 알고 있는데."

채터슨 부인이 어림없다는 표정으로 도미닉을 흘겨보았다.

"쉰다섯이란 걸 알고 있으면서 잘도 수작을 부리지요?"

"쉰다섯이었어요? 왜 난 몰랐지."

왜 그가 로젠하트 여자들의 마음을 앗아 갔는지 알 것 같았다. 이곳에 도착한 지 30분 만에 레나는 자신이 알지 못했던 도미닉의 모습까지 볼 수 있었다.

레이디 스칼렛을 대하던 것과는 또 다른 모습이었다.

굳이 기억을 더듬으면 술집에서 보여 준 능청스러운 도미닉 라몬트와 비슷하다 할까. 아니다, 그것보다는 덜 얄밉고 좀 더.

레나는 생각을 멈췄다. 어느새 도미닉이 자신을 바라보고 있었기 때문이다. 이방인처럼 따로 떨어져 있는 그녀가 몹시도 신경 쓰이는 눈빛이었다.

좀 더.

레나의 눈도 그에게 머물렀다. 그의 잿빛 눈동자에 묶여 버렸다.

조금이 아니라 훨씬, 매력적이었다.

"디드로프, 귀가 밝기도 하지. 공작님은 서재에 계신가?"

레나가 멍하게 그를 쳐다보는 사이 도미닉이 고개를 돌려 누군가를 불렀다. 아마 공작의 직속 하인인 듯한 남자는 레나에게 눈길 한 번 주지 않고 곧장 도미닉에게 다가왔다.

"돌아오셨군요."

"공작님은?"

"안내해 드리겠습니다."

도미닉이 레나에게 눈짓을 하고 움직였다. 따라오라는 뜻이었다. 그리고 레나가 첫 걸음을 떼기도 전에 디드로프의 뒷말이 이어졌다.

"라몬트 경만 뵙겠다는 말씀입니다."

도미닉의 표정이 굳어졌다.

"그럼 그동안 공작 부인은 어디 계시란 말이지? 얼마가 걸릴지도 모르는데 이곳에 내내 세워 둘 순 없잖나."

디드로프의 시선 처리는 그야말로 놀라웠다. 도미닉이 힘을 주어 레나에 대해 말하는데도 오로지 말하는 상대만 응시하고 있었다. 굳은 턱과 흔들리지 않는 눈동자에서 그 주인의 의지가 엿보였다.

"오래 걸리시진 않을 겁니다."

"라몬트 경."

실내에 들어오고 나서 처음으로, 레나가 입을 열었다. 디드로프를 제외한 모두가 흠칫 놀라 재빨리 시선을 다른 곳으로 피했다.

"괜찮아요. 기다릴게요."

"레이디."

"계속 마차에 앉아 왔잖아요. 이젠 좀 서 있고 싶어요."

언제까지고 도미닉의 호의에 기댈 순 없었다. 레나는 괜찮다는 듯 그를 향해 미소를 지어 보였다. 도미닉이 그녀를 바라보다 디트로프에게 고개를 돌렸다.

"그럼."

"이쪽으로."

도미닉이 멀어져 갔다.

레나는 원치 않아도 이제부터 제 집이다 여겨야 할 곳을 선 자리에서 한 바퀴 둘러보았다. 천장이 까마득하게 높아서 올려다보려면 목이 뻐근할 지경이었다. 백작의 성과는 하나부터 열까지 다른 분위기였다.

"신기해……."

천장 구경을 마치고 고개를 내렸을 때 이쪽을 빤히 보고 있던 사람들과 눈이 마주쳤다. 다들 레나를 바라보고 있었던 것이다. 레나가 그들을 인지한 순간, 사람들의 눈매가 날카로워졌다.

"잘 부탁드릴게요."

허락되는 선에서 최대한 공손하게 인사를 보냈다. 상냥하고 부드러운 목소리가 홀에 퍼져 나갔다.

흥.

채터슨 부인을 위시한 사람들의 콧방귀가 여기까지 들리는 듯했다. 사람들은 뿔뿔이 흩어졌다. 역시 첫술에 배부를 순 없을 터.

레나는 쓴웃음을 지으며 홀의 장식물을 관찰하기 시작했다.

디드로프는 오래 걸리지 않을 거라고 했지만, 레나는 그 말을 믿지 않았다.

"공작님, 라몬트 경이십니다."

"들이게."

공작의 서재 문이 열렸다. 한쪽 벽 전체가 장서로 가득 차 있는 이곳은 아미티지 공작이 하루 중 가장 많은 시간을 보내는 곳이었다.

붉은 기가 도는 묵직한 마호가니 책상과 도시가 내려다보이는 창을 볼 때마다 도미닉은 어머니가 봤으면 환호성과 함께 온종일 눌러앉았을 거란 생각을 하곤 했다.

책벌레 누이야 말할 것도 없고.

안으로 들어서자 책상에서 집무를 보던 공작, 줄리어스가 그를 맞았다. 2년 전까지는 창가에 푹신한 의자도 놓여 있었다.

레이디 소피의 자리였다.

그녀가 있을 때 이곳은 서재이기도 했고 세 사람의 놀이터이기도 했다. 소피는 연인이 너무 오래 일을 한다 싶으면 도미닉을 불러들여 반 강제로 다과회를 열었다.

외양은 로젠하트의 산들바람에도 날아갈 것처럼 가냘팠으나 내면은 굳은 심지의 여자였다.

그래서 소피가 목숨을 잃었을 때 영지의 모든 사람들이 소중한 존재를 잃은 것처럼 슬퍼했다. 공작에 비할 바가 아니었지만 도미닉도 그들 중 하나였다.

"앉게."

줄리어스가 서류에 서명을 하다가 피식 웃었다.

"이것 봐. 네가 너무 오래 자리를 비우니까 내 말투도 이상해졌잖아."

도미닉보다 한 살 많지만 친우처럼 지내는 공작이었다. 줄리어스가 깃펜을 내려놓고 의자를 향해 손짓을 했다.

"앉아, 도미닉."

"일 좀 작작 해, 줄리어스."

도미닉이 책상 맞은편의 의자에 앉으며 말했다. 상대는 어쩔 수 없다는 듯 웃으면서 책상 위에서 그의 결재를 기다리는 수많은 문건들을 눈짓했다.

"할 일이 산더미야."

"이 나라에 귀족이 너 하나뿐인 것도 아닌데 왜 네가 나머지 사람의 몫까지 일한다는 생각이 들지?"

도미닉은 눈으로 문건들을 훑었다. 로젠하트 도시 내의 소소한 문제부터 국외로의 수출, 거래 품목, 물량과 시기까지, 그 종류는 많고도 다양했다. 줄리어스는 아무리 작은 문제라도 일단 자신의 눈으로 확인하길 원했다.

"귀족은 놀고먹는 지위 아니었나?"

"너 역시 유서 깊은 남작가 출신이면서 그런 말을 하면 곤란하지."

줄리어스가 대꾸했다.

"필요 이상으로 열심히 일하기는 너도 마찬가지라고."

"나까지 끌어들이지 마. 그래도 난 집안의 셋째니까. 왕자가 부럽지 않은 너와는 엄연히 다른 몸."

"웃기는군."

줄리어스가 황당하다는 듯 눈을 굴렸다.

자연스럽게 흐트러진 황갈색 머리카락에 태생부터 귀족적인 풍모. 전부터 도미닉은 자신의 친우를 보고 있으면 사자가 떠올랐다.

줄리어스는 모두 위에 군림하지만 함부로 움직이지 않았다. 그는 자신에게 주어진 권력을 정확히 인지했고 약자를 위해 그 힘을 베풀었다. 줄리어스 외에 다른 자녀가 없음에도, 선대 공작이 후일을 걱정하지 않은 까닭을 알 듯했다.

자유를 찾아 고향 저택을 박차고 나온 자신과 달리, 친우는 처음부터 아미티지 공작이 되기 위해 태어난 사람 같았다.

그의 기사가 될 수 있어서 자랑스러웠다.

"그리고 네 구박에 일일이 반응하는 나도 웃기고. 네가 일 좀 그만하라고 닦달한 게 어디 하루 이틀인가."

도미닉에게 줄리어스란 그런 존재였다. 마음 저 깊은 곳에서부터 복종을 끌어내는 자. 주인으로 모심에 부족함이 없는 자. 가능하다면 영원히 뒤를 지키고 싶게 하는 사람.

그런 존재였었다.

정확히 2년 전까지는, 티끌 하나 없이 순수한 감정으로 줄리어스를 따랐다.

소피를 잃은 날부터 줄리어스의 내면은 돌바닥에 내팽개쳐진 유리 조각처럼 산산이 부서졌다.

이렇게 웃으며 농담을 나눌 때는 괜찮은 것 같아도 그의 내면이 어떤 모습일지, 도미닉은 알고 있었다.

연인을 잃은 친우는 냉혹함이란 이름의 괴물을 키웠다.

그전엔 사리 판단을 내릴 때나 칼 같은 냉정함을 발휘했다면 이후의 줄리어스는 잔혹함에 눈을 떴다. 복수에 대해 생각할 때는 마치 다른 사람인 듯싶었다. 소피의 죽음에 마찬가지로 분노하는 도미닉조차도 그렇게 느꼈다.

그래서 도미닉은 지금 불안한 상태였다.

줄리어스와 시답잖은 말을 주고받고 있지만 온 신경은 홀에 남은 스칼렛에게 가 있었다. 그녀를 친우에게 데리고 오기가 두려웠다.

자신이 없는 곳에서 두 사람이 만나게 되는 것이 신경 쓰여 미칠 지경이었다.

줄리어스가 스칼렛에게 무슨 짓을 저지를지, 그는 너무도 잘 알고 있기에.

"시장하지 않나?"

줄리어스가 그에게 물었다. 시간이 마침 점심때이긴 했다.

"디드로프, 식사는 서재에서 하겠네. 도미닉 것까지 가져오도록."

"예, 공작님."

"아, 그렇게 배고프진 않은데."

도미닉은 이미 사라진 디드로프 쪽을 보며 말했다. 여기서 식사를 하게 되면 스칼렛이 홀에 서서 기다리는 시간이 늘어난다. 그리고 스칼렛도 아직 점심을 먹지 못했다.

친우와 스칼렛이 만나는 상황은 꺼려지지만, 그렇다고 해서 그녀가 영원히 홀에 서 있길 바라는 건 아니었다.

"거의 2시가 다 되어 가는데 괜찮을 리가. 오랜만에 채터슨 부인 솜씨를 맘껏 즐겨."

"부인의 손맛이 그립긴 했다만."

도미닉이 다시금 문 쪽을 힐끗 보았다. 식사를 서재까지 옮기고, 차리고, 먹고 치우기까지 못해도 한 시간은 걸릴 거다.

"저기, 줄리어스."

"왜 그래?"

도미닉은 최대한 줄리어스의 심기가 불편해지지 않기를 바라며 말을 꺼냈다.

"내가 그녀를 데리고 왔어."

친우가 도미닉을 응시했다.

"지금 홀에서 기다리고 있는데."

"……알고 있어. 그러니까 디드로프에게 너만 오라고 했잖아."

물론 그랬겠지. 내가 왔다는 건 모두가 왔다는 뜻이니까.

도미닉은 어떤 식으로 말을 해야 좋을지 속으로 단어를 골랐다. 그사이 건너편 줄리어스의 눈빛이 싸늘하게 변했다. 떠올리는 것만으로도 살의가 치민다는 표정이었다.

"어땠지?"

"뭐가."

"그자의 딸, 스칼렛 페트론 말이야. 20일이 넘도록 옆에서 봐 왔잖아."

줄리어스가 위험한 관심을 드러냈다.

"그 어린 악녀의 외모가 소피를 닮아서 네가 간 거 알아. 나도 초상화를 봤어. 비슷한 이목구비를 가졌지만 소피와는 분위기가 전혀 다르더군. 자신만만한 눈초리에서 사악함이 느껴졌지."

도미닉은 스칼렛의 눈을 떠올려 봤다. 가장 좋아하는 색깔이 뭐냐고 묻던 맑은 초록빛 눈. 그를 속이고 나서 쌤통이라며 의기양양해하던 눈. 사악함이라곤 한 톨도 보이지 않았다.

바닥까지 긁어 봤으나 정작 도미닉을 맞이한 건 믿고 싶지 않은 천진함이었다.

"어떻던가?"

"네가 어떻게 받아들일지 모르겠지만."

도미닉이 신중하게 말을 이었다.

"아무래도 소문이 와전된 것 같더군."

"와전돼?"

"꾸밈없는 성격처럼 보였어. 내가 심술을 부리면 뾰로통해지고, 기사들이 농담을 하면 소리 내어 웃고. 부당한 대우를 받으면 당장의 분을 참아 보려고 파르르 떨기도 하고. 괜히 되지도 않는 오기를 부린 적도 있었지."

자기가 뭘 주문한 줄도 모르면서 순전히 오기로 술을 들이켤 때는 진심으로 스칼렛의 안위가 걱정됐다.

이렇게 쉽게 휘말리는 여자가 지금껏 별 탈 없이 살아온 게 경이로울 따름이었다. 백작가라는 뒷배가 아니었으면 큰일이 나도 진즉에 났을 것이었다.

묵묵히 도미닉의 설명을 듣던 줄리어스가 굳은 표정으로 말했다.

"어쩐지 너…… 그 여자를 마음에 들어 하는 것 같은데."

"내가? 아니, 그럴 리가. 마음에 들었다기보다."

조용한 지적에 하마터면 말을 더듬을 뻔했다. 도미닉은 목을 가다듬는 척하며 시간을 벌었다.

"내가 느낀 바는 그랬다는 거야. 짧다면 짧은 시간이지만 그래도 자는 시간을 제외하고 온종일 붙어 있었는데 레이디 스칼렛에게서 거짓된 부분은 보이지 않았어."

"레이디 스칼렛."

줄리어스가 도미닉의 말을 따라 해 봤다.

"그렇게 부르는군."

"어쨌든 백작의 딸이고 네 부인이니까."

왜 전자보다 후자를 입에 담는 게 불편한 것인지. 도미닉은 자신을 응시하는 친우의 시선을 고스란히 받아 내며 평정심을 유지하려 애썼다.

스칼렛에게 매료된 티를 내지 않으면서 그녀를 변호하기란 힘든 일이었다. 특히 줄리어스의 앞에서는 더더욱 그러했다.

줄리어스가 책상 위로 손깍지를 꼈다.

"왠지."

그의 목소리가 바닥까지 착 가라앉았다.

"기분 나쁘군."

"이유는?"

"그 마녀가 너까지 홀린 것 같아서."

스칼렛에 대한 자신의 감정을 들키지 않은 걸 다행으로 여겨야 하는가. 그러나 도미닉은 속으로 고개를 저었다.

들키지 않은 게 아니다. 다만 줄리어스는 모든 것을 스칼렛의 탓으로 돌리고 있을 뿐이었다. 그에게 도미닉 자신은 선한 쪽이고, 스칼렛은 악마의 화신 자체니까.

실은 반대일 수도 있어, 줄리어스.

도미닉은 시니컬한 웃음을 흘릴 뻔했다.

"그냥 네게 알려 주고 싶었어. 공작 부인을 대할 때 네 앞에 선 사람이 소문과 다를 수도 있다는 사실을."

"설령 다르다 해도, 그 여자가 페트론의 딸이란 건 변하지 않지."

줄리어스가 냉정한 어투로 잘라 말했다.

"소피도 무고한 생명이었어. 난 절대 그 사실을 잊지 않아, 도미닉."

"그럴 거라 생각했어."

도미닉은 티 나지 않게 무거운 한숨을 내쉬었다. 서재에 들어올 때부터 이미 가슴이 답답했는데 지금은 돌덩이가 내려앉은 듯 꽉 막힌 기분이었다. 자꾸 이것 말고 다른 길은 없었나, 하는 생각이 들었다.

정말 이것이 최선이었을까.

"공작님, 식사를 들이겠습니다."

"준비해 주게."

디드로프가 커다란 쟁반을 들고 들어왔다. 그의 뒤로 세 명의 하인이 더 들어와 각자의 쟁반을 내려놓았다. 전채 요리부터 시작하는 푸짐한 식사였다. 향기로운 냄새가 코를 자극했다.

줄리어스가 자리를 옮겨 창가 테이블 앞에 앉았다.

공작은 냅킨을 펼치며 여전히 책상 맞은편에 앉아 있는 도미닉을 불렀다.

“어서 와, 도미닉. 식기 전에 들자고.”

스칼렛.

도미닉의 머릿속에 그 이름이 떠나질 않았다.

결국 공작을 만나지 못했다.

레나는 장장 두 시간 반을 홀에서 기다리다가 무뚝뚝한 하인에게 방을 안내받았다. 계단을 오르고 또 오르고 이러다 천국에 이르는 게 아닐까 하는 의문이 들었을 때, 하인이 멈춰 섰다.

“여기입니다.”

성탑의 꼭대기 방이었다.

멋지네.

원수의 딸아, 여기에 고립되어 죽으렴, 하는 배려가 엿보여.

레나는 묵직한 방문을 밀고 들어갔다. 안 쓴 지 오래되어 약간 먼지 냄새가 나는 방은 레나의 세 식구가 살아도 될 만큼 넓디넓었다. 하지만 꼭대기라 그런지 외풍이 들었다. 좋든 싫든 앞으론 여기서 살아야 하는 거다.

레나는 창밖을 내다보았다. 도미닉은 안뜰 아니면 도시가 내려다보일 거라고 했는데 공작의 기막힌 배려가 여기서도 돋보였다.

"제대로 안 보이잖아."

창밖으로 보이는 것은 아기자기 예쁜 도시도, 분수대와 조각상과 꽃이 있는 안뜰도 아니었다.

그냥 진녹색의 숲이었다.

어디서나 볼 수 있는 작은 숲.

그리고 그 아래부터 저 멀리 지평선까지는 참으로 단조로운 풍경이 이어졌다. 레나는 공작이 분명 이 방에 와 봤을 거라고 확신했다.

석양이 질 때면 장밋빛으로 물드는 환상적인 성에서 가장 고리타분하고 지겨운 풍경을 지닌 방이라면 단연 레나의 방이 으뜸일 것이다.

도미닉은 아예 이 방의 존재를 모를 수도 있겠다.

나라도 모르겠어. 보이는 곳만 먼지를 떨어냈지, 지금까지 안 쓰던 티가 나는데? 왠지 창고로 썼을 것 같기도 해.

그나마 다행이라면 성채와 숲 사이 공터에 기사들의 장비 같은 게 보인다는 것.

성 뒤쪽으로 짐작되는 이곳에서 기사들이 무술 연습을 하나 보다. 순간, 도미닉의 얼굴을 볼 수도 있지 않을까 하는 생각이 들었다.

안 돼, 레나. 도미닉 생각은 그만해.

그녀는 틈만 나면 그를 떠올리는 자신을 일깨우기 위해 뺨을 두드렸다.

"그럼 물러가겠습니다."

"아, 잠깐!"

레나가 황급히 하인을 불러 세웠다.

"제가 아직 점심을 먹지 못해서요. 식사는 어디서 할 수 있나요?"

말을 뱉어 놓고 보니 레이디치고는 너무 공손한 말투였나 싶었다. 하인에게 명령을 하지 않는 공작 부인이라.

하지만 성에서의 제 진짜 위치를 떠올려 보면 차라리 이 편이 나을 것이었다. 숨만 쉬어도 밉보이는데 괜히 레이디의 체면을 차린답시고 명령조를 구사할 필욘 없었다.

하인은 말을 섞고 있는 자체가 불편한 듯 인상을 찌푸렸다.

"방으로 갖다 드리겠습니다."

식당은 접근 금지란 소리였다.

"고마워요."

방에 콕 박혀 감사히 먹을게요.

레나는 차마 하지 못할 말을 속으로 삼켰다. 그리고 그녀의 체감으로 하인이 나간 지 대략 30분이 더 지났을 때 누군가 문을 두드렸다.

식사다!

집 나간 강아지를 반기듯이 문을 열자 열두 살쯤 되어 보이는 사내애가 작은 쟁반을 들이밀었다.

방에도 들어오기 싫다는 건가.

"고마워, 잘 먹을게."

아이는 대꾸 없이 고개를 숙여 보인 뒤 계단을 내려갔다.

조금만 더 있으면 점심을 건너뛰고 저녁을 먹게 될 수도 있었다. 계속 서 있었던 탓인지 배가 무척이나 고팠기 때문에 레나는 성에서의 첫 끼니가 반가웠다. 그런데 어쩐지 쟁반이 묘하게 가벼운 느낌이었다.

"어어?"

은으로 된 덮개를 연 레나는 우스꽝스러운 소리를 내고 말았다. 작은 쟁반 위에는 작은 빵 한 덩이와 이끼 낀 물인지 차인지 분간이 안 가는 뜨거운 액체 한 잔이 올라가 있었다.

그게 끝이었다.

묘하게 가벼웠던 쟁반은 덮개를 들어낸 순간 확실하게 가벼워졌다.

그나마 느껴지던 무게감도 덮개였다니.

레나는 혹시나 싶어서 손으로 빵을 집어 보았다. 로젠하트는 몹시 풍요로운 땅 같았는데 그 땅에서 나는 밀의 질인지 의심스러웠다.

레나의 빵에 쓰인 밀만 이상한 건가 보다. 아니면 만든 지 석 달 열흘쯤 지났든가.

"설마…… 먹고 죽기야 하겠어?"

냄새는 이상하지 않았다. 그저 돌을 갈아 만든 듯 딱딱할 뿐이었다. 레나는 빵을 찔러 보고 눌러 보고 한참을 들여다보다가 한입 크게 베어 물었다.

"윽."

대번에 목이 막혔다. 뜨거운 차 한 모금을 머금자 쓴맛 도는 찻물이 퍽퍽한 빵을 적셨다. 따로 먹기는 힘들 것 같은데 그렇게 먹으니 삼킬 정도는 되었다.

아무리 그래도 버터마저 없는 건 너무했다.

레나는 눈을 감고 고향 집의 선반에 놓여 있는 다섯 가지의 신선한 잼을 떠올렸다. 달콤한 딸기잼, 향긋한 복숭아잼, 예쁜 색깔의 포도잼과 어머니가 좋아하던 호박잼, 마지막으로 흠집 난 못난이 사과를 주워 만든 사과잼까지.

빵을 한입 먹을 때마다 레나는 고향집의 잼을 생각하며 꿀꺽 삼켰다.

그렇게 했더니,

"먹는 거 가지고 이러시는 거 아니에요, 공작님."

엄청 서러워졌다.

더 슬픈 점은 배가 아직 차기도 전에 식사가 끝났다는 거였다. 빵이 딱딱하다고 울상 지을 때는 언제고 레나는 접시 위의 부스러기를 모아 먹었다.

"백번 양보해서…… 혹시 저녁 시간이 가까워졌다고 이런 걸 준 게 아닐까? 간단하게 허기만 달래라고?"

레나는 최대한 좋은 쪽으로 생각해 보려 했다. 기대는 내려놓아도 자그만 희망까지 포기할 순 없었기에.

하지만 인간이란 얼마나 어리석은 존재인가.

그로부터 세 시간 뒤.

그녀의 방으로 저녁 식사 쟁반이 올라왔다. 아까 아이가 받아 간 쟁반과 똑같은 쟁반에 똑같은 무게.

물론 메뉴 역시 같음은 말할 필요도 없었다.

"채터슨 부인, 안녕하세요? 어젠 제대로 인사를 못 드렸죠. 앞으로 잘 부탁드립니다."

"뭘 좀 도와드릴까요, 부인?"

"그거 제가 옮길게요."

"부엌 관리를 정말 완벽하게 하시네요. 놀라워요."

"휴식 시간엔 주로 뭘 하세요?"

레나는 한 마리의 꾀꼬리였다. 무시당하고 퉁명스러운 대답을 들어도 주눅 들지 않고 명랑히 웃는 작은 새였다.

이른 아침부터 뼈가 시릴 만큼 차가운 물로 세수를 한 그녀는 리본으로 머리를 질끈 묶고 탑 아래로 내려왔다. 아직 성의 사람들에게 아침 식사가 제공되기 전이었다.

한동안 성안을 헤매고 다닌 레나는 운 좋게 다른 사람과 마주치지 않고 밖으로 빠져나올 수 있었다. 정문을 향해 쪼그리고 앉아 있으니 마을 사람들이 물건을 싣고 올라왔다.

수레에 우유병을 잔뜩 싣고 온 사람, 오늘치 채소를 들고 온 사람, 과일 한 광주리를 머리에 지고 온 사람 등.

이런 식으로 매일 아침마다 재료를 공급받는 거면 부엌에서 일하는 사람들은 마을로 내려갈 일이 없겠다는 생각이 들었다.

한참 재미나게 구경을 하던 레나는 사람들의 뒤를 밟아 부엌 위치를 알아냈다.

그곳은 어제 도미닉이 채터슨이라고 불렀던 중년 부인이 완전히 장악하고 있었다. 레나는 내심 그녀가 자신의 비빌 언덕이 되길 바랐다.

돌멩이 빵과 쓰디쓴 차를 최종적으로 올려 보내는 것도 채터슨 부인일 것이다. 눈치껏 보아하니 그녀는 이 성에서도 제법 관록 있는 인물인 모양이었다.

부엌을 드나드는 하인, 하녀들이 모두 그녀의 허락을 구하고 의견을 얻었다. 질문 대상은 요리에 국한되지 않았다. 이곳은 하녀장이 따로 없고 채터슨 부인이 전반적으로 가사를 총괄하는 듯 보였다.

그렇다면 더더욱 잘 보여야지.

레나는 화사하고 맑은 미소를 입에 걸었다. 이대로 얼굴 근육이 굳어 버린대도 채터슨 부인 앞에서는 절대 인상을 풀지 않을 작정이었다.

하인에게 태피스트리를 교체하는 일을 시킨 뒤 한숨 돌리던 채터슨 부인은 부엌에 나타난 레나를 경계하더니 그녀의 말을 듣지 못하는 척하기 시작했다. 그래도 레나가 굴하지 않고 대답할 수밖에 없는 질문을 하자, 극도로 짤막한 답을 내놓았다.

짹짹. 짹짹.

레나는 진심으로 최선을 다해 비위를 맞췄다.

"레이디."

진심을 퍼부은 지 두 시간 만에 채터슨 부인이 먼저 말을 걸고 말았다. 인내심의 한계를 느낀 건지 얼굴에 열이 올라 있었다.

"여긴 레이디께 어울리는 장소가 아닙니다. 저는 할 일이 있고요. 피곤하실 텐데 방으로 돌아가 쉬시겠어요?"

"귀찮게 해 드렸다면 죄송해요."

레나는 두 손을 가슴 앞으로 모으며 자못 애처로운 표정을 지었다.

"라몬트 경에게 듣길, 성에선 제 몫을 다한 자만이 먹을 수 있다고 해서요."

물론 도미닉은 이런 말을 한 적이 없었다.

"제가 어제 한 일이라곤 가만히 기다리는 것뿐이었으니 그런 빵이 나왔겠죠."

"그런 빵이라뇨?"

채터슨 부인의 눈썹이 실룩거렸다.

"다른 뜻이 있는 것 같아서 듣기 불편하군요. 지금 공작성의 식사 질에 대해 불만을 제기하시는 건가요?"

"오."

레나는 이쯤에서 가장 놀란 표정을 지었다. 순수한 놀람을 담은 일곱 살 아이의 얼굴이었다. 목소리도 한 옥타브 올라갔다.

"설마 부인도 같은 식단으로 드시나요?"

"설마라니……."

"같은 식단이셨구나!"

"그게."

레나가 이제야 알겠다는 듯 손뼉을 짝 쳤다.

"그러고 보니 아침 식사 시간을 넘겨 버렸네요. 다른 사람들 아침은 다 나갔는데 말이죠. 이런, 큰일 날 뻔했네."

그녀가 아기 새처럼 재잘거렸다. 아까 구석에서 발견한 쟁반과 익숙한 모양의 접시를 꺼내 온 레나는 뭐든 말만 하라는 기세로 채터슨 부인을 쳐다보았다.

"빵은 어디 있나요?"

벌써 먹었다고 하기엔 아까 레나의 질문에 '아니오' 라고 답한 전적이 있었다. 두 사람 모두 그 대답을 또렷하게 기억했다. 순식간에 휘말려 버린 부인의 눈동자가 위태롭게 흔들렸다.

레나는 기억을 되살려 주겠다는 듯 부연 설명을 덧붙였다.

"드래건의 갑주 같던 그 갈색 빵이요."

"방에 올라가 계시면 종자를 시켜서."

"번거롭게 그럴 필요가 있나요. 여기서 함께 먹어요!"

가여운 채터슨 부인.

넉넉한 체형을 보면 그녀는 풍성한 아침 식사를 즐길 것이 분명했다. 당연히 어느 한 끼도 소홀히 하지 않겠지만, 왠지 부인의 아침 식탁에는 갓 구운 팬케이크와 크림, 계란, 햄, 신선한 샐러드와 과일이 듬뿍 올라가 있을 것만 같았다.

거기에 견과류를 한 줌 뿌리고는 콧노래를 흥얼거리며 혼자만의 여유를 즐기리라.

부인을 보고 있자면 어쩐지 그런 그림이 눈앞에 그려졌다.

"여기요? 여기 있다고요? 아…… 그렇군요! 찾았어요. 과연, 어제 먹은 바로 그 빵이에요. 차는 어디 있죠?"

채터슨 부인은 어찌해야 할지 몰라 그저 붉으락푸르락하는 얼굴로 뻣뻣하게 위치를 알려 주었다. 레나는 아주 오래된 고대 유물을 발견한듯 어두운 찬장 구석 안에서 작은 단지를 꺼냈다.

이러니까 '그런' 맛이 났지.

뜨거운 물을 붓고 수색이 연하게 돌 때까지 기다렸다. 어제 두 번이나 먹었던 식단이 완성되었다. 오늘 아침은 특별히 2인상이었다.

맛은 어제와 다를 바 없겠지만 함께하는 사람이 있으니 외롭지만은 않았다.

"부인, 어디 편찮으세요?"

뿌듯한 눈으로 식탁을 내려다보던 레나가 문득 걱정스런 표정을 지었다.

"표정이 마치…… 개구리를 삼킨 것 같아서."

"식욕이 달아날 소릴 잘도 하시는군요."

채터슨 부인이 용케 핑계를 찾았다는 얼굴로 말했다. 보는 사람이 안타까울 만큼 크게 안도한 표정이었다.

"전 오늘 입맛이 없네요. 레이디부터 드시지요."

"안 돼요, 안 돼. 성으로 오는 동안 라몬트 경이 얼마나 부인 얘기를 했는지 몰라요. 그걸 들으면서 저도 부인에게 각별한 마음을 갖게 됐는걸요. 자, 사양 말고 드세요. 입맛이 없을수록 더욱 열심히 드셔야 해요."

도미닉에겐 미안하게 됐지만 그가 부인의 사랑을 독차지하는 것 같으니 열심히 그의 이름을 팔겠다고 마음먹은 레나였다.

들통 나지 않는 선에서 최대한 팔아 주리라.

식탁으로 오기조차 거부하는 부인을 부드럽게 잡아끌어다 앉혔다. 그 와중에 빵을 화덕에 잠깐 넣었다 빼면 먹기에 낫지 않을까 하는 욕심이 들었다.

하지만 레나는 대의를 위해 작은 욕심을 고이 접었다.

턱과 어금니를 사정없이 써야 하는 빵의 맛을, 채터슨 부인에게도 체험시켜 주고픈 마음이 더 컸다.

"차가 식기 전에 드시는 게 좋아요."

레나는 화통한 도적 두목처럼 빵을 뜯으며 부인에게 말했다.

"근데 공작님, 생각보다 좀 쩨쩨하신 것 같네요."

방에 틀어박혀 있어 봤자 달라지는 건 없어.

레나는 살아남으려면 일단 성 사람들의 마음을 얻는 게 중요하다는 것을 깨달았다. 가장 궁극적인 목표는 공작을 제 편으로 만드는 것이지만, 그건 성탑 위의 공주님을 구출하는 것만큼이나 어려울 듯하여 제일 뒷일로 미뤄 두었다.

그녀는 부지런히 성 안팎을 돌아다녔다.

레나를 역병 보다시피 하는 하녀들에게 다가가 마당 쓸기를 거들었다. 요통으로 표정이 좋지 않은 마구간지기에게 찜질 주머니를 만들어 주기도 했다.

그중 제일 인상적인 성과는 누가 뭐래도 고장 난 우물 펌프를 고쳐 준 것이었다.

펌프를 쓰지 않으면 하녀들은 몇 배의 힘을 써서 두레박에 우물물을 길어 올려야 했다.

"하필 훌리틀 씨가 마을에 갔을 게 뭐람!"

레나가 사건 냄새를 맡고 현장으로 다가가는 도중에 그런 소리가 들렸다.

"다른 사람 없어? 홀리틀 씨는 늦은 저녁에야 돌아온다고 했는데 그때까지 두레박을 쓸 순 없다고."

"어깨가 빠질 거야! 내일 팔을 가슴 위로 못 들어 올릴 거라고."

"한번 펌프 맛을 보고 나니 두레박은 엄두도 못 내겠어. 게다가 우리 우물이 좀 깊니?"

물이 필요해서 온 하녀들이 뜻밖의 날벼락에 울상을 짓고 있었다. 아마 마을에 간 홀리틀 씨가 이런 것을 고치는 전담인 듯싶었다.

하늘에 감사하게도, 레나는 펌프의 원리와 구조에 대해 알고 있었다.

드디어 책에서 본 걸 써먹을 때가 왔네!

레나는 너무 환하게 웃지 않으려고 애쓰며 문제의 현장에 등장했다. 미심쩍은 눈초리를 받으면서 펌프를 수리할 때는 얼굴도 모르는 홀리틀 씨에게 키스를 보내고 싶은 심정이었다.

5분 만에 짜잔, 마법처럼 고친 것은 아니었다.

모두가 손뼉 치며 레나의 도움에 감사한 것도 아니었다.

하지만 레나는 똑똑히 들었다. 자신이 힘을 실어 손잡이를 누르고, 놋쇠 구멍에서 맑고 차가운 물이 쏟아져 나온 순간 등 뒤에서 '어머!' 하는 감탄사가 터진 것을.

"다음에 또 이러거든 제게 말씀하세요. 훌리틀 씨가 자리를 비웠을 때요."

감사하다는 말도 못 들었다. 그저 다들 고개를 숙여 보인 것뿐이었다. 그러나 레나는 이것만으로도 만족스러웠다.

한몫 해냈다는 기쁨이 뿌듯하게 차올랐다.

"……휠!"

"오, 이게 누군가요. 아침 햇살만큼이나 눈부신 레이디 스칼렛 아니십니까."

기사들의 연습장 길목에 숨어 있던 레나는 반가운 얼굴을 발견하고 달려 나왔다. 나흘 만에 처음 보는 휠의 얼굴이 이토록 반가울 수가 없었다.

내게 호의적인 사람의 존재감이란 이렇게 큰 것이었구나.

순간 휠을 향한 감정이 너무 커져서 레나 스스로도 놀랄 정도였다. 각오하긴 했지만 그래도 며칠 내내 이어지는 경계와 냉대에 알게 모르게 지쳐 있던 모양이었다.

"정말 오랜만인 것 같아요."

"예, 그렇습니다. 성에서의 생활은 어떠십니까? 아름다운 정원은 보셨나요?"

"아기 천사 분수대가 있는 정원 말이죠? 봤어요. 예쁘던데요."

휠과의 대화는 가뭄으로 메마른 땅에 내리는 시원한 비와도 같았다.

"휠이 자랑할 만하더라고요."

"하핫, 그렇죠?"

휠은 그녀가 자신을 칭찬하기라도 한 것처럼 밝게 웃었다. 오랜만의 대화에 시간 가는 줄 모르고 그를 붙잡고 있는데, 연습장으로 향하던 다른 기사 두 명이 레나를 아래위로 훑고 갔다.

지난 며칠간 그녀가 받은 어떤 눈빛보다도 차가운 느낌이었다.

이러다간 자칫 휠에게까지 피해가 가겠어.

까마득히 높디높은 존재인 도미닉과 달리 휠은 갓 1년이 지난 신참이었다. 다른 기사들 눈 밖에 나기라도 하면 고생길이 열릴 것이다.

레나는 이쯤에서 본론을 말하고 가야겠다고 생각했다.

"저기요, 휠. 하나 부탁할 게 있는데요."

"레이디의 부탁이라면 기사의 명예를 걸고 완수해야죠."

"달걀 두 개에 명예까지 걸 건 없고요."

그녀는 채터슨 부인에겐 먹히지 않았지만 휠의 가슴을 직격할 만한 표정을 지었다.

"오늘 저녁 식사에 삶은 달걀이 나오면 두 개만 빼서 줄 수 있나요? 달걀이 없으면 사과도 좋고, 몰래 한 손에 숨길 수 있는 거라면 뭐든 좋아요."

"달걀……이요?"

언뜻 이해가 가지 않는 부탁에 휠이 고개를 갸우뚱했다.

"네, 딴 사람들은 모르겠지만 제 식사는 세 끼 모두 딱딱한 빵과 차 한 잔으로 제공되거든요. 아, 그런 표정 할 필욘 없어요. 부당하다고 생각하지 않아요."

레나가 눈을 내리깔며 살짝 한숨을 흘렸다.

"로젠하트에선 제 출신이 문제가 되는 거겠죠."

"하지만 레이디, 그런 대우를 받고 계신 줄 몰랐습니다. 공작님은 이에 대해 아시나요?"

그 공작님이 내린 분부라니까요.

레나는 그렇게 대꾸하고 싶은 걸 참았다. 그는 자신이 모시는 공작이 레이디에게 그런 짓을 할 거라곤 상상도 못 하는 것 같았다.

"그분이 모르실 거라 생각하진 않아요. 전 괜찮아요. 이미 각오한 일이기도 하고……. 그래도 배가 고픈 건 힘들어서."

"달걀이라 하셨죠."

휠이 닭장을 통째로 털어 올 눈빛을 해 보였다. 레나는 일이 커지는 것을 막기 위해 당부했다.

"채터슨 부인이 안 계실 때 부엌에서 먹을 것을 구할 수도 있었어요. 하지만 그렇게 안 한 이유는 왠지 떳떳치 못한 것 같아서예요."

행여 도둑질 소리가 나오면 안 된다.

"그러니까 휠, 무리하지 말아요. 고기 접시를 들고 내 방까지 춤추며 걸어오면 안 돼요."

"알겠습니다. 이해했어요."

"그럼 부탁할게요."

따끈따끈한 반숙란을 약속하는 소리에 레나의 미소가 더욱 달콤해졌다. 그녀는 도미닉이 가르쳐 준 스텝을 밟으며 연습장 앞을 떠났다.

짐머에겐 아침을, 랜달에겐 점심 원조를 부탁하면 남들과 같은 식탁을 받는 그날까지 어떻게든 버틸 수 있을 것 같았다.

조쉬는.

레나의 콧노래가 멈췄다.

"……묘하게 찜찜해."

예의를 깍듯하게 지키는 좋은 사람이지만 언젠가부터 그녀를 보는 시선이 다소 달라진 듯했다. 냉대도 아니고 혐오도 아니고 그렇다고 경계하는 것도 아니었다.

뭐랄까.

“감시?”

제일 비슷한 축에 속하지만 본격적인 감시라기엔 무리가 있었다. 어쨌든 마음 놓고 부탁하기는 좀 껄끄러웠다.

일단 조쉬는 후순위로 미뤄 두자.

“따끈한 반숙란. 따끈따끈 소금 뿌린 보들보들 반숙란.”

레나의 노래가 다시 시작되었다.

승리자의 미소를 띤 채 부엌에 다다른 그녀는 마침 스테이크를 구워 한입 삼키던 채터슨 부인을 발견하고 소리를 질렀다.

“꺅, 고기를 구웠군요!”

분명 레나가 없는 것을 확인하고 그 틈을 타 몰래 한 접시 하려고 했던 부인은 그 소리에 엉덩이가 공중에 뜰 정도로 깜짝 놀랐다.

스테이크에선 아직 뜨거운 김이 모락모락 피어오르고 있었다.

가엾게도 정말 딱 첫 입을 베어 문 시점이었다.

“세상에, 세상에, 세상에나, 부인!”

레나가 호들갑을 떨며 식탁으로 달려왔다.

“아스파라거스까지 곁들이셨네요! 어머, 이건 익힌 버섯과 당근인가요?”

일곱 가지 대죄를 다 저질렀더라도 이만큼 뜨겁게 추궁당하지는 않을 것이다. 채터슨 부인의 표정은 그야말로 볼만했다.

나 이러다 공작이나 백작에게 죽기 전에, 부인에게 독살당하는 건 아닐까?

채터슨 부인은 스테이크 맛을 제대로 음미하지도 못하고 냅킨으로 입을 가린 채 우물우물 씹어 넘겼다. 그사이 레나는 시원한 물 한 잔을 떠 와 그녀의 맞은편에 앉았다.

“오늘 무슨 좋은 날인가 봐요. 식사 시간이 아닌데 스테이크도 먹을 수 있고.”

물을 마시고 부인을 봤다.

이보다 순진무구할 수 없는 눈빛이었다.

“맛있게 드세요.”

채터슨 부인에게서 끄응, 하고 앓는 소리가 흘러나왔다. 이제 막 개시한 스테이크를 버릴 수도 없고, 레나에게 먹으라고 양보하기도 뭣하고. 아주 곤란한 상황이었다.

부인은 애써 맞은편의 시선을 무시하며 칼질을 했다. 두툼한 고기를 썰자 소스와 육즙이 주르륵 흘러내리면서 군침 도는 모양새를 자랑했다.

“진짜 맛있겠다.”

흠칫.

레나가 고기를 보며 중얼거리고는 물 한 모금을 마셨다. 부인의 입가가 미세하게 떨렸지만 모른 척하고 고기를 입으로 가져갔다. 후추를 뿌린 익힌 버섯도 입안으로 사라졌다.

"제가 채소 중에 가장 좋아하는 게 뭔 줄 아세요?"

아니, 알고 싶지 않아.

부인의 필사적인 거부가 레나에게까지 들리는 듯했다. 그러나 때마침 채터슨 부인의 입안에는 씹을 것이 한가득이었다.

"첫째가 버섯."

안 들려. 난 계속 먹을 거야.

"둘째가 익힌 당근."

우적우적.

얼마나 힘겹게 씹어 대는지 레나는 부인이 저러다 혀를 깨물지 않을까 걱정스럽기까지 했다.

"셋째는……."

"팬에 남아 있어요. 버섯이랑 당근! 드세요. 드시라고요."

가까스로 씹어 삼킨 채터슨 부인이 항복이라는 듯 넌더리를 내며 말했다. 레나는 깜짝 놀란 얼굴로 숨을 들이켰다. 토끼 몰듯 몰긴 했지만 나흘 만에 이런 성과를 얻을 줄은 몰랐다.

스테이크까진 바라지도 않았다.

먹음직스러운 곁들임 채소로도 레나의 기쁨을 채우기엔 충분했다.

"일요일도 아닌데 이런 훌륭한 식사를 해도 될지 모르겠어요."

레나는 짐짓 한숨을 쉬며 말했다. 그러고는 남아 있는 버섯과 당근을 싹싹 긁어서 접시에 옮겨 담았다.

채터슨 부인의 칼질이 더욱 전투적으로 바뀌었다.

그 흐뭇한 광경을 지켜보면서 레나는 포크 한 가득 익힌 버섯을 찍어 입으로 가져갔다. 작은 승리의 맛. 오감을 자극하는 풍부한 맛.

아, 이 맛이라니까.

레나의 얼굴에 황홀한 미소가 번져 나갔다.

chapter
6

위장 신분의 대가

레나가 성에 온 지도 어느덧 보름째가 되었다.

최대의 성과는 '아직 살아 있다'는 것. 페트론 백작이 들으면 몹시 기분 나쁠 소식이겠다. 그다음 성과를 꼽자면 빵 옆에 버터가 올라가고, 쓰디쓴 차가 밀크티로 바뀌었다는 것.

여기에 아침, 점심, 저녁에 맞춰 기사들의 원조를 받으니 이만하면 살겠다는 생각이 들었다.

그러니까 입과 배는 조금 살 만해졌다.

하지만 사람은 복잡한 생물이라서 배를 채우는 것만으로는 행복할 수가 없었다.

불행인지 다행인지 그녀는 아직 공작을 만나지 못했고, 공공연히 남편에게 냉대받는 여주인의 위치란 참으로 위태로웠다.

환영받지 못한다.

이 넓은 성 어디서도 그녀를 반기는 이가 없었다.

안 그래도 신세를 지고 있는 신참 기사들에게 달려가 매번 호소하기도 어려운 일. 상황이 이렇다 보니 레나는 혈이 입이 닳도록 칭찬하는 마을에 내려갈 엄두도 내지 못했다.

꿈에서 당한 썩은 계란과 토마토 세례를 떠올리지 않기란 힘들었다.

그리고 도미닉.

"대화 한번 못 했어……."

레나는 풀이 죽은 목소리로 중얼거렸다.

그가 일부러 피하는 건지 아니면 공작이 쉼 없이 수석기사를 돌리는 건지 몰라도, 레나는 첫날 이후 도미닉과 말을 섞을 수 없었다.

신참 기사들도 도미닉의 얼굴을 보기 힘들다고 했다.

한데 이게 원래 '정상'이라며, 도미닉이 동행으로 자신들을 뽑았던 게 뜻밖의 행운이었다고 입을 모았다.

보름 동안 먼발치에서 혹은 스치듯이 두어 번 본 게 전부였다.

결혼식장에서 그에게 키스를 당한 것, 폭풍우가 몰아치는 들판에서 마차 바퀴와 사투를 벌인 것, 초록빛 잔디를 밟으며 댄스 교습을 했었던 기억이 레나의 머릿속에 떠올랐다가 지나갔다.

그때는 도미닉이 누구보다도 가깝게 느껴졌었다.

언제든 말을 걸면 그는 대답했고, 눈을 뜨고 방문을 나서면 그가 있었다. 항상 곁에 있었다.

이러면 안 돼. 혹시 누가 의심하기라도 하면 도미닉이 곤란해질 뿐이야.

정말 그를 원했다면 모든 것을 포기하고 함께 도망치자 매달렸어야지. 그럴 배짱도 없는 주제에 자꾸 도미닉의 그림자를 찾아 기웃거리지 마.

아침부터 종일 도미닉 생각을 한 덕분일까. 레나는 며칠 만에 그의 모습을 볼 수 있었다.

마을 대장간에서 온 사람이 수리를 맡았던 검을 들고 와 이런저런 보고를 하는 중이었다.

레나는 멀리서 그 모습을 아껴 담다가 발길을 돌렸다.

"얼굴이 좋아 보여서…… 왠지 얄밉네."

그는 괜찮은 것 같았다.

성으로 오는 도중 마차를 세워서 괜히 레나의 가슴을 두근거리게 한 사람치고는 아주 좋아 보였다.

대리인의 임무를 완수했으니 이제 아무 상관 없다는 건가.

"다섯 발짝 앞에 나무가 있는 거 알고 걷는 겁니까?"

바로 등 뒤에서 속삭이는 목소리에 레나가 우뚝 멈춰 섰다.

"멍하니 혼을 빼놓고 다니는 꼬마에겐 단것이 효과적인 법이죠."

손과 손이 맞닿았다. 너무나 오랜만에 닿는 손이었다. 그는 레나의 손안에 뭔가를 쥐어 주었다.

바스락거리는 포장지를 젖히자 초콜릿을 입힌 딸기가 나왔다. 포장지 겉면에 베이커리의 상호가 찍혀 있었다. 마을에 내려가서 사 온 것이다.

"누가 꼬마래요?"

고맙다는 말보다 먼저 나온 건 서운함이 묻어나는 투정이었다.

"난 혼을 빼놓고 다니지 않았어요. 그리고 무턱대고 아이한테 단것을 주면 역효과라는 말, 못 들어 봤나요?"

"기다렸다는 듯 쏘아 대는 걸 보니 정신이 드는 모양이군요. 역효과인 것 같지 않은데요."

뒤돌아보자 그곳엔 도미닉이 있었다.

간절하고 그리웠던 얼굴이었다. 약간 삐딱한 느낌이 묻어나는 미소까지 완벽했다. 레나는 제발 이 순간만큼은 누구의 방해도 받지 않길 기도했다.

그에 대한 염려는 얇은 껍질처럼 부서지고, 욕심이 그 빈 자리를 채워 갔다.

가슴이 콩콩 빠르게 뛰기 시작했다.

"대장장이가 찾아왔던데."

"아직 그 드레스를 입고 있군요."

두 사람이 동시에 다른 말을 했다. 말이 겹쳤지만 서로가 전하려는 바를 용케 알아들었다. 레나가 옅게 웃었다.

"안 그래도 채터슨 부인을 졸라 주인 없는 드레스를 몇 벌 받기로 했어요. 숄이랑 외투도 확보했고요."

강도떼로부터 도망칠 때 레나는 그나마 갖고 있던 드레스마저 잃었다. 지금 옷은 그날 입고 있던 거라 유일하게 건질 수 있었다.

방 한구석에서 발견한 낡은 옷이 없었더라면, 레나는 단벌 드레스가 마를 때까지 한동안 문밖 출입을 하지 못했을 것이다.

"가여운 부인, 내게 잔뜩 시달리고 있죠. 이번에도 옷을 얻어 내기 위해서 얼마나 털었는지 몰라요. 조만간 신경증이 생기셔도 놀랍지 않을 거예요."

레나가 소리 죽여 웃었다.

스스로도 가끔 '이거 지나친 게 아닌가' 할 정도로 채터슨 부인을 괴롭히고 있었다.

부인의 반응이 떠올라 저도 모르게 웃고 말았는데 어째 듣는 도미닉의 표정이 좋지 않았다.

"이젠 낮에도 쌀쌀한데 감기에 걸릴 겁니다."

"네, 좀 춥긴 했어요. 그래도 내일부턴 괜찮을 거예요."

"신경을 썼어야 했는데."

그가 쓰게 내뱉었다.

"도무지 레이디를 볼 짬이 나지 않아서요."

그런 표정 짓지 말아요. 레나는 도미닉을 향해 속으로 말을 건넸다.

마치 그녀를 가슴 깊이 걱정하고 있다는 표정은 레나에게 좋지 않았다.

길 위에 있을 때처럼 그녀를 안전하게 지키는 게 자신의 의무인 양.

그런 목소리.

힘들어도 어떻게든 버텨 왔는데 그가 이런 모습을 보이면 자꾸 기대하고 의지하고 싶어진다.

"그렇다고 방까지 찾아갈 수도 없고."

"네, 그건…… 안 되겠죠."

"이런 거나 쥐어 주고 있군요."

도미닉이 자조적인 웃음을 지었다. 자기가 꼬마냐고 투덜

댔던 건 잊고, 레나가 초콜릿을 소중하게 감싸 쥐었다.

"일부러 마을에서 사 온 거잖아요. 고맙게 먹을 거예요."

"그렇게 꼭 쥐면 녹습니다."

"아."

레나가 얼른 손에 힘을 풀었다. 포장지를 들춰 보고 겉면이 녹진 않았는지 확인했다. 그래 봤자 번듯한 선물용 박스에 담긴 것도 아니고 낱개 하나를 준 것뿐이었다.

보석 반지를 다루듯 애지중지하는 모습에 도미닉이 쓰게 웃었다.

"그냥 먹어 버려요."

"왜요? 싫어요. 조금 더 두고 볼 거예요."

"그런다고 거기서 병아리가 부화하는 것도 아니니까 녹기 전에 먹죠."

맛있을 때 먹이고픈 마음과 선물을 오래 간직하고픈 마음이 부딪혔다. 레나는 아깝다는 눈으로 한참을 들여다보다가 결국 초콜릿을 반쯤 베어 물었다.

고향 집에 살 때, 생일이 되면 아버지 미구엘의 손을 잡고 과자 가게에 갔었다. 형형색색의 예쁜 과자를 한 가지 고를 수 있었던 건 1년 중 그때 딱 하루뿐이었다.

그리고 그때도 이만큼 맛있는 초콜릿은 먹지 못했다.

레나의 표정이 나른하게 달콤해졌다.

"로젠하트에서 가장 유명한 베이커립니다. 단 음식을 별로 안 좋아하는 기사들도 이것만은 잘 먹더군요."

"맛있어요."

신선한 딸기와 초콜릿이 입안에서 어우러졌다. 레나가 한숨을 쉬었다. 남은 한 입을 넣으면 이 즐거움도 끝난다고 생각하니 너무도 아쉬웠다.

"꿈결 같은 맛이네요. 라몬트 경은 어떤가요? 초콜릿 좋아하세요?"

레나는 아쉬움이 뚝뚝 떨어지는 표정으로 남은 조각을 입에 넣었다. 오늘 하루치 운을 모두 여기에 끌어 쓴 기분이었다.

도미닉이 흐뭇한 눈으로 그녀를 보다가 손을 뻗었다.

"아뇨."

그의 손가락이 레나의 입술을 살짝 문지르고 지나갔다.

"원래 단걸 안 좋아합니다."

그리고 도미닉은 손끝에 묻어난 딸기 즙을 빨아 먹었다. 레나의 사고가 정지했다.

가만. 방금 이 사람, 뭘 한 거야?

그녀의 시선이 도미닉의 입술에 고정되었다. 갑자기 머리가 멍해져서 기억을 더듬는 것 말고는 아무것도 할 수가 없었다.

손가락을 빨던 입술. 딸기 즙을 핥은 혀. 레나에게 뻗은 손.

단걸 안 좋아한다던 말.

바로 방금 전에 일어난 일인데도 꿈속의 일인 것처럼 몽롱했다. 혹시 자신을 떠보는 건가 싶어 시선을 옮기자 그제야 당황한 도미닉이 눈에 들어왔다.

그도 의도한 바가 아닌 듯 해명할 구실을 찾고 있었다. 적어도 레나의 눈엔 그렇게 보였다.

"거, 거짓말."

레나는 애써 태연한 웃음을 지어 보였다.

"입에 묻은 것까지 빼앗아 먹을 정도면 단걸 싫어하는 게 아닌데요."

뭐야, 소리 내서 말하고 나니까 더 야릇하게 들리잖아?

이럴 생각은 아니었다. 그가 적당한 구실을 찾는 것 같아서 먼저 둘러댔을 뿐. 레나는 본인의 자연스럽지 못한 대처에 도미닉이 한몫 거들었다는 생각을 했다.

입가에 묻은 걸 닦으면 닦았지 그렇게 야하게 먹을 것까진 없잖아!

그래, 그게 문제였다.

도미닉 라몬트는 자각 없이 야한 행동을 하는 경향이 있었다. 이쯤 되면 그냥 존재 자체가 위험한 남자인 것 같았다.

대체 거기서 혀는 왜 쓰는 건데?

"미……."

도미닉이 뭔가 말을 하려다 그만두고 표정을 바꾸어 다시 입을 열였다.

"사과는 하지 않겠습니다. 입가에 묻히고 다니는 쪽 잘못이니까요."

"지금 은근슬쩍 책임을 떠넘긴 것 같은걸요."

"사람이 오는군요."

도미닉의 목소리가 가라앉았다. 짓궂은 웃음기가 머물렀던 눈이 날카로워지고, 뺨과 입가가 순식간에 굳어졌다. 그 기세에 레나도 덩달아 굳어 버렸다.

발소리 하나에 두 사람은 현실로 끌어 내려졌다.

도미닉이 레나의 뒤쪽을 주의 깊게 보다가 그녀를 향해 아주 짧은 미소를 지었다.

"다음엔 책을 갖다 주죠, 독서광 아가씨."

레나가 마차에서 내내 책을 놓지 않은 걸 두고 한 말이었다. 그렇지 않아도 여기 온 이후로 책을 읽을 수가 없어 상심하던 차였다. 레나의 얼굴이 확 피어났다.

"그때까지 잘 버텨요."

"네, 이만 가세요. 소리가 점점 가까워져요."

아쉬움을 누른 채 레나가 도미닉의 팔을 밀었다. 다른 기사들과는 눈치껏 짧은 대화라도 나눌 수 있었다면, 이상하게 도미닉과 함께 있는 장면은 들켜서도 안 될 것 같았다.

품고 있는 감정 자체가 다르다는 거겠지.

레나는 먼저 자리를 떠나는 도미닉을 향해 속삭였다.

"고마워요."

작은 소리라 들리지 않을 줄 알았는데 '나중에 갚으세요'라는 대답이 돌아왔다.

그가 다음보다 더 먼 날을 언급해 준 것이 기뻤다. 그 어떤 선물보다도 기쁜 한마디였다.

"드레스가 꽤…… 화려하네요."

레나는 채터슨 부인이 내어 준 드레스를 보며 첫 소감을 말했다.

스칼렛의 옷장에서 슬쩍했던 여분의 옷은 수십 벌 중에서도 가장 수수했었다. 혹시 뒤에 남은 부모님께라도 책임을 물을 게 걱정되어 고심 끝에 골랐던 것이다.

그에 비하면 채터슨 부인이 침대 위에 펼쳐 놓은 드레스들은 하나같이 고풍스러우면서도 화려했다.

감청색, 와인색, 검은색에 가까운 짙은 초록색에 심지어

진회색의 드레스마저 가슴 앞판에 흰 러플이 잔뜩 달려 눈길을 끌었다. 공단을 아낌없이 사용한 덕에 치마의 무게감이 상당했다.

사교계의 꽃으로 군림하는 레이디가 왕궁 무도회에서 입을 것 같은 옷들이었다.

"이러나저러나 레이디도 공작가 소속이에요. 남부끄러운 차림으로 있게 둘 순 없지요."

그 말은 지금까지 내가 남 보기 부끄러운 차림으로 있었단 건가?

레나는 지금 입고 있는 드레스를 내려다보았다. 좀 낡긴 했어도 이만하면 괜찮은 수준이라 생각했었는데.

"아무리 홀든이 변방이었다 해도 농촌에 풀어 놓은 염소처럼 하고 다니는 건 아니라고 생각해요."

"저, 염소예요?"

농촌 염소? 부인, 지금 저에게 촌티 난다고 돌려 말하신 거 맞죠?

그러나 채터슨 부인은 아무런 눈치도 못 챘다는 듯 속옷과 패티코트 따위를 늘어놓았다. 묵직한 치마를 부풀리려면 얼마나 힘 좋은 속치마를 겹겹이 입어야 하는지.

레나는 패티코트 두어 벌이 사라지고서야 그걸 들고 있던 사내애를 발견할 수 있었다. 소년은 옷에 파묻혀 죽기 일보 직전이었다.

"이것들은 파티용인가요?"

"우습지도 않은 농담을 하시네요, 레이디. 당연히 일상용이에요."

"일상용? 이, 이걸 입고 일상생활을 한다고요?"

끔찍한 그림이 눈앞에 그려졌다. 죽는 방법도 가지가지구나. 공작이 레나의 편의를 봐줬을 린 없으니 이것은 온전히 채터슨 부인의 작품일 터.

부인은 독살 대신 질식사로 방향을 바꾼 모양이었다.

아니면 과로사거나.

몸을 꽉 조이는 옷을 입고 한 걸음 한 걸음 무거운 발걸음을 옮기는 게 과로사를 향한 지름길이 아니고 뭐겠는가.

진력이 다해 죽을지도 몰라.

레나가 파들파들 떨었다. 기분 탓인지 오늘따라 채터슨 부인의 얼굴이 10년은 젊어진 듯 밝았다.

"도대체 백작가에서 뭘 입고 지내신 거죠! 어휴, 이런 철딱서니 없는. 쯧쯧. 격식이라고는 찾아볼 수도 없는 드레스라니."

이거 여기서 찾아 입은 옷이에요, 라고 밝히고 싶어 입이 간지러웠다.

부인은 흥이 난 얼굴로 레나의 차림새를 폄하한 뒤 차분히 가라앉아 있는 치마를 뚫어지게 보았다.

"그러고 보니 레이디가 패티코트를 입으신 걸 못 봤네요."

그 무거운 걸 입고 죽으라고. 레나가 애써 아하하, 웃음을 지었다.

"백작가의 신조가 '소박한 삶'이라."

얼토당토않은 거짓말이 잘도 나왔다. 채터슨 부인이 진심이냐는 듯 레나를 쳐다봤다.

"거기다 코르셋도 안 하신 것 같은데."

"이거 한 거예요. 했어요."

"어떻게 혼자 하셨지요? 레이디에겐 전담 하녀가 없는데."

"저 혼자 할 수 있는 만큼 했어요. 성에 오는 길에도 그랬는걸요. 이 정도면 괜찮잖아요."

제발 코르셋만은! 레나가 다급하게 말을 쏟아 냈다.

채터슨 부인의 표정이 다섯 배는 더 음흉해졌다. 등골이 오싹한 미소가 지어졌다.

"무슨 말씀을. 형편없어요, 레이디."

그녀는 이왕 말이 나온 김에 잘됐다는 듯 레나의 단추를 풀기 시작했다. 벌써부터 경쾌한 콧노래를 흥얼거리려는 낌새가 느껴졌다.

"갈아입어요."

"아니, 괜찮아요. 나중에, 이따가 제가!"

"오호호, 무슨 말씀을! 핍, 얘야! 가만있지 말고 방문을 닫아 주렴."

부인이 소년에게 지시했다. 레나의 눈동자가 차츰 공포로 질려 갔다.

"방문을 닫고 뭘 하시게요?"

"뭘 하다니요. 레이디가 옷을 갈아입는데 문을 열어 둘 순 없잖아요?"

"지극히 맞는 말씀이긴 한데."

그 이상의 뭔가를 할까 봐 무서워서 그래요.

레나는 등 뒤에 자리 잡은 부인을 떨쳐 내기 위해 종종걸음으로 자리를 벗어나려 했다.

"핍! 레이디가 기둥을 잡고 계시게 해."

기둥, 기둥을 잡는다.

드디어 말로만 듣던 고문의 시간이 닥친 것인가.

"아유, 망아지처럼 날뛰지 말고 가만히 좀 있으세요!"

세상에서 제일 신난 목소리로 타박하며 채터슨 부인이 레나의 등짝을 차지게 때렸다. 부인의 손맛은 보통이 아니었다. 분명 벌건 손자국이 남으리라.

레나는 꺅, 하는 비명과 함께 몸을 틀었다.

그리고 그녀가 발버둥 치는 사이 속옷과 패티코트와 코르셋이 몸 위로 착착 걸쳐졌다.

숨을 들이쉬라는 명령과 함께 코르셋이 사정없이 몸을 조여들었다.

죽는다!

레나의 눈앞이 새하얗게 변했다.

“그만요! 그만! 꺄아악! 절 죽일 셈이세요, 부인?”

“아직 두 번밖에 조이지 않았어요. 예전에 레이디 소피는 일곱 번도 너끈히 조이셨다고요.”

독한 사람 같으니.

레나는 지독한 선례를 남긴 남편의 전 약혼녀를 향해 삿대질을 했다. 이후로 한동안 채터슨 부인의 복수는 계속되었고, 성탑에선 레나의 비명이 끊이질 않았다.

옷 갈아입기가 끝났을 때쯤 소년의 얼굴이 질렸다면 말 다 한 것이다. 얼떨결에 부인의 복수에 동참하게 된 아이는 오늘 밤 악몽을 꿀 터였다. 태어나서 옷을 갈아입는 행위가 그렇게 잔혹한 것인 줄 처음 알았으리라.

그것은 레나도 마찬가지였다.

뭍으로 나온 물고기처럼 할딱할딱 호흡을 이어 가는 그녀에게 거울 속 모습을 감상할 여유 같은 건 남아 있지 않았다.

레이디 흉내 내기, 정말 힘들다.

진심으로.

아이의 상처를 발견한 건 어느 날 저녁이었다.

채터슨 부인은 매일 코르셋 조이는 특권을 얻은 뒤로 인심이 상당히 후해져, 돌멩이 빵 대신 다른 사람이 먹는 빵을 올려 주었다. 레나의 비명이 하늘을 찌를 듯했던 날이면 채소나 고기 완자가 곁들여지기도 했다.

오늘이 바로 그런 날이었다.

평소처럼 아이가 쟁반을 들고 레나의 방까지 왔다. 이대로라면 기사들의 원조를 중단해도 될 만큼 풍성한 식단이었다.

코르셋을 풀어 홀가분한 몸이 된 레나는 소년 핍을 반갑게 맞아들였다. 이제 핍은 방 안까지 들어와 쟁반을 내려놓곤 했다.

오늘따라 묵직한 쟁반에 핍의 중심이 흔들렸다.

"맛있게 드세요."

우물쭈물 한마디 하고 나가려는데 아이의 걷어 올린 소매 아래로 검푸른 멍이 보였다. 또래 사내애답지 않게 흰 피부라서 더욱 눈에 잘 띄었다. 놀다가 다쳤구나, 하기엔 한눈에도 누군가에게 당한 상처였다.

"잠깐."

레나가 아이를 불러 세웠다.

"또 올라오기 귀찮으니까 여기 있으렴."

여지를 주면 괜찮다며 자리를 피할까 봐 일부러 지시하듯 말했다. 한 번도 없었던 일에 소년이 당황했다.

"귀찮지 않은데요……."

"귀찮을 거야. 그리고 내가 심심해서 그래. 이쪽에 앉아 기다릴래?"

레나가 맞은편 의자를 가리켰다. 매일 아침 고문으로 다져진 전우애인지 몰라도 핍은 이제 레나가 그리 어렵지 않은 눈치였다.

하긴 그렇게 사람의 밑바닥까지 보게 되면 없던 동정심도 생길 것이다.

레나는 핍이 앉길 기다렸다가 식사를 시작했다. 꾸중이나 추궁을 하려는 게 아니라 대화를 끌어낼 생각이었으니, 자연스러운 흐름이 중요했다.

"저녁은 먹었니?"

핍이 고개를 끄덕였다. 뭘 먹었느냐, 부터 시작된 질문은 평소엔 무슨 일을 하는지, 우리의 무시무시한 고문관은 지금 뭘 하고 계시는지, 로 이어졌다.

그저 레나의 변덕에 맞춘다는 얼굴로 대답하던 핍은 '고문관' 이란 단어에서 슬쩍 웃고 말았다.

어렵게 얻은 소년의 첫 웃음에 레나는 대화 중인 것도 잊을 만큼 퍽 기뻤다.

"그런데 너, 엘프처럼 생겨서는 제법 거칠게 노는가 보구나?"

"……네?"

핍이 눈을 깜빡였다. 레나는 엘프를 숲 속 요정이라고 고쳐 설명했다.

하얀 피부와 반들반들한 밤갈색의 머리카락, 같은 색의 눈동자를 보고 있으면 성에서 잡일을 돕는 종자라기보다 이야기 속 요정이 어울릴 것 같은 느낌이 들었다. 따뜻한 물에 씻기고 좋은 옷을 입히면 지금보다 훨씬 곱상하게 보일 것이다.

거기까지 설명을 들은 핍은 점점 인상을 굳히더니 화가 난 듯한 표정을 지었다.

그 나이대 소년들을 떠올리면 레나의 표현이 마음에 들지 않는 것은 어쩌면 당연했다. 그리고 레나가 의도한 바는 다른 데 있었다.

"뜬금없게 들릴 수도 있는데, 밧줄에 묶여 매달리면 말이야. 피부가 쓸리면서 멍이 들거든."

레나가 냅킨으로 입을 닦으며 말했다.

"지금 너처럼."

핍은 감춰야 할 것을 들킨 사람처럼 깜짝 놀라 소매를 내렸다. 일을 하기 위해 무심코 걷어 올렸다가 내리는 걸 잊은 듯했다. 덕분에 레나는 아이의 상처를 발견할 수 있었다.

"어떻게 아느냐고? 수도 없이 봐 왔어. 홀든의 영주는 냉혹한 자라 아랫사람의 작은 잘못도 그냥 넘어가는 법이 없었단다."

"그 영주님이…… 레이디의 아버지 아니에요?"

"맞아."

천만다행으로 페트론은 레나의 친부가 아니었다. 레나는 미구엘을 떠올리며 다시 한 번 좋은 아버지를 만난 것에 감사했다.

"하지만 그건 별개야. 영주의 처벌은 잘못에 비해 지나쳤어. 특히 어린아이까지 봐주지 않은 건 최악이었지."

레나는 핍을 가만히 응시했다. 강요하고 싶지 않았다. 어쩌면 핍 혼자서 해결할 수도 있는 일이었다.

그렇지만 그게 아닐 경우에는?

핍은 부모를 잃은 고아인데 공작이 성의 일원으로 받아들였다고 들었다. 채터슨 부인을 비롯한 성의 모든 사람들이 소년의 보호자였다.

바꿔 말하면 어느 누구도 핍을 주의 깊게 살피지 않았다는 것이다.

어른이 필요할 때 핍이 도움을 요청할 수 있는 이가 충분하다고 생각하기 때문이었다. 그리고 항상 문제는, 사람들이 미처 생각하지 못한 틈을 파고들어 일어난다.

"이름을 말할 필요는 없어."

핍의 시선이 불안정하게 흔들렸다.

"너보다 나이가 많은 사람이니?"

핍이 손톱을 물어뜯다가 고개를 저었다. 그럼 아이들 간의 일이란 말이었다. 레나는 조심스레 한 발짝 더 나아갔다.

"여기 성에 사는 사람이야?"

"……아니요."

"너보다 나이가 많지 않은데 밧줄로 묶어서 상처를 내긴 힘들어."

레나는 잠시 간격을 두었다가 말했다.

"여러 명이었구나."

핍이 대답 대신 손톱을 잘게 물었다. 까드득, 하는 소리가 났다. 레나의 눈에는 난처한 질문과 맞닥뜨린 아이의 모습이었지만 또래의 눈엔 '계집애 같은' 모습으로 비칠 수 있었다.

사소한 다름을 약점으로 몰아세워 괴롭히는 녀석들은 어디에나 있었다.

어른이라 해서 더한 것도, 아이들이라 해서 덜한 것도 아니었다.

공작은 열두 살의 핍에게 온종일 잡일을 시키는 대신 오전에는 마을의 학교에 가도록 신경 써 주었다.

아마 핍을 괴롭힌 녀석들은 학교 급우일 터였다.

레나는 그쯤에서 질문을 끝내고 아무 일 없었다는 듯 식사를 계속했다. 그녀가 접시를 비울 동안 핍은 말없이 그 자리에서 손톱을 깨물었다.

그러고는 다 먹었다는 레나의 선언에 자리에서 일어났다.

"내가 살던 곳엔 솔빗풀이란 게 있었어. 말 그대로 솔빗을 닮은 모양인데 그 끝엔 별 모양의 작고 노란 꽃이 쪼르르 달려 있지."

굳은 얼굴의 핍은 선 채로 레나의 말을 들었다.

"그걸 꺾어다 솔빗 부분을 비비면 후추보다 조금 더 큰 알갱이가 쏟아지거든. 그게 피부에 닿으면 몸이 간지러워서 견딜 수가 없어져. 예전에 실수해서 닿은 적이 있는데, 거짓말 안 하고 진짜 모기 열 마리에게 물린 것 같았다니까?"

레나는 옛날이야기라도 들려주듯 조곤조곤 말을 이었다. 레이디의 의도를 파악하지 못하고 그저 듣고만 있던 핍은 어느 순간부터 귀를 기울였다.

"내게 아주 몹쓸 오라버니들이 있었어."

페트론 백작의 아들들.

레나는 지금도 그들을 떠올리면 치가 떨렸다. 아버지나 아들들이나 다를 게 없어서 레나가 아무리 재와 먼지를 뒤집어 쓰고 다녀도 기분 나쁜 눈으로 그녀를 보곤 했었다.

그러다 레나가 열 살 때였나.

둘째 아들이 어린 레나를 냉큼 붙잡았다. 과자 한 봉지를 눈앞에 흔들며 나쁜 수작을 걸어 보려 했다.

"난 눈에 불을 켜고 솔빗풀을 찾았어. 사실 먹으면 죽는 다른 풀도 알고는 있었는데, 그렇다고 사람을 죽일 순 없잖니? 어쨌든 친동기 지간이니까."

어쨌거나 잔악한 영주의 아들이니까.

"……뿌리셨어요?"

"뿌려 버렸지."

레나가 생긋 웃었다. 정작 일을 저지르고 나서는 덜컥 겁이 들었다. 잡혀 갈지도 모른다는 두려움에 거의 보름 동안 집에 숨어 있었지만 복수 자체에는 일말의 후회도 없었다.

"오라버니의 말안장 위에다 뿌려 버렸어."

푸흡!

소년이 웃음을 터뜨렸다. 예상치 못한 장소였나 보다. 기껏해야 머리카락이나 등을 생각했겠지만 어린 레나는 그보다 확실한 곳을 알았다.

"꼭 그런 녀석들이 불만 있으면 제대로 말하라고 하지. 말했다간 바로 힘으로 눌러 버릴 거면서. 누구 좋으라고 정면

대결을 하자는 거야?”

레나는 직접 빈 그릇을 정리한 뒤 핍에게 쟁반을 넘겨주었다. 그리곤 아이의 소매 단추를 잠가 주면서 말했다.

“노란 별 모양 꽃이야, 핍. 연습장 뒤쪽으로 나 있는 걸 보았어.”

“레이디.”

“네가 반격의 짜릿함을 맛보고 나면 다음에 쓸 도구에 대해 알려 줄게.”

이미 짓밟힐 대로 짓밟힌 사람에게 일어나서 너도 주먹으로 맞서 싸우라고 해 봤자 아무런 도움이 되지 않는다.

지금 핍에게 필요한 건 이 판이 뒤집힐 수도 있다는 가능성 한 스푼이었다.

절대 바뀌지 않으리라 생각했던 판이 흔들거린 순간, 아이의 숨통은 트일 터였다. 당장 모든 문제가 해결되는 건 아니라도 말이다.

핍이 고개를 꾸벅 숙여 보인 뒤 방을 나갔다.

그리고 사흘 후, 레나는 아미티지 공작과 처음으로 마주하게 되었다. 도미닉과 기사들과 성안의 사람들이 함께한 자리였다. 마을에서 올라온 사람도 몇 있었다.

모두가 지켜보는 앞에서 그녀는 절체절명의 위기를 맞이했다.

다름 아닌 그 솔빛풀 때문에.

"말린 장미색이 낫지 않아요?"

"모르는 소리! 겨울의 공작성은 짙붉은 커튼을 단다고요. 한 해도 빼놓지 않은 전통이지요."

"그럼 왜 애초에 세 가지 색을 놓고 고민하시는 걸까요?"

레나와 채터슨 부인은 달이 바뀌면 바꿀 커튼을 놓고 아옹다옹하는 중이었다. 따지자면 혼자만의 고민에 빠진 채터슨 부인을 발견하고, 레나가 스리슬쩍 끼어든 것이지만.

부인은 레나가 하는 말에 일일이 타박을 놓으면서도 30분째 결정을 내리지 못했다.

"솔직해지세요, 부인. 짙붉은 색 달기가 싫다고요."

레나의 말에 채터슨 부인이 정색을 하며 손부채질을 했다.

"왕도에서도 말린 장미색 유행이 돈다고 어제 말을 흘리셨잖아요. 요즘 이 색에 푹 빠지신 거 알아요. 물론 저도 좋아해요! 예쁜 색이잖아요."

차분하면서도 로맨틱한 게 드넓은 홀에 달아 놓으면 실내 분위기가 한결 포근해질 것 같았다. 영지의 이름과도 잘 어울리고 말이다.

채터슨 부인은 눈알을 굴렸지만 이미 절반쯤 레나의 말에 넘어온 눈치였다. 지금 그녀가 필요로 하는 건 올겨울 한 번쯤은 전통을 따르지 말자고 부추기는 누군가의 한마디였다.

"옆에 이끼색은 양심상 끼워 놓은 거 알아요."

"이끼색이라니! 고급스러운 진녹색이에요. 이것 봐요. 레이디의 안목이 얼마나 형편없는지!"

"그냥 짙붉은 색으로 달지 그래요?"

"……흥! 모처럼 도움을 주나 싶었더니 애써 고민하기 싫은 거군요?"

"귀여운 채터슨 부인."

레나가 입가를 실룩이며 웃었다.

"정말 귀여우세요."

"가, 가, 갑자기 무슨 엉터리 같은 소리지요?"

채터슨 부인의 얼굴이 순식간에 달아올랐다. 본인 나이의 절반도 안 되는 레나에게서 귀엽다는 말을 듣자 목소리가 절로 높아졌다. 놀림을 당했다는 분함과 생소한 칭찬에 부인은 어쩔 줄을 몰라 했다.

가장 쉬운 반응이 허리춤에 두 손을 짚은 채 레나에게 다다다 쏘아붙이는 것이리라.

레나는 머리카락을 꼬면서 듣고 있다가 지나가던 하녀를 붙잡고 의견을 물어봤다. 부인은 말 돌리지 말라고 목소릴 높이면서도, 정작 하녀가 입을 열자 얼른 귀를 기울였다.

결국 하녀 셋과 하인 둘의 의견을 듣고서야 올겨울의 커튼 색이 결정되었다.

아무래도 막판에 레나 자신이 짙붉은 색을 택한 게 결정적이지 않았을까 하는 생각이 들었다.

"그럼 날 잡아서 커튼을 몽땅 교체하는 거예요?"

"쯧쯧, 아까 제 말 못 들으셨나요? 겨울엔 늘 짙붉은 커튼을 달아 왔다니까요. 말린 장미색은 주문을 넣어야 해요."

그렇다면 얼마나 오랜 시간이 걸릴지 물어보려던 찰나였다.

성안에서도 레나를 철저히 무시하기로 1등인 시종장 디드로프가 급하게 지나갔다. 하마터면 휘날리는 옷자락에 맞을 뻔했다.

마주친 김에 그에게도 의견을 물으려 했던 채터슨 부인마저 놀랐다. 침착한 데다 모든 일에 철두철미한 시종장은 좀처럼 뛰는 법이 없었다.

"무슨……."

그리고 다음 순간, 레나의 앞으로 누군가가 지나갔다.

진갈색 코트에 풀을 빳빳이 먹인 셔츠 차림의 남자는 레나 쪽으론 일별도 하지 않고 디드로프의 뒤를 따랐다. 형언하기 힘든 아우라가 후광처럼 그의 주변에 머물렀다.

짧은 순간이지만, 레나는 태생적인 귀족이 어떤 사람을 뜻하는지 느껴 볼 수 있었다.

"아니, 공작님마저."

"……공작님이요?"

"네, 방금 지나가셨잖아요. 근데 공작님이 이 시간에 어쩐 일로 내려오셨담?"

채터슨 부인의 말을 듣고서야 레나는 그가 바로 아미티지 공작임을 깨달았다.

워낙 남편 없는 결혼 생활에 익숙해져서인지 막상 그의 얼굴을 보게 되자 얼떨떨하기 그지없었다. 언젠간 만나겠지, 싶었지만 그 언제가 오늘일 줄은 몰랐다.

줄리어스. 그게 이름이었지.

뿌연 안개처럼 존재하던 남편이 실체가 되어 나타나자 기분이 참으로 이상해졌다.

"다들 왜…… 밖으로 나가는 거죠?"

"그러게요. 무슨 일 있나?"

어리둥절하긴 채터슨 부인도 마찬가지였다. 그녀는 레나가 입을 뗄 때마다 혀를 차던 것도 잊고 주위를 둘러보며 동조했다.

다들 삼삼오오 짝을 지어 성 밖으로 나가고 있었다. 심상치 않은 표정으로 수군거리는 모양새는 없던 불안감도 불러

일으켰다.

레나와 채터슨 부인도 걸음을 옮겼다.

사람들의 발길이 향한 곳은 성 뒤편, 기사들의 무술 연습장이었다.

먼저 도착한 디드로프가 한 무리의 사람들과 이야기를 나누는 중이었다. 사람들이 입고 있는 옷은 깨끗하지만 투박했다. 신기하게 그것만으로도 성의 하인들과 구별이 되었다.

마을에서 올라온 사람들이구나.

레나는 한쪽에 서서 무슨 일이 일어나고 있는지 귀를 기울였다. 총 네 명이 올라온 것 같았고, 어느 누구 할 것 없이 격앙된 모습이었다.

디드로프 뒤편에는 공작이 있었는데 사람들은 이에 굴하지 않고 언성을 높였다. 오히려 공작에게 직접 말하고 싶다는 의사까지 표명했다.

시비를 가리기 위해 찾아온 걸까.

홀든에서는 아무도 그런 일로 백작가를 찾지 않았지만 이곳 로젠하트라면 다를지도 몰랐다. 이때 레나의 귀에 여자의 성난 목소리가 꽂혀 들었다.

"끔찍하고 사악해요!"

청중이 늘어날수록 여자의 목소리는 커졌다.

"불쌍한 제 아들은 심하게 긁어 댄 나머지 피가 났다고요!

더는 못 긁게 손을 천으로 동여매야 했어요."

여자의 뒤에서 한 소년이 나왔다. 핍의 또래로 보이는 아이는 목덜미부터 벌겋게 독이 올라 있었다.

솔빛풀의 효과였다.

그러고 보니 어른들은 모두 보란 듯이 자기 아이를 데리고 성으로 와 있었다. 하나같이 울분이 가득한 얼굴을 하고 몸 여기저기를 긁어 대는 중이었다.

아, 그러니까 쟤들이 핍을 괴롭힌 녀석들이네.

레나는 소년들이 가려워 미치려고 하는 모습을 지켜보았다. 다섯 명이 한 패거리였다. 키 큰 녀석, 여자애들에게 인기가 많을 것 같은 녀석, 토실토실한 녀석 등 아주 모여도 골고루 모였다.

"핍, 그 쥐방울 같은 녀석이 외투를 정리해 주는 척하며 애들 옷을 가져갔다더군요. 그리고 집에 돌아오면서부터 벅벅 긁기 시작한 거예요."

여자가 아들의 셔츠 단추를 풀었다. 옷깃을 젖히자 벌겋게 피딱지가 앉은 몸이 드러났다.

"보세요!"

여자를 시작으로 다른 사람들도 제 아이의 셔츠를 벗겼다. 어느 몸이나 정도가 비슷비슷했다. 키 큰 소년의 아버지가 분하다는 듯 삿대질을 했다.

“이런 악마 같은 짓을 저지르다니요. 당장 녀석을 처벌해 주십시오!”

“사과를 받게 해 주세요, 공작님!”

“숨어 있지 말고 냉큼 나와라, 이놈아!”

사람들의 분노가 하늘을 찔렀다. 디드로프가 처리할 수 있는 수준이 아니었다. 시종장은 그쯤에서 한 발 물러나 주인을 쳐다보았다. 이제껏 침묵 속에서 상황을 지켜보던 공작은 핍의 말을 듣고 싶다며 소년을 찾았다.

잠시 뒤, 완전히 하얗게 질려 버린 아이가 사람들을 헤치고 앞으로 나왔다.

핍은 공작과 눈도 제대로 마주치지 못했다.

“도대체 우리 애한테 무슨 짓을 한 거냐? 엉?”

“약은 없고 아이는 괴로워 잠도 못 잡니다. 이건 아주 악질적이에요!”

사람들이 언성을 높이는 가운데 공작이 핍의 고개를 들게 했다.

“뭔가 알고 있는 표정이구나.”

핍은 여전히 시선을 어디에 둬야 할지 모르고 떨었다. 레나는 아이가 이쪽을 봐 주길 바랐다. 그랬다면 힘이 실린 눈빛을 보내 줬을 테니까.

“네가 한 짓이냐?”

"……예, 공작님."

"이유를 듣고 싶구나."

핍이 쭈뼛쭈뼛 망설이다가 소년들 쪽을 쳐다보았다. 소년들은 몸을 긁으며 핍에게 눈을 부라렸다. 여기서 입을 열었다간 나중에 된통 혼내 주겠다는 협박이었다.

핍이 선뜻 입을 떼지 못하자 소년의 아버지가 분노를 터뜨렸다.

"마녀의 사주를 받은 게 틀림없습니다!"

"…… '마녀' 가 여기서 왜 나오는가?"

공작의 되물음에도 사내는 주눅 들지 않았다.

"외람되지만, 새로 오신 공작 부인 말입니다. 공작님께서 일부러 지목하신 페트론가의 딸이요. 요상한 술수를 부린다고 들었습니다."

"순순히 딸을 보낸 것도 이상해요. 뭔가 속셈이 있는 겁니다."

"공작 부인이 핍을 꾀었을 겁니다. 로젠하트의 아이들부터 없애려고요."

진짜 못 들어 주겠네.

레나는 기가 막힌 나머지 헛웃음을 터뜨릴 뻔했다. 옆에 있던 채터슨 부인이 성난 사람들과 핍, 레나를 번갈아 쳐다보았다.

레나도 알았다.

누구보다도 잘 알고 있었다.

공작성에서 함부로 나서선 안 된다는 것을. 채터슨 부인을 달달 볶아서 양질의 식단을 얻어 내는 것과 판결의 자리에 등장하는 건 전혀 다른 이야기였다.

자신에겐 목숨이 하나뿐이었다.

레나는 되도록 남편의 사랑을 받으며 평범하고 행복한 여생을 보내고 싶었다. 다른 사람들이 그러하듯 말이다. 하지만 그녀는 침묵을 지킬 수 없었다.

"마녀라니, 듣기 불쾌하군요."

애당초 핍에게 솔빗풀을 가르쳐 준 이는 자신이다. 묵묵히 견디는 대신 싸워 보라고 길을 열어 준 사람도 자신이었다.

처음 상처를 발견했을 때 레나가 다들 겪는 일이니 참으라고 했다면, 핍은 정말 아무에게도 말하지 않았을 것이다.

레나는 그렇게 하지 않았다.

그리고 핍은 레나의 말대로 소년들에게 한 방을 먹였다.

여기서 레나가 몸을 움츠린다면 아이는 앞으로 어른의 말을 믿지 못할 터였다. 공작이 내린 처벌보다도 마음의 상처가 더 쓰라릴 것이다.

먼저 손을 내밀어 놓고 분위기에 짓눌려 몸을 사리는 어른은 되기 싫었다. 비겁한 사람은 되고 싶지 않았다.

"여기 여러분이 말하던 공작 부인이 왔습니다. 그러니 이 번엔 제 눈을 보고 똑바로 말해 보시죠. 제가, 마녀인가요?"

모두가 레나를 쳐다보았다. 진회색 드레스 차림의 그녀는 더없이 우아하고 당당해 보였다. 절대 지지 않겠다는 레나의 기세에 마을 사람들이 멈칫했다.

레나는 천천히 핍에게 다가가 아이의 어깨에 손을 올려 살짝 힘을 넣어 잡는 것으로 자신의 존재를 알렸다.

내가 여기 있다고.

저들은 모르겠지만, 실은 공작의 주목을 끄는 것이 너무도 무섭지만 그럼에도 불구하고 나는 너와 함께 있다는 걸.

알아줘, 핍. 부디 잘 견뎌 주렴.

이윽고 소년의 턱에 힘이 들어갔다. 레나는 핍의 앞으로 돌아와 소년의 셔츠를 벗겼다. 아까 전, 마을 사람들이 그랬듯이 레나도 똑같이 옷깃을 젖혔다.

"세상에."

여기저기서 숨을 들이켜는 소리가 났다.

"핍이 왜 그런 짓을 저질렀느냐 물으신다면 전 이 상처를 보여 드리겠습니다."

시커먼 피멍부터 점점 덩치를 부풀려 가는 자줏빛 멍과 붉게 쓸린 자국까지. 핍의 하얀 몸에는 상처가 빼곡했다.

"핍이 자녀분들의 옷에 묻힌 건 솔빗풀의 씨예요. 아주 가렵지만 닷새 정도면 자연히 가라앉고, 무엇보다 전 솔빗풀씨 때문에 사람이 죽었다는 얘긴 들어 본 적이 없네요."

레나는 특히 '아이들을 없앤다'고 말한 사내를 오래도록 응시했다.

"반면 밧줄에 묶여 매달리면 얘기가 달라지죠."

"……자, 장난이었는데."

이제까지 핍을 노려보던 녀석이 우물거리면서 변명을 했다.

"그냥 잠깐 놀려 주려던 거였어요."

"핍도 그래. 잠시 너희를 골려 주려던 거야."

레나가 산뜻하게 말을 받았다. 저보다 신분이 높고 나이가 많은 어른이 기다렸다는 듯 받아쳐 버리자 녀석이 분한 듯 숨을 씩씩 내쉬었다.

여자는 아들을 치마 뒤로 숨기며 레나를 향해 따졌다.

"하지만 공작 부인, 이건 애들끼리의 일이라고요. 정 뭔가 조치를 취하고 싶었으면 학교 선생님께 말씀드려도 됐잖아요. 아니면 저흴 부르시든가요."

여자가 속상해 죽겠다는 눈으로 아들을 내려다보았다.

"이러다간 피부가 다 벗겨져 버릴 거예요!"

"애들끼리의 문제인 거 맞아요."

레나는 자신의 등 뒤로 꽂히는 공작의 시선을 느낄 수 있었다. 그뿐만이 아니었다. 모든 사람들이 레나의 일거수일투족을 지켜보고 있었다.

드넓은 초원에 외따로 떨어진 양이 된 기분이었다. 풀숲에 늑대가 숨어 있는 걸 알면서도 그곳에 있어야 하는.

"그렇다고 모든 걸 애들에게 떠맡길 것 같으면 어른이 왜 있죠?"

"그러니까 우리한테 먼저 말했으면."

"아드님을 붙잡고 타이르셨겠죠. 괴롭히지 말라고, 친하게 지내라고. 죄송하지만 그게 전부였을 것 같은데요. 아닌가요?"

맨 뒤쪽에 있던 사내가 분통을 터뜨렸다.

"그럼 우리가 애들에게 채찍이라도 휘둘렀어야 된다는 거요?"

"게, 게다가 공작 부인께선 저 상처만으로 핍의 말을 믿고 계세요. 누가 알아요? 부인의 관심을 얻으려고 핍이 언덕에서 굴렀을지."

아까는 내가 핍을 사주했다더니, 이젠 핍이 내 관심을 얻으려 그랬다고?

이 울화통 터지는 자들을 어떻게 상대해야 할지 머리가 아파 왔다. 그녀는 몇 발짝 뒤에 서 있는 핍을 향해 몸을 돌렸다.

소년은 그대로 재가 되어 바스라질 듯한 모습으로 상황을 버텨 내고 있었다.

레나와 핍의 눈이 마주쳤다.

목소릴 내기 힘든 상황이겠지만 레나는 아이가 입을 열어 주었으면 했다. 두 번째 용기가 필요한 순간이었다. 레나는 핍을 보며 차분히 물었다.

"핍, 네 몸의 상처는 네가 낸 거니?"

소년은 입을 다문 채 레나를 쳐다봤다. 차마 다른 사람들에겐 눈을 돌릴 수 없다는 듯, 간절하면서도 절망적인 눈빛이었다.

만약 여기서 핍이 고개를 끄덕여도 레나는 아이를 탓할 수 없을 것이다.

레나 자신도 두려운데 어린 핍은 오죽 무서울까.

그래도 이번 한 번만 목소리를 내어 준다면, 많은 것이 달라질 터였다. 넓은 연습장에 무거운 침묵이 내려앉았다.

"다시 물을까?"

"……아니에요."

핍이 울음을 꾹 참고 말을 이었다.

"제가 낸 상처가 아니에요."

아이의 손가락이 소년들을 향했다. 작고 가느다란 손이 떨리고 있었다.

"걔들이 그랬어요."

"……과장하지 마!"

소년들에게서 대번에 볼멘소리가 터져 나왔다. 레나에게 대드는 건 무섭지만 핍은 만만한 거였다. 벌받는 사람이 바뀔 수도 있다는 위기감도 한몫했을 터.

대견하게도 핍은 거기서 주저앉지 않았다.

"과장이라니. 네가 그랬잖아! 고아라느니 계집애라느니 하면서 일부러 바지를 벗기고 공책을 찢고! 심심하다고 때렸으면서……. 어른들에게 말하면 아래쪽 걸 떼어 내 버리겠다면서 가위를 눈앞에 들이댔었어. 매일같이 때렸잖아, 너희 모두가!"

핍은 지금까지 가슴속에 눌러두었던 억울함을 다 쏟아 내듯 소리쳤다. 어느 누구도 핍의 말을 끊지 못했다.

하고 싶었던 말, 할 수 없었던 말을 토해 낸 핍은 모든 기력을 소진한 듯 제자리에 풀썩 주저앉았다. 저쪽에 서 있던 채터슨 부인이 아이에게 달려왔다.

장내가 다시 침묵 속으로 잠겨 들었다.

"이렇게 된 거였군."

레나는 움찔하지 않기 위해 애를 썼다. 공작의 목소리였다.

이제껏 관망하는 것처럼 보이던 공작은 정확히 레나를 향해 말을 걸어왔다.

"인상적인 변호였어요, 부인."

레나는 곧바로 공작을 쳐다볼 자신이 없었다.

그녀는 저도 모르게 관중 속에서 도미닉을 찾았다. 기사들 사이에 서 있는 그는 복잡한 얼굴로 레나를 바라보고 있었다.

그 표정은, 레나에게 어서 이 무대를 떠나라고 말하는 것 같았다.

이제 됐으니 도망치라고. 공작의 시야에서 벗어나라고.

레나는 드레스를 움켜잡는 대신 두 손을 꼭 맞잡았다. 허리를 펴고 고개를 들었다. 그리고 자신의 남편 아미티지 공작에게 시선을 옮겼다.

"핍의 조부는 아버지의 충실한 하인이었지. 나름 배려한다고 학교에 보냈는데 그런 일을 겪고 있는 줄은 몰랐어. 덕분에 알게 됐군요."

짙은 호박색 눈동자가 레나에게 내리꽂혔다.

"처음 보는 자리가 이래서 좀 우습군. 당신 남편이라고 알려진 아미티지 공작, 줄리어스요."

"반갑습니다, 공작님."

레나가 태연한 표정을 지어 보이며 답했다.

"아시다시피, 스칼렛 프레이야 페트론입니다."

"이젠 성을 바꿔야 할 텐데."

"아."

긴장한 나머지 큰 실수를 하고 말았다. 대외적으로 쓰고 있는 이름도 원래 제 것이 아닌데 거기다 성까지 바뀌니 주의가 두 배로 필요했다. 레나는 침착하게 제 실수를 정정했다.

"죄송합니다. 스칼렛 프레이야 아미티지입니다, 공작님."

"자신의 근본을 잊기란 힘든 법이지."

뼈 있는 말이 이어졌다.

"당신 이름은 확실히 페트론 성과 어울리는군."

"공작님 존함도 아미티지에 걸맞은 분위기예요."

레나는 자연스럽게 대화를 이으려 노력했다. 줄리어스는 예로부터 왕이나 황제가 종종 쓰던 이름이었다. 이쯤이면 신중한 대답이 되었으리라.

대놓고 근본을 운운한 말에 모르는 척 둘러쳤다. 공작이 레나를 보며 피식 웃었다. 제법이라는 뜻인가.

레나는 그의 의중을 살피며 이어질 말을 기다렸다. 벌써부터 속이 쓰렸다.

"핍에게 신경을 써 준 건 그의 부모를 대신해 감사하지."

"천만의 말씀입니다."

"한데 말이오."

공작의 얼굴이 싸느랗게 굳었다.

"나 역시 부인의 처사가 성급했다고 생각하는데."

공작이 마을 사람들 쪽으로 눈길을 줬다. 핍의 말에 기세가 꺾여 있던 자들이 슬쩍 굽은 어깨를 폈다.

"먼저 내게 말하거나 다른 사람들에게 알렸어야지 않을까? 복수를 하라며 아이의 등을 떠미는 대신에 말이지. 만약 핍이 현장에서 걸렸더라면 어땠을지 생각해 본 적 있나?"

공작의 목소리가 낮게 깔렸다.

"어쩌면 더 큰 곤경에 처했을지도 모르오."

"……모든 선택에는 위험이 따르죠."

레나는 조용히 말을 받았다.

"참고 참다가 언젠가 사고를 당하느냐, 작은 대응부터 시작하느냐. 핍은 후자를 택한 것뿐이에요."

레나는 공작을 똑바로 응시했다. 자신의 의도가 그에게 전달되길 간절히 바라면서 이 순간을 견뎠다.

공작은 본래 이성적이고 공정하며 타인의 말에 귀를 기울인다고 들었다. 그렇다면 부디 원수의 딸인 스칼렛의 말도 들어 주기를.

레나는 그가 복수심과 편견을 뛰어넘어 제대로 된 판단을 해 주길 애타게 바랐다.

"공작님도 저들과 같은 질문을 하시는군요. 먼저 다른 이에게 말했어야 하지 않을까, 하고요. 그럼 제가 다시 묻죠. 제가 핍의 상태를 알렸다면 공작님은 어떤 조치를 취하셨을까요?"

레나의 방법보다 훨씬 뛰어난 대책을 생각해 냈을까.

그랬다면 좋았겠지만, 레나는 이보다 나은 방법이 생각나지 않았기 때문에 공작이 내렸을 지시에 대해서도 짐작할 수가 없었다.

"어떤 책에서 읽기로, 사이 나쁜 개들을 친하게 만드는 방법은 둘보다 더 위협적인 존재를 데려오는 것이라더군요. 순간의 두려움에 서로를 받아들이게 된다면서요."

레나는 거기까지 말한 뒤 잠시 호흡을 골랐다.

"그건 같은 개일 경우에만 적용된다고 생각해요."

늑대와 토끼가 함께 사냥꾼의 위협에 쫓긴다고 해서 늑대가 토끼를 감싸 주진 않을 것이다. 공작이 흥미롭다는 눈으로 레나를 보았다.

"이쯤에서 물어보지. 부인은 아이들의 화해에 대해 반대하는 거요?"

"왜 핍이 저 아이들과 화해를 해야 하죠?"

레나가 힘주어 말했다.

"지금 잘잘못을 따지고 서로 사과를 주고받는다고 핍이

즐거운 학교생활을 할 수 있을 것 같으냐 물으신다면, 제 대답은 '아니오' 예요. 매일 자기를 죽도록 때렸던 애들과 어떻게 사이좋게 지낼 수 있겠어요?"

이 말만은 해선 안 되는데.

레나는 이제 자신이 뱉을 말의 무게를 알고 있기 때문에 이쯤에서 입을 다물고 싶었다. 그러나 공작에게 직격으로 닿을 만한 표현이 이것밖에 없었다.

"이 세상엔 용서할 수 있는 자와 돌이킬 수 없는 선을 넘은 자들이 있죠. 공작님도 잘…… 아시겠지만."

공작은 레나가 말을 하는 동안 눈길 한 번 돌리지 않고 그녀를 응시했다. 꿰뚫을 듯한 시선이 부담스러웠다. 그리고 두려웠다.

레나는 핍을 지키기 위해 공작의 앞에 목을 내놓은 것이나 다름없었다.

그녀 스스로도 왜 이렇게까지 자신이 핍의 변호에 매달리는지 알 수 없었다. 그러다 지금 핍의 위치가 성에서의 자신과 비슷함을 깨달았다.

아무도 그녀를 위해 나서 주지 않는다.

다행히 레나에겐 도미닉이라는 기댈 곳이 있지만 핍에게는 아무도 없었다. 그게 레나를 이 자리에 서도록 만들었다.

"과연 달변가군."

공작이 쓴웃음과 함께 말을 덧붙였다.

“백작이 당신에게 의지할 만하오.”

어쩐지 느낌이 좋지 않았다.

“아무래도 내게 입장 바꿔 생각해 보길 호소한 듯한데, 그러면 나처럼 비뚤어진 작자는 괜한 심술을 부리고 싶어지오. 너무 조리 있게 말을 잘하니까 이쪽은 오히려 비이성적으로 나가고 싶어진다 할까.”

그리고 다음 순간, 공작의 입에서 언뜻 이해가 가지 않는 명령이 떨어졌다.

“레이디 스칼렛, 저기 과녁 앞으로 가서 두 팔을 벌리고 서시오.”

그의 말뜻이 이해되지 않았다.

제자리에 서서 공작을 쳐다보고 있자 그가 말했다.

“어쨌건 당신은 본인이 능통한 분야를 이용해 저들을 두려움에 떨게 했어. 솔빗풀이라니, 나도 처음 듣는 이름이오. 당신이야 닷새면 증상이 가라앉는 걸 알고 있었지만 저들은 아니지. 진짜 이대로 피부가 벗겨져 죽을지도 모른다고 떨었을 거란 뜻이기도 하오.”

공작이 연습장의 과녁을 눈짓했다.

“모든 선택엔 위험이 따른다고 제 입으로 말하지 않았던가? 의도야 어쨌든 당신이 내 영지민의 자식에게 해를 끼친 건 분명한 사실이오. 제대로 된 판결을 거치지도 않고 독단으로 행동했지. 이제 그 대가를 치를 차례요."

"……하나만 묻죠."

공작이 해 보란 듯 고개를 끄덕였다.

"핍이 저 아이들과 화해를 해야 하나요? 공작님께선 이대로 핍을 학교에 다니게 하실 생각인가요?"

"하나만 묻겠다더니 둘을 묻는군. 하지만 답해 주지."

공작은 아이들을 떼어 놓겠다고 대답했다.

"그럼 제 말을 이해하셨단 뜻이군요."

"그러하오."

"그런데도 절 과녁 앞에 세우실 셈이고요."

레나가 도미닉 쪽을 보았다. 그는 이미 공작을 향해 다가오고 있었다. 레나는 과녁 앞에 서서 무슨 일을 당할지 상상하고 싶지 않았다. 얼핏 주변을 살펴봐도 살벌한 날붙이들이 가득했다.

"……그냥 제가 싫다고 하시지 그러세요."

"이 정도는 각오하고 온 것 아니오?"

돌아오는 한마디가 차가웠다.

어느 누구도 공작을 말리지 못하는 가운데 그가 호위병을 불러 명을 내렸다.

"레이디를 과녁까지 모시고 가서 팔을 묶어라."

주인의 충실한 병사들은 주저 없이 레나에게 다가왔다. 말이 '모신다' 뿐이지 레나가 버티려 들면 곧장 힘으로 제압해 질질 끌고 갈 준비가 되어 있었다.

병사들이 양쪽에서 팔을 잡으려 했다. 레나는 팔을 떨쳐 낸 뒤 본인의 의지로 걸어갈 것을 분명히 했다. 도미닉이 공작의 앞을 막아섬과 동시에 새로운 명이 떨어졌다.

"불시의 테스트다."

기사들이 공작의 말에 주목했다.

"모든 기사들은 단검을 던져 목표물에 최대한 가까이 맞추되 상처는 내지 말도록. 정확성과 대담성을 시험하겠다."

"줄리어스."

도미닉이 공작의 앞에 섰다. 두 남자의 눈이 마주쳤다.

"다시 한 번 생각해 봐."

"왜 그래야 하지?"

"아직 1년도 안 된 신참만 다섯이고 기존의 기사들도 제각기 능력치가 달라. 모두가 단검을 잘 던지는 게 아니라고."

"그렇군."

공작이 고개를 끄덕였다. 그리고 병사들을 향해 재촉했다.

"레이디를 모시라지 않았던가?"

"차라리 다른 방식을 고려해 봐!"

도미닉의 목소리가 날카롭게 커졌다.

"방에서 못 나오게 연금시키든가, 하녀들과 청소를 시키든가, 그것도 성에 차지 않으면 종일 굶기든가 뭐 그딴 걸 하라고! 네 머릿속에 그녀를 괴롭힐 방법이 수천 가지는 있잖아?"

웬만해선 이성을 잃지 않는 도미닉이 공작의 정면에서 으르렁대는 소릴 냈다.

"단검은 위험해."

"……지금 영주와 반목하는 자네 처신이 더 위험한 것 같은데."

도미닉을 부르는 호칭이 바뀌었다.

"안 그런가, 라몬트 경?"

"……진심은 아니겠지, 줄리어스."

"아무래도 자네가 중요한 걸 잊은 듯하니 내 다시 한 번 일깨워 주지."

공작이 도미닉을 똑바로 쳐다보며 짓누르듯이 말을 뱉었다.

"11년 전 자네가 충성을 맹세한 가문이 어느 쪽이지? 아미티지, 아니면 페트론?"

도미닉의 눈가가 떨렸다. 힘이 들어간 어깨는 잔뜩 굳어 있었다. 한 치의 물러섬이 없는 팽팽한 긴장감에 사람들은 숨조차 제대로 쉬지 못했다.

도미닉의 목소리가 이보다 어두울 수 없을 정도로 낮아졌다.

"자네라 한들, 감히 내 충심을 의심할 순 없어."

"기쁜 대답이군."

공작이 병사들에게 손짓했다. 레나는 꼼짝없이 과녁으로 끌려가 양팔을 묶였다. 그녀는 여전히 공작 앞에 서 있는 도미닉에게 시선을 고정했다.

그가 자신을 위해 달려 나와 주어서 기뻤다.

한편으론 도미닉이 사람들 앞에서 자신을 보호할 경우 어떤 상황에 처하는지 확실히 깨달았다.

첫 번째로 지목받은 기사가 앞으로 나왔다. 그가 단검을 집었다. 날 길이는 3인치. 어린아이의 한 뼘보다 작은 수준이었지만 기사들의 무술 연습장에 구비되어 있는 이유가 있었다.

공작이 도미닉의 눈빛에도 아랑곳 않고 말을 덧붙였다.

"성적이 좋은 자는 다음 승급 때 반영하겠다."

첫 번째 기사가 신중하게 목표물을 겨누었다. 레나는 도미닉의 등에서 시선을 떼지 않았다.

휙!

나무판에 박히는 소리가 났다. 단검은 레나의 정수리 위에 꽂혔다. 도미닉이 뒤를 돌아봄과 동시에 레나의 눈에서 눈물이 뚝 떨어졌다.

"괜찮은 실력이군. 다음."

아직 스물일곱 명이 남았다.

휴가를 받았거나 마을에 내려갔거나 쉬고 있는 기사들까지 불러 모으지 않는 것을 다행으로 여겨야 할까.

이어서 세 명이 연속으로 던졌다. 그중 한 명이 짐머였다. 짐머는 레나를 제대로 쳐다보지도 못하다가 몸에서 멀찌감치 먼 곳을 겨냥했다.

도망치듯 들어간 짐머의 다음은 이름 모르는 기사였다.

처음으로 레나가 도미닉에게서 시선을 뗐다. 그녀는 과녁을 겨누고 있는 기사를 쳐다보았다. 어쩐지 좋지 않은 예감이 들었다.

저 사람은 날 싫어해.

말은 하지 않았지만 레나를 향한 눈빛으로 직감할 수 있었다. 그는 페트론가를 증오한다. 아마 공작과 가까운 기사인 듯했다.

슬쩍 본 도미닉의 표정이 불안으로 가득했다. 그는 당장이라도 몸을 움직일 준비가 되어 있었다.

설마 과녁을 막아서진 않겠지.

콱!

단검이 나무판에 박혔다. 끝났다. 레나의 턱이 가늘게 떨렸다. 순간 기사가 자신의 심장을 향해 단검을 던지지 않을까 겁이 났었다.

"……흣."

그리고 고통은 뒤늦게 찾아왔다.

단검은 풍성한 진회색 치마 중간에 박혀 있었다. 다리 사이를 겨눴다고 하기엔 애당초 위험도가 너무 높았다.

기사는 작정하고 단검을 날린 것이다.

"으읏……."

오른쪽 허벅지 안쪽이 쓰라렸다. 속바지가 뜨뜻하게 젖는 게 느껴졌다. 그다음은 페티코트. 붉은 핏방울이 레나의 다리를 타고 흘렀다.

현장의 모든 사람들이 레나가 다친 것을 알아차렸다.

하지만 그만두라는 명령은 떨어지지 않았다.

"자네는 이보다 나은 사람이 될 수도 있어."

도미닉이 공작에게 말했다. 남아 있는 이성을 최대한 쥐어짜 낸 한마디였다. 그러나 돌아온 대답은 '다음'이었고, 도미닉은 단검을 집어 드는 살벌한 표정의 기사를 돌아보았다.

이번은 정말 위험했다.

이번 기사는 공작과 레이디 소피를 숭앙하던 자였고 실제로 온 가족이 어려움에 처했을 때 소피의 보살핌을 받기도 했다.

그러니까 짐머나 랜달이 지금의 공작 부인에게 품고 있는 감사함의 열 배 정도를 갖고 있던 자였다.

기사는 기회만 된다면 페트론 놈들의 목을 모조리 따 버리겠다고 말하고 다니는 걸로 유명했다. 물론 그 말을 할 때 그의 표정은 진심이었다.

이에 대해 공작이 모를 리 없었다. 그런데도 기사에게 단검을 던질 기회를 주는 것이다.

도미닉은 곧장 기사에게 향했다.

무기가 기사의 손을 떠났다.

"꺅!"

레나가 비명을 지르며 눈을 질끈 감았다. 레나의 눈엔 무엇이 자기를 노리며 날아오고 있는지가 보였다. 곧이어 그녀의 앞에서 나무 방패가 산산조각 났다.

투두둑.

레나에게 닿지 못한 파편들이 흙바닥으로 떨어져 내렸다.

도미닉이 힘을 실어 던진 방패 중앙에는 어른 주먹만 한 철퇴공이 꽂혀 있었다.

"아악!"

도미닉이 기사의 얼굴로 주먹을 날렸다.

"허용된 건 단검이고 상처를 내선 안 된다고 했다. 한데 단검인 척 다른 무기를 던져? 저항할 수 없는 여자를 노리고도 네놈이 기사라고 할 수 있나?"

그는 이 자리에서 주인의 위치를 택한 친우에게 고개를 돌렸다.

공작은 화가 난 것인지, 상황을 흥미로워하는 것인지 분간이 안 가는 표정을 짓고 있었다.

이젠 됐다. 선을 넘었다.

페트론에 대한 네 증오는 알지만 이건 아니야. 이건 아니라고, 줄리어스.

도미닉의 안에서 뜨거운 것이 치밀어 올랐다.

아무도 신경 쓰지 않는 어린애를 위해 이 모든 걸 감수하는 사람이 몇이나 될 거라고 생각해? 저항도 못 하고 묶여 있는 여자를 찌르는 게 정말 네가 원하던 일인가?

스칼렛의 죄는 그저 엿 같은 아버지 밑에서 태어난 것뿐일 수도 있어.

아니다. 도미닉 라몬트, 어디서 혼자 정의로운 척인가. 스스로에게만은 솔직해지자.

그에겐 이따위 말보다 더 앞서는 감정이 있었다.

"친애하고 존경하는 아미티지 공작 각하."

이 여자에게 손대지 마.

"재차 올린 충언에도 기어코 이 판을 진행하시겠다면 남은 단검은 제가 던져 보겠습니다."

도미닉은 공작의 말을 기다리지 않고 옆에 놓인 단검을 집어 들었다. 그와 시선이 마주친 레나가 가만히 눈을 감았다.

모든 것을 그에게 맡긴다는 표정으로.

당신이라면 안심할 수 있다는 듯이.

도미닉의 손에서 단검이 날아갔다. 하나, 둘, 셋, 넷. 탁자 위의 단검이 빠른 속도로 사라져 갔다. 과연 수석기사의 실력은 명불허전. 모든 단검이 손가락 두 마디 거리를 남겨 두고 레나의 옆에 날아가 꽂혔다.

마지막 단검이 과녁에 꽂혔을 때 그가 몸을 돌렸다.

"모자란 두 개는 망할 철퇴공으로 날린 셈 치지."

도미닉이 직접 과녁으로 걸어가 손목의 끈을 풀어 주었다. 치마폭의 단검을 뽑자 레나가 휘청하며 옆으로 쓰러졌고, 도미닉이 그녀를 부축했다.

"안아 들지 말아요, 여기서는."

다리가 물먹은 솜처럼 무거웠지만 어떻게든 걸을 수 있었다. 그래야 한다. 드래건에일을 마셨던 술집에서처럼 그가 자신을 안으면 안 된다고, 레나는 생각했다.

처음엔 그녀의 말을 못 들은 척하고 안아 들려던 도미닉도 레나가 연거푸 만류하자 부축에 그치기로 했다.

마치 무대에서 퇴장하듯 성안으로 들어가는 그들의 뒤로 공작의 목소리가 들렸다.

"넌 더 이상 올라갈 급이 없는 걸로 알고 있는데."

도미닉이 걸음을 멈출 듯했다. 그러다 끝내 멈추지 않고 천천히 자리를 떠났다.

"……네 머리 꼭대기가 있잖아, 멍청한 놈."

레나는 짓씹듯 내뱉은 그의 혼잣말을 듣지 못한 척, 눈을 감았다.

chapter
7

밀애

너무 힘들다.

레나는 부엌 옆에 딸린 창고 선반을 뒤지다가 갑자기 몰려온 피로에 주저앉았다.

어제는 인간 과녁이 되어 단검을 맞은 후 방으로 올라오던 차에 정신을 잃고 말았다. 눈을 뜨니 이미 방 안이었다. 옷이 갈아입혀진 상태로 포근한 침대에 뉘어 있었다. 허벅지의 상처는 깨끗하게 소독된 뒤였다.

레나는 이 모든 걸 도미닉이 했다고 믿고 싶지 않아서, 이때만은 채터슨 부인이 도와줬으리라 생각하기로 했다.

아무것도 먹지 못하고 다시 까무룩 잠든 그녀는 오늘 정오가 지나서야 간신히 눈을 떴다. 핍이 미안해서 어쩔 줄 모르는 얼굴로 수프를 갖다 주었다.

아이를 달래고 방에서 멍하니 시간을 보내다 보니 어느새 밤이 되어 있었다.

레나는 제 몸에서 미열이 난다는 것을 뒤늦게 깨달았다.

"소독약…… 연고……. 분명히 여기쯤에 뒀는데."

이 커다란 성에 상비약이 부족하다는 것을 알아차린 레나는 일찌감치 약 몇 가지를 만들어 뒀었다. 채터슨 부인이 대단히 의심스러운 표정을 지으며 그것을 창고 선반에 올려 두는 걸 본 기억이 있었다.

"못 찾겠어."

기운이 없다. 갑작스레 모든 게 피곤해졌다.

어제 일이 꿈이었으면 좋겠다는 생각이 들었다. 도미닉이 조금이라도 늦었으면 팔에 철퇴공이 박혔을 거란 생각에 눈물이 고였다.

어머니가 보고 싶어.

채터슨 부인의 수프도 맛있지만 아버지가 만들어 주던 수프가 자꾸 그리워졌다. 우유를 짜고 산열매를 바구니 가득 따 와 부모님과 나눠 먹던 예전으로 돌아가고 싶어 견딜 수가 없었다.

집에 가고 싶어.

여기 너무 무서워요, 어머니.

공작이 제 운명의 짝이라는 게 사실이에요? 정말인가요? 부하가 일부러 절 다치게 해도 눈 하나 깜짝 않는 사람이 제 진짜 남편이라고요?

"……거짓말."

눈물이 뺨을 타고 흘렀다. 성에 온 이후로 부쩍 눈물이 많아진 것 같았다. 원래 레나는, 유벤타와 미구엘의 딸 레나는 웃음이 너무 많아서 주의를 듣곤 했는데.

여기서 얼마나 오래 버틸 수 있을까.

끼이익.

달빛이 바닥을 비출 만큼만 열어 뒀던 창고 문이 완전히 열렸다. 노르스름한 등불이 레나를 비췄다. 서둘러 눈물을 닦았지만 일어날 기운까진 없었다. 그녀는 바닥에 주저앉은 채 가까스로 위를 올려다봤다.

"스칼렛?"

익숙한 목소리였다. 언제부턴가, 듣기만 해도 안도가 되는 목소리.

"라몬트 경."

"탑에 올라가 봤는데 문이 열려 있어서."

거기까지 말한 도미닉이 레나에게 다가와 그녀의 옆에 등을 내려놓았다. 어슴푸레한 불빛에 그의 표정이 드러났다.

굳은 얼굴은 공작의 그것과 달리 걱정이 어려 있었다. 레나가 찬 바닥에 힘없이 주저앉아 있자 몸이 안 좋아진 거라 여기는 듯했다.

도미닉의 손이 레나의 어깨를 잡으려다가 애매한 거리를 남겨 두고 허공에 멈췄다. 레나는 하얀 실크 잠옷 차림이었다. 매끄러운 잠옷 밖으로 드러난 살갗이 무방비했다.

가슴골이 보이는 훨씬 대담하고 화려한 드레스를 입고 있을 때도 서슴없이 다가와 작은 선물을 쥐어 주곤 했는데, 그는 어찌 된 이유인지 몸에 손대기를 어려워했다. 그가 어려워하니 자연히 레나도 덩달아 도미닉을 의식하게 되었다.

묘하게 어색한 공기가 흘렀다.

"몸이 안 좋습니까? 어디가 아프죠?"

"……탑에 올라갔다고요?"

"먼저 질문한 사람은 나예요."

도미닉이 엄한 선생님처럼 굴자 레나는 가볍게 웃고 말았다. 이곳에 온 뒤, 그는 사적으로 방을 찾아오는 것만은 하지 않았는데 오늘은 그 암묵적인 금기를 어겼다고 했다.

자신의 상태가 걱정되어 온 건지 물어보고 싶었다. 그리고 도미닉이 오늘뿐만 아니라 레나가 미처 알아채지 못한 다른 날에도 문 앞까지 찾아왔을지가 궁금했다.

위험한 호기심이다.

알려고 해서도, 물어봐서도 안 되겠지만.

"괜찮아요. 갑자기 힘이 빠져서."

"미열이 있군요."

어깨에는 쉽게 닿지 못했던 손이 레나의 이마를 덮었다. 단단한 손이 전해 주는 서늘함이 좋았다. 레나는 눈을 감은 채 나른한 미소를 지었다.

그와 닿아 있는 이 순간이 너무도 편안했다.

"새로 소독하고 연고를 바르려 했는데 약병이 안 보여요."

"가만있어요. 내가 찾아보죠."

"노란 종이로 감싸 놨어요."

도미닉이 선반을 눈으로 훑으며 말했다.

"채터슨 부인이 제일 좋아하는 색이 뭔지 압니까?"

레나는 부인의 취향에 대해서는 요만큼도 모르지만 어쩐지 이 질문에는 대답할 수 있을 것 같았다.

"혹시 노란색인가요?"

"똑똑한 레이디."

도미닉이 등을 들어 선반을 자세히 살펴보았다. 향신료 재고부터 처분하기로 해 놓고 깜빡한 나무 주걱과 이 빠진 그릇까지, 선반 위엔 채터슨 부인의 삶이 고스란히 드러나 있었다.

"막연히 분홍색을 좋아하실 거라고 생각했어요. 아니면 보라색이나."

"노란색입니다. 그것도 아주 쨍쨍한."

도미닉이 손을 뻗어 작은 갈색 병을 집었다. 옆의 앙증맞은 통도 집어 든 그는 레나의 눈앞에 수확물을 보여 주었다.

노란색으로 짐작되는 종이 위엔 그녀의 글씨체로 약명이 쓰여 있었다.

바로 이거라는 듯 레나가 손을 뻗자 도미닉이 약병을 멀리 떼어 놓았다. 허공에 뜬 레나의 손이 갈 곳을 잃고 방황했다.

"지금 거의 눈도 못 뜨고 얘기하는 게 빤히 보이는데……. 그냥 내게 맡겨요."

"그건."

상처 입은 곳이 평범한 손등이나 팔뚝이었다면 그랬을지도 모른다. 하지만 이건 핍에게도 부탁하기 난처한 허벅지 안쪽이라 선뜻 도미닉의 제안을 받아들일 수가 없었다.

아무리 기운이 없다 해도 다른 사람의 손에 맡길 수 없는 게 있었다.

그 사람이 도미닉이라면 더더욱.

"내가, 내가 할 수 있어요."

도미닉이 레나를 안아 올렸다. 창고 탁자 위에 앉힌 다음, 그녀의 옆에 등을 놓았다. 탁자가 높아 레나의 발끝이 달랑 들렸다. 고개를 조금 들면 그를 볼 수 있는 높이였다.

약병 뚜껑을 여는 소리가 크게 들릴 정도로 레나의 신경이 예민하게 곤두섰다.

원래 그는 제게 다정했지만 오늘 밤은 단순한 다정함 이상의 뭔가가 느껴졌다. 방문 앞까지 갔다는 것이나 상처에 약을 직접 발라 주겠다고 하는 등, 보이지 않는 선을 아슬아슬하게 넘나들었다.

이러면 위험하다.

몸도 마음도 유약해진 상태에서 그가 이렇게 다가오면 자신은 못 버텨 낼지도 모른다.

“걷어 올려요.”

왠지 거역하기 힘든 명이 레나에게 떨어졌다.

그녀는 떨리는 손으로 하얀 치맛자락을 움켜쥐었다. 은은한 광택이 도는 실크가 손안에서 구겨졌다.

머뭇대던 레나는 아주 조금씩 치마를 끌어 올렸다. 보드라운 옷감이 맨다리를 쓸며 지나가는 자극은 등의 솜털까지 오싹하게 일어서도록 만들었다. 치마 아래로 천천히 무릎이 드러났다. 그다음은 허벅지.

레나는 차마 도미닉을 마주 볼 수가 없어 고개를 숙이고 있었다. 어느 쪽을 쳐다보든 야릇한 느낌이었다. 그녀는 반쯤 드러난 제 다리를 내려다보았다.

도미닉이 탁하게 잠긴 듯한 목소리로 속삭였다.

"이러면 약 바르기가 힘듭니다. 다릴 벌려요."

레나가 입술 안쪽을 지그시 깨물었다. 도미닉을 앞에 둔 채 다리가 느릿하게 벌어졌다. 그가 짧게 말했다.

"더 벌려."

레나는 이제 눈을 감고 싶은 심정이었다. 자신의 숨소리가 너무 큰 게 아닌가 하는 생각도 들었다. 그녀는 고개를 모로 내린 채 다리를 열었다. 도미닉이 안으로 들어와도 될 만큼 다리 사이가 벌어졌다.

그가 허벅지에 단단히 묶인 붕대를 풀었다. 돌려서 풀 때마다 맨살에 그의 손이 닿았다.

"다행히 덧나진 않을 것 같군요."

그가 솜 조각에 소독약을 묻히며 말했다. 솜 조각을 든 손이 상처 바로 위에서 멈췄다.

"따가울 겁니다."

"알고 있어요."

소독약이 닿자 역시 상처 부위가 쓰라렸다. 레나는 미간을 일그러뜨리며 통증을 참았다.

전장에서의 경험 때문인지 도미닉은 능숙했다. 꼼꼼하지만 빠른 손길로 상처를 소독한 그는 솜을 내려놓고 다친 곳을 살펴보았다.

빨리 마르라는 의도일까. 그가 상처에 대고 사늘한 숨을 불어 냈다. 허벅지 안쪽에 닿는 숨결에 레나가 떨었다.

방에 두고 나온 두꺼운 숄이 아쉬웠다. 지금 그녀에겐 몸을 가릴 수 있는 어떤 것이 필요했다.

오한이 들었다가 미열이 느껴졌다가, 몸이 오락가락했다.

확실히 정상적인 상태는 아니었다.

도미닉은 연고까지 발라 준 다음 약들을 제자리에 갖다 놓았다. 그리고 붕대도 솜도 치우고 레나의 앞으로 돌아왔다.

"오늘부턴 붕대를 감지 않는 편이 나을 겁니다."

평소라면 그 정도는 이미 알고 있다며 말을 받았을 테지만 레나가 할 수 있는 건 가까스로 고개를 끄덕이는 것뿐이었다.

이제 치마를 내려도 되겠지.

너무 오래, 너무 많은 맨살을 드러내고 있었던 것 같다.

레나는 우선 다리를 모으려 했다. 그러자 도미닉이 한 걸음 다가왔다. 다리를 모으려 들면 도미닉을 치게 생겼다. 그렇다면 치마라도 덮어야겠다며 옷자락을 내리려 하자 그가 조금 더 가까이 다가왔다.

레나의 다리 사이에 그가 있었다.

이건 지나치게 가깝다. 위험해. 위험해. 레나의 머릿속에 경고가 울렸다.

어제 너무 큰일을 겪은 탓에 도미닉 안의 고삐가 풀린 걸까.

위험해요. 가까이 오지 말아요. 레나는 속으로 애타게 부탁했다. 그가 다가오면 자신에겐 거부할 힘이 남아 있지 않았다.

"레이디 스칼렛."

"……레나."

레나는 충동적으로 그의 말을 정정했다.

"소중한 사람들은 날 그렇게 불렀어요. 스칼렛도 예쁜 이름이지만, 난 늘 그 이름이 좋았어요."

잠든 도미닉에게 입 맞추며 고백할 때조차 철저히 숨겨 온 본명이었다. 홀든 땅에 레나라는 이름의 아가씨가 살았던 자체를 모르도록 주의를 기울였다. 들을 때마다 진저리 쳐지는 성이지만, 스스로 페트론 백작가의 영애임을 내세우기도 했다.

하지만 지금은, 이 순간만큼은 그의 목소리로 제 이름을 듣고 싶었다.

여전히 거짓이 섞인 말이지만 그래도.

이렇게라도 도미닉의 입에서 제 이름을 들을 수만 있다면.

"레나."

그가 이름이 주는 느낌을 음미하듯 속삭였다. 달콤함과 애틋함이 전해지는 기분에 레나는 눈물이 핑 돌 것만 같았다.

"확실히 이쪽이 더 잘 어울리는군요."

"그런가요?"

"뭐랄까. 좀 더."

도미닉이 고개를 기울였다. 그의 숨결이 레나의 목 근처에서 느껴졌다.

"작고 부드러운 어감에……."

잠옷 아래에서 레나의 가슴이 오르락내리락했다. 도미닉의 한마디 한마디가 주문과도 같았고, 그녀는 그의 주문에 취해 가는 중이었다. 미열이 나는 이유가 몸이 아파서인지 아니면 도미닉이 주는 긴장감 때문인지 알 수가 없었다.

"나만 알고 있는……."

레나가 떨리는 숨을 내쉬었다.

그녀의 위에서 낮은 목소리가 들렸다.

"추우십니까?"

도미닉의 손이 레나의 왼팔을 타고 올라왔다. 천천히 어깨를 어루만지던 손은 어느새 레나의 가슴 위에 머물렀다. 길고 단단한 손가락이 실크의 질감을 확인하듯 움직였다.

도도록하게 부푼 유실이 얇은 실크 잠옷을 밀어 올렸다. 가슴도 아까보다 묵직해진 것 같았다. 너무도 부끄러워 견딜 수가 없는데 도미닉의 손가락은 야한 흔적을 놓치지 않았다.

"보고 있습니까? 여기 이렇게 일어선 것이."

"……이건."

"살짝 긁으면 당신이 울까?"

도미닉이 손톱을 세웠다. 아직 그가 움직이지 않았는데도 레나는 이미 울 것 같았다. 팽팽한 열기를 버티기 힘들었다.

"당신에게서 장미향이 나."

"아까 낮에 장미수로 몸을."

몸을 닦았다는 말이 채 끝나기도 전에 도미닉은 절망 어린 한숨을 내쉰 뒤 레나의 입술을 삼켰다.

그녀에겐 선택의 여지가 없었다. 저항할 이유도 없었다. 애타게 갈망하다 못해 꿈에서도 여러 번 되풀이했던 도미닉과의 키스였다.

레나는 눈을 감고 그에게 매달렸다.

입술을 맛보듯이 빨던 도미닉은 레나의 등 뒤로 팔을 둘러 그녀를 가까이 끌어안았다. 두 사람의 사이가 빈틈없이 좁혀졌다. 레나의 부푼 가슴이 그의 품 안에서 짓눌렸다.

그녀가 밀어내기는커녕 도미닉의 목에 매달리며 열정적으로 응하자 그에게서 그르렁대는 소리가 흘러나왔다.

"으읏……."

도미닉이 고개를 틀며 혀를 밀어 넣었다. 입술 뒤의 여린 점막부터 혀 아래 말랑한 부분까지 빼놓지 않고 꼼꼼히 핥고 문질렀다. 그에 레나의 어깨가 하르르 떨렸다.

특히 그가 혀를 얽은 다음 짙게 빨아올렸을 때 레나는 응석을 부리듯이 도미닉에게 몸을 비비고 말았다.

"레나."

간신히 입술을 뗀 도미닉이 그녀의 목에 코를 파묻고 생명수처럼 체취를 들이마셨다. 하얗게 드러난 목에도 어김없이 도미닉의 입술이 닿았다.

어느 쪽도 불그스름한 흔적이 남는 것 따윈 신경 쓰지 않았다. 레나의 몸은 달아오를 대로 달아올랐고 그건 도미닉도 마찬가지였다. 그가 몸을 밀어붙일 때마다 레나는 다리 사이에서 뜨겁고 단단한 감촉을 느껴야 했다.

"도미닉, 더, 더요."

"……감히 재촉하지 마요."

"흣, 조금만 더."

"내가 무슨 짓을 할 줄 알고."

도미닉은 실크 가운 앞에 달린 레이스 끈을 잡아당겼다. 끈이 헐거워질수록 레나의 가슴이 드러났다.

복숭아 같은 가슴이 절반쯤 드러났을 때 그는 한 손으로 가슴을 움켜잡은 다음 탐욕스럽게 입술을 내렸다. 젖은 소리가 날 정도로 빨아들이고 베어 물었다. 레나의 고개가 뒤로 젖혀졌다.

내일 같은 건 생각하고 싶지 않았다.

이대로 날 안아 줘요. 내 몸을 가득 채워 줘.

도미닉이 입술을 떼지 않은 채 자신의 바지 쪽으로 손을 옮겼다. 가죽으로 된 허리띠와 검을 찰 수 있는 장비를 푸는 손놀림이 다급했다. 레나는 재촉하듯 그의 등을 긁었다.

앓는 소리가 새어 나왔다.

도미닉은 바지를 찢어 버리기 직전에 레나에게서 떨어져 나갔다.

"도미닉…… 가지 말아요, 더, 잠깐만."

"아니, 이러면 안 돼."

그가 레나의 양어깨를 잡아 더는 가까이 오지 못하게 막으면서 말했다. 어쩌면 그 반대일지도 몰랐다. 도미닉의 표정은 레나보다 괴로우면 괴로웠지 결코 덜 고통스럽지 않음을 알려 주고 있었다.

"이러면 당신이 죽게 돼. 영주 아내와 기사 이야긴 흔해빠졌지만 그건 다 손수건을 빌려주고 커튼 너머에서 훔쳐보는 정도까지니까."

도미닉이 이를 악물고 말을 이었다.

"실제로 침대에 드는 순간, 당신은 음란한 여자가 되고 난 처단당할 배신자가 되죠. 게다가 이 성엔 당신의 꼬투리를 잡으려 혈안이 된 자가 많아요. 특히 줄리어스는, 두말할 필요가 없을 겁니다."

"하지만…… 난 다른 사람에게 안기고 싶지 않아요."

레나가 울먹이듯 말했다. 순간 도미닉의 눈이 어둠 속에서 빛났다.

"나 역시 마찬가지."

그가 레나에게 시선을 고정한 채 그녀의 뺨을 감쌌다.

"그냥 미친 척 신부를 납치할 걸 그랬군요."

레나는 결국 눈물을 떨어뜨렸다. 더 이상 가까이 다가가선 안 되지만 도미닉은 그녀를 품에 안았다. 흐느끼는 어깨를 감싸고 등을 부드럽게 어루만져 달랬다.

자신은 무능한 머저리지만 적어도 그녀가 울 때 품을 내어 주는 정도는 하고 싶었다.

레나.

스칼렛이 아닌 레나.

영주이자 친우인 줄리어스는 끝까지 모를 도미닉만의 이름.

"조만간."

도미닉이 조용히 말했다.

"줄리어스에게 말하겠습니다."

레나가 눈물로 얼룩진 얼굴을 들자 도미닉이 젖은 뺨을 닦아 주었다.

"그의 휘하를 떠나겠다고. 그리고 당신을 데려가겠다고."

레나의 눈이 커졌다.

"아, 안 돼요. 그렇게 되면."

"발각당하면 용서받을 수 없는 불륜이지만, 정식으로 청하면 기회를 얻을 수 있어요."

"나도 알아요. 알기 때문에 안 된다는 거예요."

레나가 겁에 질린 표정으로 그의 옷깃을 잡고 매달렸다.

"영주의 기사들과 싸워야 하잖아요. 한 명도 빠짐없이 모두와 싸워서 이겨야 하잖아요. 공작의 기사단이 총 몇 명이죠?"

"70명."

도미닉이 쓰게 웃었다.

"파릇파릇한 수습까지 더하면 80이죠. 기사로만 따지면 왕국 제일의 규모입니다."

레나의 얼굴이 백짓장처럼 변했다. 아무리 전쟁 영웅이라도 쉼 없이 80명과 싸워 이기기란 힘들다는 생각을 하고 있을 것이다. 도미닉도 같은 생각이었다. 뒷일을 묻지 않는 조건이 걸린 만큼, 과정은 엄격하고 혹독했다.

다른 말로 그냥 싸우다 죽으라는 뜻이었다.

그러나 도미닉은 정식으로 함께 떠나길 청할 생각이었다.

이것이 친우에 대한 예의이자 스스로에게 부끄럽지 않은 방법이었다. 무엇보다 레나를 안전하게 지킬 수 있는 방법이기도 했다.

이대로 불안한 밀회를 계속하다 보면 틀림없이 누군가에

게 발각당할 것이다.

줄리어스의 복수도 무시 못 할 부분이었다. 발각당하기 전이든 그 이후든, 줄리어스가 오로지 고통을 줄 목적으로 레나를 안는다면.

친우가 그렇게까지 할까 의혹을 품은 적도 있었다. 도미닉이 알고 있는 줄리어스는 약자를 짓밟는 걸 무엇보다도 끔찍하게 여기는 사람이었으니까.

하지만 레나를 과녁에 묶은 어제부로 생각이 바뀌었다.

"왜 나를 다그치지 않아요?"

레나가 복잡한 얼굴로 도미닉에게 물었다.

"이 나라의 레이디에겐 딱 한 번 결혼을 거부할 권리가 있다고 말했잖아요. 대리 결혼식 때부터 줄곧 그 조항을 들며 날 부추겼잖아요?"

레나의 목소리는 미안함으로 잠겨 있었다. 그녀가 미안해한다는 것은 그녀 스스로도 도미닉이 이러는 이유를 알고 있다는 뜻이었다.

도미닉은 흐트러진 레나의 매무새를 바로잡아 주었다.

그녀가 거부권을 쓰지 못하는 데엔 모종의 이유가 있을 것이다. 아직 자신은 잘 모르는 부분이지만, 아마 그녀의 친부인 백작과 관련이 있을 터였다.

레나가 소문과 전혀 다른 인물이었던 것처럼 백작과 그녀의 관계도 실은 소문과 달리 억압적인 것일지도 모른다. 백작의 야욕을 떠올리면 어여쁜 막내딸을 정치 도구로 이용하는 것쯤은 아무것도 아니었다.

잠깐.

도미닉의 사고가 그쯤에서 멈추었다.

뭔가 기묘한 위화감이 들었다. 방금 자신이 떠올린 생각들 중에 그냥 지나치기에 개운치 않은 게 있었던 것 같은데.

"……도미닉?"

레나의 말간 눈이 그를 향했다. 그녀와 눈을 마주한 순간 도미닉의 머릿속에 아까 전의 생각이 떠올랐다.

소문과 전혀 다른 인물이었다.

야심가 아버지를 조종해 권력 상층부로 올라가려는 레이디와 마음에 안 드는 손님에게 체리 파이를 던지는 레이디가 같은 사람일 수 있을까?

한 번 이상하게 여기기 시작하자 이제껏 들었던 모든 의혹이 한꺼번에 떠올랐다. 친부를 불편하게 여기던 레나, 예식장에서 신부 측에 흐르던 어색한 공기.

도미닉이 레나를 바닥으로 내려 주었다.

"혹시 내게 말하지 않은 게 있습니까?"

그가 조심스럽게 물었다. 그녀를 추궁하는 말투가 되지 않도록.

"아주 사소한 거라도, 뭐든?"

레나의 눈동자가 티 나게 흔들렸다. 상대를 놀리려고 작정했을 땐 능청스럽게 연기해 내지만 진실을 말해야 하는 자리에서는 요령을 피우지 못하는 사람이었다.

도미닉 자신이 그렇듯 레나 또한 그랬다.

레나는 어렵게 고개를 저었지만 그는 이미 원하던 답을 얻었다.

여기서부터는 자신의 몫이었다.

"알았습니다. 별 뜻 없이 물은 거니까 신경 쓰지 말아요."

레나는 좀처럼 고개를 들지 못했다. 그는 그런 그녀를 가볍게 끌어안은 뒤 이마에 입을 맞춰 주었다.

"잘 자요."

불안해하지 말기를, 나의 레이디.

진실이 무엇이든 난 당신 곁을 떠나지 않을 테니까.

이 말을 하면 레나는 더욱 어쩔 줄을 모를 것이다. 도미닉은 자신의 언약을 당분간 마음속에 묻어 두기로 했다.

그리고 다음 날 아침, 도미닉은 예전에 '스칼렛 페트론'에 대해 알아보게 했던 첩자를 은밀히 찾았다. 물론 이번에도 알아볼 대상은 같았다. 그녀, 스칼렛이다.

대신 이번에는 새로운 사항이 덧붙었다.

첫째, 레이디 스칼렛이 약제학에 능통한지 알아볼 것.

둘째, 페트론 백작에게 쌍둥이 딸이 있는지 조사할 것.

마지막, 백작 영지에 레나라는 이름을 가진 아가씨가 있는지 확인할 것.

어쩌면 80명의 기사와 혈전을 벌이지 않고 그녀를 안전하게 지킬 수 있을지도 몰랐다. 도미닉은 두둑한 은화 주머니를 넘겨주며 자신들의 미래를 점쳐 봤다.

과연 첩자가 가져올 정보는 어떤 내용을 담고 있을지, 그는 상상도 할 수 없었다.

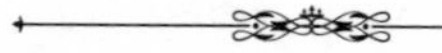

마을에서 첩자를 만나 이야기를 전해 듣고 헤어졌다. 어쨌든 성으로 돌아가야 했다. 그리 먼 길이 아닌데도 도미닉은 수십 번 멈췄다 걷길 반복했다.

방금 자신이 들은 소식을 믿을 수가 없었다.

오랜만에 만난 첩자는 상당히 지친 행색으로 이야기를 늘어놓았다. 그는 홀든의 분위기가 심상치 않아서 정보를 구하기가 훨씬 어려웠다는 한마디로 입을 떼었다.

일단 레이디 스칼렛은 다방면에 능통하지만 약제학에는

큰 관심이 없다고 했다. 그녀는 수백 가지 약초에 관해 공부하는 대신, 약을 쓸 일이 생기면 그 방면에 밝은 자를 기용하는 쪽에 가깝다는 설명이 이어졌다.

그다음으로 첩자는 백작의 쌍둥이 딸에 대한 정보가 전무하다고 말했다. 자신이 정보를 구할 수 없었다는 말은 아예 그런 존재가 없다는 뜻으로 받아들여도 된다고 확언했다.

첩자의 실력은 도미닉도 인정하는 바였다. 그는 고개를 끄덕이며 마지막 조사 결과를 기다렸다.

이제까지 잘 이야기하던 상대의 표정이 돌연 꺼림칙하게 바뀌었다.

"레나라는 아가씨 말입니다."

도미닉은 일부러 스칼렛의 다른 이름이 레나라는 사실을 말하지 않았었다.

"라몬트 경께서 무슨 이유로 그 아가씰 찾아보라고 했는지는 모르겠지만요. 어쨌든 영지 내에서 다섯 명의 레나를 찾았습니다."

둘은 이미 결혼했고, 한 명은 부유한 상인의 딸이고, 나머지 한 명은 술집에서 손님을 받고 있었다고 한다.

다섯 명을 찾았다고 했는데 한 명이 부족했다.

도미닉의 눈이 의구심으로 가득 차자 첩자는 바로 거기에 대해 말하려 했다며 목소릴 가다듬었다.

"남은 한 명이 감쪽같이 사라졌다고 합니다."

"행방불명인가?"

"먼저 가출 가능성을 물어봤더니 그 아가씨와 안면이 있다는 사람들은 죄다 고개를 젓더라고요. 딸이 사라졌는데 가족들은 뭘 하나 싶었지요. 도시 경비대에도 실종 신고가 들어오지 않았고요."

첩자의 목소리가 더욱 은밀해졌다.

"더 이상한 것은, 유일한 가족인 부모마저 모습을 감췄다는 겁니다."

일가족이 동시에 사라졌다. 소리 소문 없이 거주지를 떠났다. 그것만으로도 이상한데 하필 그들의 딸 이름이 레나였다.

그녀에 대해 좀 더 자세한 정보가 없냐고 캐묻자 첩자가 골똘히 생각하더니 아, 하고 탄성을 질렀다.

"아가씨 눈이 예쁜 초록색이었다더라고요."

그녀에게서 신선한 우유를 공급받았던 빵집 주인의 말이었다고 한다. 머리 색은 칙칙하고 이마와 뺨에 항상 재가 묻어 있었지만 눈동자만은 선명히 기억에 남는다고 했단다.

"그게, 그 주인이 비유를 들었는데요. 눈동자가 꼭……."
"클로버."

도미닉이 중얼거렸다.

"클로버 색을 닮지 않았다던가?"
"……알고 계셨네요?"

첩자가 신기해했다. 그냥 풀 색깔도 아니고 딱 클로버를 들었다고. 흔치 않은 비유이긴 했다. 그는 혹시 도미닉이 비밀리에 조사하는 사건이냐고도 물었다. 아무래도 사건 냄새가 난다고 덧붙였다.

내가 세 번이나 키스한 친구의 아내가 '바로 그 레나' 같거든.

도미닉은 이렇게 말하는 대신 수고비를 얹어 주고 입막음을 당부했다.

그는 성을 향해 걸었다.

별별 생각이 들었다가 갑자기 정신이 새하얗게 날아가기도 했다. 결국 백작가는 진짜 딸을 보내는 도박을 하기 싫었던 거다. 어차피 위험한 자리라면 언제 죽어도 상관없는 가짜를 보내는 편이 낫다는 결론을 내렸겠지.

평범한 영지민의 딸이었던 아가씨가 영주의 막내딸과 닮았다는 이유로 죽을 자리를 강요받는 모습이 떠올랐다.

레나.

그게 그녀의 이름이었다.

그러니까 그녀의 진짜 이름. 흉내 내어야 하는 백작의 고귀한 딸 이름이 아니라 그녀가 지금까지 주변 사람들에게 불려 왔을 이름.

도미닉이 성안으로 들어섰다.

지금 곧장 탑으로 올라갈까. 그래도 주변 시선이 있으니 밤이 되길 기다릴까.

무의식중에 걸음을 옮기다 보니 둘만의 비밀 장소에 다다랐다. 지루해하는 그녀를 위해 마을 도서관에서 빌린 책을 숨겨 두곤 했던 곳이었다.

그가 넓적한 돌 아래 책을 숨기고 떠나면, 레나가 산책하는 척하며 책을 수거해 치마폭에 감춰 가곤 했다.

그곳에 운명처럼 레나가 있었다.

무릎을 꿇은 채 비밀 장소 안을 들여다보는 자세로 그녀가 거기 있었다.

그저께 책을 가져갔는데 그녀는 뭘 보고 있는 건가 하는 생각이 들었다. 레나, 하고 부름과 동시에 그녀가 홱 고개를 돌렸다.

커다란 눈이 두려움으로 질려 있었다.

딴 사람이 아니야. 도미닉이야.

레나는 안도의 한숨을 쉬는 한편 그가 손에 쥔 쪽지를 볼지도 모른다는 생각을 했다. 여긴 두 사람만의 비밀 장소고 이 안이 비어 있었던 걸 빤히 아는데 여기서 꺼냈다고 둘러댈 순 없었다.

하지만 그게 사실이었다. 레나는 방금 돌 아래서 쪽지를 꺼냈다.

산책을 하다가 돌담과 나무가 있는 약속 장소까지 오게 되었다. 책 선물이 없어도 이곳에만 오면 마음이 편안해지곤 해서 저절로 발길이 닿았다.

그러던 레나의 눈에 돌 위에 놓인 꽃 한 송이가 들어왔다.

누가 봐도 꽃봉오리가 상하지 않도록 신경 써서 잘라 둔 거라 단번에 그의 선물임을 알아차렸다.

혹시 이 아래에도 뭔가 다른 걸 넣어 놨을까?

두근거리는 마음으로 돌을 치우자 곱게 접힌 종이가 보였다. 도미닉에게서 편지를 받는 건 처음이었다. 그의 필체와 내용에 대한 기대로 종이를 편 순간, 레나는 얼음물을 끼얹은 듯 선 채로 얼어붙었다.

더도 말고 덜도 말고 단 한마디.

결혼식 전에 죽어라.

백작의 눌러쓴 글씨체가 레나의 숨통을 무겁게 내리눌렀다.

이 성에 백작의 첩자가 있어. 발등에 떨어진 불은 공작뿐이라고 여겼는데 페트론 백작의 첩자가 있었어.

소름 끼치는 것은, 그녀의 방문 틈새로 밀지를 넣은 게 아니라 도미닉과의 비밀 장소에 두었다는 점이었다.

일거수일투족을 감시당하고 있었어.

식은땀과 오한이 동시에 들었다. 어쩌지? 어쩜 좋지? 첩자가 도미닉과 나의 관계까지 백작에게 이른 건 아니겠지? 그래서 죽음을 재촉하는 명이 온 건가?

패닉에 빠졌을 때 누군가 그녀의 이름을 불렀다.

그리고 지금, 레나는 쪽지가 고대어로 쓰였다는 것에 다소 안심했다.

보통의 귀족들도 고대어까지는 다루지 못했다. 도미닉이 아무리 남작가 출신이고 유명한 기사라 한들 쪽지 내용을 읽어 내진 못할 터였다.

어릴 적부터 무술에 집중해 왔으니 그럴 확률이 더 높았다.

침착해, 레나. 아무렇지 않은 척 연기하는 거야.

레나는 불안한 표정을 없애려 애써 미소를 지어 보였다.

"도미닉, 어쩐 일이에요?"

자연스럽게 쪽지를 치마폭 사이로 감추었다.

"마을에 내려갔다 하지 않았어요? 채터슨 부인이 그러던데."

"다녀왔어요."

"오, 생각보다 일찍 돌아왔네요."

레나는 자연스럽게 돌을 제자리로 돌려놓고 몸을 일으켜, 쪽지를 감추는 대신 꽃을 보여 주며 다소 수줍게 웃었다.

"꽃이 예쁘더라고요. 용맹한 기사에게 주는 선물로 너무 간지럽지 않을까 하는 생각이 들었지만 어쨌든, 여기 감춰 두려고 했어요. 근데 사람이 먼저 왔네요."

연기는 나쁘지 않았던 것 같은데 도미닉의 표정이 심상치 않았다.

그의 눈은, 그의 얼굴과 분위기는 레나에게 아주 불안한 기분이 들게끔 했다. 무거운 짐을 지고 얇디얇은 빙판 위로 발을 내딛는 기분이었다.

"하지만 역시 부끄러우니까 꽃은 내가 가져갈게요."

"손에 쥔 건 뭡니까?"

"어, 꽃이요?"

도미닉이 다 알지 않느냐는 듯 치마 쪽을 눈짓했다. 레나의 입안이 바싹 말랐다.

"이건…… 수수께끼 같은 건데요."

레나는 필사적으로 머리를 굴렸다.

"잘못 썼어요. 다시 적어야 해요. 제대로 고쳐서 줄게요."

"한번 봐요."

"틀린 글자라서 어차피 못 알아봐요."

"그냥 보는 것도 안 됩니까?"

도미닉이 살짝 정색했다. 이런 적은 없는데 무표정을 짓는 그가 낯설었다. 더한 오해를 사는 게 아닐까 덜컥 걱정이 들기도 하고.

그래서 레나는 치마폭에서 쪽지를 꺼냈다. 그런 다음 쪽지를 거꾸로 들었다. 어차피 고대어를 모르는 사람 눈에는 어떻게 들든 간에 넝쿨과 쐐기처럼 보일 것이다.

"거봐요. 하하…… 하나도 모르겠죠?"

제발 부탁이니 쪽지를 든 제 손이 떨리지 않기를. 레나는 미소를 유지하려 애쓰며 간절히 빌었다.

"과연."

쪽지를 뚫어져라 보던 도미닉이 수긍하는 표정을 지었다. 레나는 그것 보란 듯이 쪽지를 접고는 자리를 떠나려 했다.

도미닉에게 가볍게 고개를 숙인 뒤 몸을 돌리려는 찰나였다.

"왜 결혼식 전까지 죽어야 되는 거지?"

레나는 쪽지를 처음 펼쳤을 때만큼이나 크게 놀랐다. 몸이 싸늘하게 식어 갔다.

설마 도미닉이 고대어를 읽을 수 있을 줄이야.

"누가 당신에게 그런 명을 내릴 수 있는 겁니까, 레이디 스칼렛?"

그가 잠깐의 간격을 두고 다시 말했다.

"아니지. 레나, 라고 했던가."

본명을 가르쳐 준 이후로 도미닉은 둘만 있을 때 그녀를 레나라고 불러 왔다. 그의 목소리를 통해 들리는 제 이름에 서서히 익숙해지고 있었다.

도미닉도 스칼렛의 숨겨진 이름을 마음에 들어 했다.

그런데 방금 그가 언급한 '레나'는 다른 뜻을 담고 있었다. 본명뿐만 아니라 본모습까지 들켰다는 직감이 레나를 떨게 만들었다.

"무슨 뜻인지 모르겠네요. 난 조금 추워서 들어가야겠어요."

"대리 결혼식은 말 그대로 진짜 대리인들의 결혼식이었군."

"사람들이 오는 것 같으니까 나중에, 다음에 얘기해요."

레나는 걸음을 옮겼다. 드레스 아래로 다리가 떨렸다. 어서 이 자릴 피하고 싶다는 생각만이 가득했다. 이번에야말로 도미닉에게 버려질지도 모른다는 위기감이 그녀를 뒤흔들었다.

그에게 거짓말을 했어.

그는 날 위해 목숨을 바치겠다고 했는데 나는 끝까지 거짓을 고수했어. 달리 말할 게 없느냐고 기회를 줬는데도 입을 다물었어.

안 돼. 그가 없이는 안 돼.

운명의 반려가 아니어도 좋아요. 이젠 아무 상관 없어요. 줄리어스 아미티지가 아니라 도미닉 라몬트예요.

내가 진정으로 원하는 건 저 사람이에요.

그러니까 앗아 가지 말아 주세요. 제발, 부탁이니까.

저도 모르는 사이 울고 있었다. 레나는 입을 막은 채 한 걸음, 한 걸음 걸었다. 부디 성안까지 무사히 걸어갈 수 있기를 빌고 있는데 누군가가 뒤에서 그녀를 강하게 끌어안았다.

"진실이 무엇이든 당신 곁을 떠나지 않아."

도미닉의 뜨거운 숨결이 그녀에게 닿았다.

"그날 밤 그렇게 맹세했죠. 속으로 말입니다. 입 밖으로 내었다간 당신이 불안해할 게 눈에 보였으니까."

그가 레나를 더욱 강하게 껴안았다. 이곳은 사람을 가려 주는 나무도 없었고 더군다나 어두운 밤도 아니었다. 초겨울 햇살이 환하게 내려앉는 곳에서 도미닉이 레나를 안고 있었다.

"난 거짓말을 했어요……."

"당신이 사라지고 부모님도 모습을 감췄다더군요."

이건 처음 듣는 이야기였다. 레나는 부모님 얘기에 완전히 무너지고 말았다.

"아마 백작이 성에 가뒀을 거예요. 그편이 날 통제하기도, 부모님의 입을 단속하기도 쉽죠."

"동화 속 공주님이네요."

도미닉이 레나의 슬픔을 달래 주려는 듯 잔잔한 목소리로 말했다.

"안 그렇습니까? 곤경에 처한 공주님을 구하는 기사. 이 도미닉 라몬트를 완전한 영웅으로 만들어 주는군요."

레나는 도미닉의 손에 제 손을 겹쳤다.

모든 사실이 밝혀졌어도 그가 자신에게 따뜻하다는 현실이 믿기지 않았다. 도미닉이 자신을 달래 주고 있었다. 여전히 그녀를 안고 있었다.

레나는 눈을 감고 소중한 순간을 만끽했다.

가장 괴롭고 무겁던 짐을 내려놓은 것만 같았다. 도미닉의 안에서 레나는 자유로웠다.

당신이 있어서 다행이에요.

그녀는 몇 번이고 그 말을 되뇌었다. 레나의 속마음을 엿듣기라도 한 것일까. 도미닉이 그녀를 안은 채 속삭였다.

"잘 버텨 줬어요."

지금 이 순간, 레나에게 그보다 더 위로가 되는 말은 없었다.

chapter

8

독약

레나의 정체와 두 사람의 감정.

조만간 도미닉이 공작에게 알릴 이야기들이었다. 첩자의 존재를 알게 된 이상 지지부진하게 끌 이유가 없었다.

정말 조만간이었다. 그러니까 바로 이틀 뒤 정오쯤. 그날 공작은 특별히 예정된 일도 없으니 내내 서재에서 업무를 처리할 터였다. 그러나 시련은 전혀 예상치 못한 쪽으로 방향을 틀어 레나를 쳤다.

그녀가 성에 발을 들인 이후 처음으로 공작이 성탑의 방을 찾은 것이다. 저녁 식사 때가 다가오는 시간이었다. 슬슬 해가 짧아져 창 너머론 검푸른 어둠이 찾아들고 있었다.

처음 있는 일에 어쩔 줄 모르는 레나를 향해 공작이 짧게 말했다.

"오늘 초야를 치를 테니 준비하도록."

"……초야요?"

레나의 입이 벌어졌다.

"전 아직 정식 결혼식도, 그것도 올리지 않았고."

너무 놀란 나머지 말이 제대로 나오질 않았다.

"이, 이건 너무 갑작스러워서."

"예식 전에 초야부터 치르는 건 그리 놀랄 일이 아닌데. 게다가 부인이 뭔가 잊고 계신 것 같은데 말이오. 우린 이미 결혼식을 올렸어."

공작의 눈매가 더없이 차가워졌다.

"내 대리인 도미닉 라몬트를 내세워서 올린 그 결혼식 말이지."

"아……."

"그것만으로도 이미 약혼 단계를 저만치 지났거든."

레나는 자신의 직감이 틀리길 바라며 공작의 표정을 살폈다. 그가 갑자기 초야를 막무가내로 들이미는 덴 이유가 있을 것 같았다.

이제 고작 이틀 남았는데.

오늘은 거의 끝나 가고 내일 하루만 지나면 모레 아침이 될 텐데. 그럼 마음의 준비를 마친 상태의 도미닉이 그에게 모든 것을 알릴 텐데.

난 그동안 조용히 채터슨 부인을 도우면서 그가 불러들이길 기다릴 건데.

그런데 일이 코앞에서 뒤틀려 버렸다.

"혹시 내 대리인과 대리 초야까지 치러 버려서 내게 돌아올 초야 같은 건 없는 건가, 아미티지 공작 부인?"

공작이 시니컬하게 웃었다.

"아니면 이렇게 불러야 하나?"

집시 아가씨.

그 말이 공작의 입에서 나온 순간, 레나는 사형 선고를 받은 사람처럼 눈을 감았다. 도미닉과 자신이 시간을 오래 끌었다고 생각하진 않았다.

그들은 그저 공작이 서재 안에서 분노를 불태우고 있을 거라고만 생각했을 뿐이었다. 공작의 분노가 커지지 않을까만을 걱정했지, 그도 사람을 풀어 조사해 볼 거라는 데엔 생각이 미치지 않았다.

안일한 판단이었다.

사랑에 빠진 연인들이 쉽게 그러하듯.

"이래 봬도 내가 공작이라, 서재를 떠나지 않고도 정보를 구할 수 있지. 어느 날 이름 모를 종달새로부터 투서를 받았어. 그게 의심의 시작이었고."

이왕 엎질러진 물.

레나는 침착하게 말을 받았다. 마침 그가 타인의 출입을 금한 뒤 방문을 닫은 터라 성량만 조절한다면 말이 새어 나갈 위험은 적었다.

"그 종달새가 제가 아는 자와 동일 인물인지는 확실치 않군요. 하지만 이것부터 알려 드리고 싶어요."

레나는 목소리를 조금 낮췄다.

"이 성에 백작의 첩자가 있어요."

"감히."

공작이 이를 갈며 말했다. 레나가 몇 달간 성에 머물며 지켜보기로 그는 늘 첩자의 존재에 신경을 곤두세워 왔다. 급히 새 일꾼을 뽑아야 할 때도 엄격한 신상 명세와 보증인을 요구했다. 인력 관리는 시종장 디드로프가 맡은 일 중에서도 중요도가 높은 것이었다.

그렇지만 첩자라는 게 항시 그렇듯, 미세한 빈틈을 파고들기 마련이었다.

"이름이나 성별에 대해선 몰라요. 저도 얼마 전에 알게 됐거든요. 제게 결혼식 전에 죽으라는 백작의 밀지를 남겼어요."

레나는 공작에게 시선을 던졌다.

"이유는 익히 아시겠지만요."

"진짜 스칼렛을 대신해 죽으러 온 거지, 당신은."

천천히 방을 가로지른 그가 테이블 앞 의자에 앉아 레나를 바라보았다. 그는 앉고 레나는 제자리에 선 채로 이야기가 이어졌다.

"당신이 내 손에 죽어야 그들이 원하는 대로 일이 진행돼."

레나는 가만히 그의 말을 듣고 있었다.

실제로 죽인다는 뜻이 아닌데도, 그저 공작의 입에서 '죽인다' 라는 말을 듣는 것만으로도 손끝이 차게 굳었다.

"만약 당신이 진짜 스칼렛이었다면 나도 기쁜 마음으로 그들의 기대에 부응했을 거야."

"그러셨겠죠."

"하지만 당신은 아니지."

공작이 냉소를 지었다.

"본분을 잊고 대리인과 눈이 맞은 집시의 딸일 뿐."

"……감정에 대해선 부인하지 않겠어요."

공작의 웃음소리가 쿡쿡 낮게 울렸다. 도미닉과 달리 그는 의중을 파악할 수 없어 힘들었다. 공작은 흥미롭다는 눈으로 레나를 쳐다봤다.

"핍을 변호할 때나 지금이나 당신은 근거 없이 당당하군."

공작의 얼굴이 순식간에 가면을 뒤집어쓴 듯 바뀌었다.

"이런 배짱이라면 내 친우 대신 죽는 건 큰일도 아니겠어."

그가 몸을 일으켜 문을 향해 걸어갔다. 대화는 이것으로 끝인가 하는 의문이 들었다.

그래서 공작의 결론은 내 죽음일까? 레나가 떨리는 가슴을 부여잡고 그의 뒷모습을 눈에 담았다.

"다시 말하지만 나는 아미티지 공작이오."

공작이 문을 연 채 고개만 돌려 말했다.

"부정을 고발하는 투서를 받았는데 조용히 덮는다면 공작가 체면이 말이 아니지."

그가 호위병을 불렀다. 예상 밖의 행보에 눈과 귀를 열고 있던 성안 사람들은 모두 그의 말에 주목했다.

영주의 부름을 받은 호위병이 성탑에 모였다.

공작은 레나 쪽을 돌아보지도 않고 그들에게 명령을 내렸다.

"공작 부인을 지하 감옥에 가둬라. 식사를 가져다주는 자를 제외한 나머지의 접촉을 엄금한다."

레나는 거부하지 않았다. 토를 달지도 않았다. 호위병들이 이끄는 대로 순순히 낯선 곳으로 향할 뿐이었다.

그렇게 레나는 존재조차 몰랐던 지하 감옥에 갇히게 되었다. 그랬다 해서 그녀가 죽음을 결심한 것은 아니었다. 뼈를 파고드는 냉기에 담요 속으로 몸을 묻는 순간에도 레나는 살아날 방법에 대해 고민을 계속했다.

어떻게 하면 다시 도미닉의 손을 잡을 수 있을까.

도대체 어떤 수를 써야 완전히 얼어붙은 공작의 마음을 돌릴 수 있는 걸까.

"추워……."

지하 감옥은 성안과는 완전히 별개의 곳이었다. 이곳에 수감자를 향한 배려 같은 건 없었다. 금세 손끝과 발끝이 시려졌다. 자면 안 되는데, 한시가 급한데 한동안 이가 부딪힐 정도로 떨다 보니 온몸에 기운이 빠졌다.

도미닉의 이름을 되뇌며 레나는 눈을 감았다.

꿈에서나마 그의 얼굴을 볼 수 있길 바랄 뿐이었다.

"지하 감옥이라니 제정신인가? 거길 안 쓴 지 얼마나 오래됐는지 생각해 봤냐고."

하필 자신이 자리를 비웠을 때 이런 일이 일어났을 줄이야.

도미닉은 친우의 멱살을 잡을 기세로 격렬하게 항의했다. 어쩌면 줄리어스는 일부러 도미닉이 없는 시점을 노린 걸지도 몰랐다.

지하 감옥이라니.

두어 번 그곳에 내려가 본 적이 있는 도미닉은 공작가가 얼마나 배신자에게 냉혹한지 새삼 깨달았었다. 아름다운 정원과 분수대, 연못, 꽃과 조각상으로 꾸며진 성 아래에 이런 곳이 있다는 사실에 매번 놀라곤 했다.

창문 하나 없이 사방이 돌벽인 그곳에 레나가 갇혀 있다니 제대로 된 생각을 하기가 힘들었다. 고문이나 취조 없이 그저 감옥에 갇혀 있는 것만으로도 몸이 쇠약해질 것이다.

"줄리어스."

"듣고 있어."

친우가 태연한 표정으로 대꾸했다.

"난 내일 낮에 모든 것을 털어놓을 생각이었어. 그녀의 부모가 인질로 잡혀 있는 것부터 영주의 명을 거부할 힘이 없었다는 것까지 모두."

"도미닉."

줄리어스가 끼어들었다. 이 와중에 서류에 서명을 하고 직인을 찍는 모습이 도미닉의 머리를 싸늘하게 한다는 것쯤은 상관없다는 태도였다.

"나도 조사란 걸 해 봤어."

줄리어스의 표정에는 미동이 없었다. 더없이 사무적인 어조였다.

"그녀의 평판, 평소 성격, 얼마나 많은 사람들을 돕고 다녔는지, 백작과 그의 아들들이 어떻게 그녀를 노렸는지까지 죄다 전해 들었어."

도미닉의 주먹에 힘이 들어갔다. 그는 망할 개자식들이 레나를 노렸다는 것에 대해선 듣지 못했다. 결혼식 때 신부 오라비들에 관한 의문이 그제야 풀렸다.

위험한 곳으로 여동생을 보내는 것 때문에 불편했던 게 아니었다. 먹음직스런 음식을 끝내 맛보지 못한 데에 대한 아쉬움에 얼굴이 그 모양이었던 거다.

기회만 주어진다면, 대검으로 놈들을 갈가리 찢어 버릴 것이다. 하지만 지금 당장 중요한 것은 레나에 대한 줄리어스의 태도였다.

도미닉보다 더 많은 것을 알고 있으면서도 그는 꿈쩍 않는 표정으로 이렇게 말했다.

"그런데 그게 무슨 상관이지?"

도미닉은 잠시 귀를 의심할 수밖에 없었다.

"어쨌건 넓게 보면 그녀도 백작과 한패야. 전장에 나갔을 때 상대방의 과거를 따져 묻던가? 그전까지 어떤 선행을 행해 왔든, 일곱 남매의 아버지든 간에 중요한 건 상대가 소속된 군대지."

줄리어스가 도미닉의 눈을 똑바로 응시하며 잘라 말했다.

"적군이면 죽이는 거다."

"빌어먹을 소리 집어치워, 줄리어스 아미티지."

도미닉은 진심으로 친우의 얼굴에 주먹을 날리려다 몸을 틀었다. 가까스로 호흡하며 그는 평정을 되찾으려 했다.

줄리어스는 십년지기가 맞지만 과녁 사건 때 깨달았듯 그의 주인이기도 했다. 어찌 되었든 레나의 목숨은 줄리어스의 손에 달려 있었다.

그는 전력을 다해 인내심을 쥐어짜 냈다.

"그녀를 죽이면 페트론이 쳐들어올 텐데."

"딸의 복수가 그들의 명분이라면 이쪽은 신부가 가짜였다는 걸 밝히면 그만이다. 왕을 속이고 공작가를 능멸한 죄를 물어야지."

"넌 애당초 전쟁을 염두에 두고 있었던 거군."

도미닉이 깊은 한숨을 토해 냈다. 의도가 그것이라면 친우가 레나에게 혹독한 것도 이해가 갔다.

진짜건 가짜건 정체와 상관없이, 레나는 싸움을 일으킬 불씨 용도였다.

오히려 가짜 스칼렛이 살아 있다면 왕은 일단 대화로 풀어나가길 권할 터였다. 작위 몰수니 뭐니 성에 차지 않는 벌만이 백작가에 내려질 것이다.

친우가 원하는 건 그런 게 아니었다.

"……제발, 줄리어스."

도미닉의 말에 탄식이 섞여 나왔다.

"내가 너에게 빈 게 2년 전이었지. 굳게 닫힌 문밖에서 처음으로 네게 빌었었어. 제발 문을 열고 식사를 하라고. 밖으로 나오지 않아도 좋으니 이대로 죽지만 말라고 했었지."

물조차 입에 대지 않고 방에 틀어박힌 줄리어스가 소피의 뒤를 따르는 건 시간문제였다. 그는 도미닉의 간곡한 부탁에 문을 열고 밖으로 나왔었다.

"이제 2년이 지났어. 두 번째로 네게 빌게. 레나의 목숨을 살려 줘."

그는 자신의 진심이 친우에게 가닿길 기도했다.

"페트론을 섬멸하겠다는 네 복수, 기사의 명예를 걸고 지킬 테니까. 네 앞에 무릎 꿇은 그자의 머리가 땅에 떨어지는 모습을 옆에서 함께 지켜볼 테니, 제발."

도미닉이 친우를 응시했다.

"그녀가 아닌 다른 방법을 찾아."

무릎을 꿇으라면 꿇을 수도 있었다. 혼자 적진에 쳐들어가 백작의 머리를 따 오라 해도 거절하지 않을 것이었다.

애초에 소피를 향한 줄리어스의 사랑이 그랬으니까.

사랑하는 연인 앞에서 공작의 체면 따위가 뭐라고. 그렇게 말하던 친우의 모습을, 도미닉은 아직 기억하고 있었다.

그를 빤히 바라보던 줄리어스가 깃펜을 내려놓았다.

한동안 침묵이 이어졌다.

"넉살 좋게 웃기만 할 뿐이던 네가 여자 때문에 나와 반목할 때부터 짐작했어야 했는데."

줄리어스가 눈가를 문질렀다.

"네가 그토록 깊은 감정일 줄 몰랐어."

왠지 희망적인 말이 뒤따를 것 같은 흐름이었다. 그러나 도미닉은 어쩐 이유에선지 불길함을 느꼈다.

"디드로프, 밖에 있나?"

"부르셨습니까, 공작님."

충실한 시종장이 방으로 들어와 고개를 숙였다.

"지금 이 시간부로 도미닉 라몬트 경을 본인의 방에 연금하겠네. 문에 못을 박고 호위병 다섯이 밤낮으로 지키도록 하게."

"……줄리어스."

레나에 이어 이젠 나까지 가두는 건가?

이왕 가둘 거라면 그녀와 함께 지하 감옥에 들어가는 편이 나았다. 그러나 친우는 여기에서조차 차별을 두었다.

줄리어스가 도미닉을 쳐다보며 말했다.

"미안해, 도미닉. 이번 부탁은 들어줄 수 없겠어."

그 말을 끝으로 도미닉은 이성을 잃었다. 호위병이 달려와 날뛰는 그를 떼어 낼 때까지, 그는 몇 번이고 줄리어스의 얼굴을 향해 주먹을 휘둘렀다.

디드로프의 지시와 동시에 눈앞이 아찔하게 변했다.

도미닉의 세상이 순식간에 검은 늪으로 가라앉았다.

왕의 허락을 구할 필요도 없는 일이었다. 사건은 걷잡을 수 없이 빠르게 진행되어 어느덧 레나가 지하 감옥에 수감된 지도 닷새가 지나 있었다.

공작은 일찌감치 백작가에 딸의 부고를 보냈다. 말을 달리게 한 것도 아니고 전서구를 통한 것이니 며칠 걸리지 않아 그들은 손꼽아 기다리던 소식을 받아 볼 예정이었다.

낮에도 깊숙이 스며드는 한기와 싸우던 레나는 핍이 아침 식사를 가져오지 않는 것에서 모종의 일이 일어날 것임을 깨달았다.

덜컹.

원래 식사 때보다 30분 정도 늦은 시간, 지하 감옥의 문이 열렸다.

감옥 안으로 들어온 사람은 자그만 핍이 아니었다.

"의식을 준비하겠습니다, 레이디."

호위병 두 명과 함께 들어온 디드로프가 뜨거운 물이 담긴 대야를 내려놓았다. 깨끗한 수건과 빗, 가위도 있었다.

그는 레나가 씻도록 한 다음 빗으로 머리를 빗어 내렸다. 사각사각, 커다란 가위가 레나의 머리카락을 잘라 갔다. 허리까지 탐스럽게 굽이치던 벌꿀색 머리카락은 하나둘 잘려 나가 어깨 아래에서 살랑이게 되었다.

목덜미로 파고드는 냉기가 더욱 섬뜩했다.

"그럼 이쪽으로."

호위병이 양쪽에서 그녀를 잡았다. 죄인을 호송하는 모양새였지만 그들이 잡아 주지 않았다면 레나는 걸음을 옮기기 힘들었을 것이다. 이쯤 되면 호위병의 부축을 받는 거나 다름없었다.

디드로프가 앞서 걸었다.

레나는 닷새 만에 맞이하는 햇살에 눈을 가늘게 떴다. 아침 공기는 차가웠지만 감옥과 비교도 할 수 없을 만큼 맑았다. 청량한 냄새마저 나는 것 같았다.

이 어딘가에 도미닉이 있을까.

레나는 햇살을 맞아 은은히 빛나는 성을 올려다보았다.

"이쪽입니다, 레이디."

그러고 보니 디드로프가 이토록 깍듯했던 적이 있던가 하는 생각이 들었다. 항상 레나를 못 본 척하고 무시하기 일쑤였는데 공작에게 하듯 그녀를 대하는 모습을 보자 웃음이 나왔다.

물론 지금이 아니라 다른 상황이었다면 웃었을 것이다.

틀림없이.

"모셔 왔습니다, 공작님."

레나는 오롯이 자신을 위해 준비된 자리를 보았다.

로젠하트 성만큼이나 하얀 천이 풀밭 위에 깔려 있었다. 그 위에 놓인 작은 은쟁반에는 앙증맞은 약병이 두 개 올라가 있었다. 디드로프가 레나를 그곳에다 앉혔다.

얼핏 보면 아침 나들이를 온 것으로 착각할 법한 모양새였다.

"좋은 아침이오, 레이디 스칼렛."

홀로 그녀를 기다리던 공작이 인사말을 건넸다.

"지하 감옥에서 불편하진 않았는지 모르겠군."

"덕분에요."

딱히 대답을 요하는 말이 아니었기 때문에 레나는 그 정도로 말을 해 두었다. 자신의 정체를 알고 있는 시점에서도 그녀를 스칼렛이라 부르다니.

공작의 결정이 무엇인지 알 것 같아 몸이 떨렸다. 사실, 은쟁반 위의 약병을 본 순간 바로 직감했지만 말이다.

"이미 알아차린 표정이군. 그렇다면 설명이 쉽겠어. 당신이 평소에 약초를 좋아하는 것 같아서 두 가지 선택지를 모두 독약으로 준비했거든."

공작이 턱으로 한쪽을 가리켰다.

"오른쪽은 검은 갈퀴꽃이고 왼쪽은 늪파리풀이오. 이에 대해선 당신이 더 잘 알겠지."

레나가 숨을 들이켰다.

둘 다 희귀한 극약으로 죽음에 이르게 한다는 점이 확실했다. 차이점이라면 전자는 끔찍한 고통을 겪는 대신 빨리 숨을 거둘 수 있었고, 후자는 길게는 두 시간까지 숨이 붙어 있었다. 그래서 시간차를 두고 상대를 죽여야 할 때 후자가 많이 쓰이곤 했다.

그는 약초에 관심이 없다고 들었으니 마을 약제사의 도움을 받은 게 틀림없었다.

레나는 성을 올려다보았다.

어디선가 도미닉의 목소리가 들려오는 것도 같았다. 아마 환청일 거다. 그녀는 아침 햇살을 머금은 찬 공기를 소중한 듯 들이마셨다.

공작과 디드로프, 그리고 멀찌감치 떨어진 호위병 둘만 있는 자리에서 레나는 떨리는 손을 뻗었다. 고통스럽지만 빠른 죽음과 천천히 병들듯 퍼져 가는 죽음 사이에서 그녀는 후자를 향해 손을 뻗었다.

마개를 열자 독특한 향이 코를 찔렀다. 기분 나쁘게 달큼한 냄새였다.

공작은 영 불만스러운 얼굴로 그녀의 선택을 지켜보다가 레나가 빈 병을 내려놓자마자 혀를 찼다.

"당신이 두 시간이나 살아 있어서 뭐하겠어. 첩자의 수고나 덜어 주자고."

공작의 눈짓에 호위병들이 다가왔다. 그들은 레나가 반항하지 못하게 양팔을 잡았다. 디드로프가 다른 쪽 병마개를 열고 레나의 턱을 잡았다.

검은 갈퀴꽃의 뿌리.

듣기만 들었지 가까이서 본 적은 없었다. 유벤타는 이것을 마신 자를 옆에서 본 적이 있다며 레나에겐 쳐다보지도 말라고 신신당부를 했었다.

지옥의 불길을 들이마신 사람 같았단다.

어머니의 말이 귓가에 울렸다.

세상엔 생을 마감할 수 있는 방법이 숱하게 많은데 그중에서도 검은 갈퀴꽃 독약은 가장 어리석은 선택이라고 했다.

"억지로 힘을 쓰고 싶진 않습니다, 레이디."

디드로프가 병 입구를 레나의 입에 갖다 대었다.

무서워.

레나는 무의식적으로 입을 오므리려 했다. 디드로프가 그릴 줄 알았다는 듯 레나의 턱을 강하게 잡아 벌렸다. 시종장이 병을 기울였다. 콜콜콜, 하는 소리와 함께 짙은 색의 액체가 레나의 입안으로 흘러들어 왔다.

거부해 보려 했지만 부질없는 짓이었다.

손가락 크기의 병은 금세 텅 비게 되었고 디드로프는 임무를 완수한 자처럼 공작의 뒤로 물러났다.

호위병들이 레나의 팔을 풀어 주기 무섭게 그녀가 허리를 꺾었다.

"읏……. 흐윽, 흑. 우읍……."

고통은 엄청난 기세로 그녀를 집어삼켰다.

목구멍부터 식도까지 활활 타들어 가는 것 같았다. 누군가가 갈고리로 배 속을 찢어 발기는 느낌이었다. 레나는 입을 틀어막은 채 바닥에 쓰러졌다. 죽음의 고통 앞에서 그녀는 무력했다.

너무 아프면 차라리 빠른 죽음을 바라게 된다는 것을 오늘에야 깨달았다.

"우욱!"

속이 죽을 듯이 쥐어 틀리더니 물컹한 덩어리 같은 게 올라왔다.

레나는 자신이 폐병에 걸린 환자처럼 피를 토하는 장면을 눈으로 똑똑히 보았다. 검붉은 피가 하얀 천 위에 쫙, 뿌려지는 모습이 낯설었다.

그 뒤로도 두 번 더 피를 뿜어낸 그녀는 마지막에 이르러선 시야가 검게 변하는 것을 느꼈다. 여전히 고통스러운 가운데 온몸이 죽음의 늪 밑바닥까지 가라앉았다.

숨이 끊어지기 전, 공작의 말이 어렴풋이 들렸다.

"편히 쉬길, 스칼렛."

그리고 레나는 울부짖는 듯한 도미닉의 목소리를 들었다. 이번에야말로 환청이길 간절히 빌었다. 이런 참혹한 광경은 보여 주고 싶지 않았다.

도미닉이 부디 자책하지 않기를.

그것이 레나의 마지막 기도였다. 그 생각을 끝으로 몸이 경련을 멈췄다. 그녀의 생도, 함께 멈췄다.

chapter

9

결전

새해가 밝았다.

새로운 시작에 대한 기대감이 매서운 겨울바람을 이기는 한 해의 첫 달이었다. 나라에서는 창고를 열어 밀가루를 풀었고, 각 영지의 주인들에게 힘을 보태 줄 것을 부탁했다. 영주의 재량에 따라 여기에 말린 고기나 햄, 달걀, 설탕 같은 것들이 추가되었다.

본우드 왕국의 가정들은 대부분 신년 케이크를 구웠다.

가을에 저장해 놓은 말린 과일을 듬뿍 넣고 겉에 크림을 바른 케이크. 이것을 위해 1년을 손꼽아 기다리는 아이들도 많았다.

어른들이라고 크게 다르지 않았다.

1월은 성인의 탄신 축일이 있는 달이었다. 나뭇가지를 둥글게 꼬아 엮고 여기에 별, 달, 꽃으로 모양을 낸 장식을 달았다. 사람들은 이것을 집 안 곳곳에 걸고 촛불을 밝히며 성스러운 신년을 기원했다.

그리고 축일 주간의 마지막 날, 가지고 있는 것 중에 가장 좋은 옷을 꺼내 입고 예배당으로 향했다.

이날 세례를 받은 아기는 성인의 축복이 함께한다 하여 일부러 첫 세례를 미루는 부모들도 많았다. 느닷없이 머리에 물을 맞고 으앙으앙 우는 아기들 소리와 기도문 소리, 파이프오르간 소리가 끝나면 예배당의 종이 장장 스물네 번 울리게 된다.

원래대로라면 이 주간의 마지막 날, 아미티지 공작가와 페트론 백작가의 성대한 결혼식이 치러질 예정이었다.

본우드의 모든 귀족들이 참석해 앞다퉈 선물을 전달하고 젊은 공작에게 눈도장을 찍으려 들었을 것이다. 한편 새로운 세력으로 부상하는 백작에게도 인사를 건넬 터다.

마지막엔 다 같이 짜기라도 한 듯, 국왕이 하사한 보석을 보며 감탄했을 거다. 열두 개의 다이아몬드와 불꽃의 색을 머금은 루비 하나가 신부의 목에서 빛날 테니까.

밤새도록 먹고 마시고 떠드는 소리가 끊이지 않았으리라.

하지만 로젠하트는 조용했다.

아마 왕국이 세워진 이래 가장 고요한 축일 주간을 보냈을 것이다. 식량이 베풀어진 것은 예전과 다를 바 없었지만 광장에서의 축제도, 야간 주점도, 영지민이면 누구나 참석할 수 있는 댄스 파티도 열리지 않았다.

대신 사람들은 가재도구를 지하 창고에 정리했다.

옷과 식량과 차마 떼어 놓을 수 없는 가보, 그리고 십자가를 꾸려서 언제든 메고 떠날 수 있도록 준비해 두었다.

모두들 도시 경비대의 뿔나팔 소리에 귀를 기울였다.

당연히 귀족들은 로젠하트를 찾지 않았다. 왕의 축하 사절도 없었다. 신부 스칼렛이 독을 마시고 죽은 지 어언 두 달이 다 되어 갔다.

이제 본우드 사람 중에서 그녀의 죽음을 모르는 이는 없었다.

그리고 대망의 결혼식 예정일, 저녁 식사를 마친 이들이 한숨 돌릴 때쯤 성벽에서 망을 보던 경비대가 뿔나팔을 불었다. 영지의 모든 사람들이 들을 수 있도록 길게 세 번의 신호를 보냈다.

대피 시작을 알리는 소리였다.

"드디어 때가 되었구나."

작은 집에 사는 한 노인이 어린 손녀의 머리를 쓰다듬으며 말했다. 영주가 군대를 끌고 떠난 적은 드물지 않았으나 로젠하트에서 전투가 벌어지는 것은 백여 년 만이었다.

"아버지, 여기요."

"넌 할아버지와 함께 타렴."

노인과 환자는 수레에 태우고 걸을 수 있는 사람들은 등에 짐을 짊어졌다. 사람들의 얼굴엔 두려운 기색이 어려 있었지만 다들 침착하게 대피소로 향했다.

그새 뿔나팔이 울리는 간격은 점점 짧아졌다.

한 무리가 자기들 뒤로 사람을 보지 못했다는 말을 전할 때쯤 뿔나팔이 대단히 빠르게 다섯 번을 연달아 울리더니 뚝 끊겼다.

저 멀리서 와아아아 하는 함성 소리가 들려왔다.

타오르는 횃불 사이로 페트론가의 주홍색 깃발이 펄럭였다. 병사 수는 한눈에도 국왕에게 보고된 것보다 많았다.

두 배. 넉넉히 잡으면 세 배까지.

억울한 죽음을 맞은 딸의 복수전이라기엔 너무 준비된 티가 역력한 규모였다.

아미티지 공작은 2년 만에 완전무장을 한 모습으로 성벽에 섰다. 그는 들판에서부터 개미 떼처럼 밀고 내려오는 백작가의 군대를 지켜보았다.

"내 친히 지옥문을 열어 주지, 페트론."

공작의 명에 따라 병사들이 활시위를 잡아당겼다. 조금 더 가까이. 군대의 절반이 사람 모양 바위를 지날 때까지 기다렸다.

딱 그 시점이 첫 공격을 할 순간이었다.

"개시."

불화살 수백 발이 백작의 군대 머리 위로 쏟아졌다. 방패를 들어 막아 낸 자도 있고, 가슴을 정통으로 꿰뚫린 자도 있었다. 로젠하트의 성벽엔 횃불이 없어서 적들 눈엔 이쪽이 보이지 않았다.

어둠 속에서 불화살이 날아든 격이었다. 비명과 혼란으로 앞쪽 대열이 흐트러졌다.

이렇게 한쪽이 죽어야 끝날 전투가 시작되었다.

동이 트기 전, 승리의 여신이 누구 편을 들었는지가 결정 날 것이다.

"보탄 경은 4번 망루로, 주세페는 성문을 지원한다. 싸움은 성벽에서 끝내! 적들이 성으로 가는 일은 없어야 한다!"

명이 떨어짐과 동시에 기사들이 병사를 이끌고 달려갔다. 전투가 시작된 지 어언 세 시간째. 성벽 밖으로 끓는 기름을 붓고 불화살을 쏘며 맞서 싸웠지만 백작의 군대 또한 만만치 않았다.

초반에 공작에게 밀리는가 싶던 그들은 대열을 정비하며 차츰 안정세에 접어들었고, 곧이어 성문 뚫기를 시도했다.

오직 이날을 위해 새로 사들인 무기도 성문 격파에 한몫했다. 이미 수십 명이 목숨을 잃었지만 성문만 뚫을 수 있으면 수백 명이 더 죽어도 상관없다는 게 백작의 생각이었다.

문만 뚫으면 전세는 역전된다.

몇 명이라도 사다리를 타고 올려 보내면 그 몇 명이 십수 명이 될 거고, 그들 중 누군가가 도르래를 내릴 것이다.

들어가기만 하면.

일단 굳건한 하얀 장벽만 지나면 백작은 병력의 3분의 1을 성으로 보낼 셈이었다.

젊은 공작은 뛰어난 실력에다 그 나이 대에선 찾아보기 힘든 노련함까지 갖추었지만 지나치게 올바름을 추구하고 제 사람을 아꼈다.

페트론 백작의 눈엔 그랬다. 그게 공작의 약점이었다.

솔직히 약혼녀가 죽었다고 한들 이 나라에 여자가 한 명뿐인 것도 아닌데, 공작은 식음을 전폐하고 방에 틀어박혔었다고 들었다.

나약한 자식.

백작은 곧 뚫릴 것 같은 성문을 보며 비릿한 조소를 머금었다.

"보나 마나 성에 사람들을 꽁꽁 숨기고는 앞장서서 저 위에 서 있겠지."

쾅!

묵직하게 부딪히는 소리가 성벽 주변에 울려 퍼졌다.

"오늘이 네놈을 꺾고 로젠하트까지 점령하는 날이다."

쿠구궁, 콰쾅!

"성문이 뚫렸다!"

"뚫렸다, 진격하라!"

반가운 소리가 들렸다. 성문이 함락되었다는 소식이었다. 병사들은 반쯤 날아간 성문을 향해 우르르 달려갔다. 백작 역시 말의 옆구리를 찼다. 가능만 하다면 페트론 일가를 변방에 처박은 자의 아들을 제 손으로 죽이고 싶었다.

그는 수하들에게 공작의 위치를 최우선으로 파악하라 일렀다. 검을 빼어 들고 공작의 병사들을 베고 찌르면서도 늙은 백작의 눈은 주변을 살피길 멈추지 않았다.

어디 있느냐. 냉큼 나와라, 기고만장한 애송이.

그저 핏줄을 잘 타고났을 뿐인 네가 감히 내 앞길을 막으려 해? 네 아비보다 시커먼 뱃속을 알고 있는데, 잘도 내 딸 스칼렛을 신부로 달라고 청했단 말이지?

자, 이게 너와 네 아비가 자랑스럽게 지켜 온 공작가의 말로다! 계집 하나 못 잊어서 질질 짜던 네놈은 썩 계집 곁으로 가 버리란 말이다!

"백작님, 아미티지가!"

기사 한 명이 그를 향해 소리쳤다.

"성벽 중앙부에 있습니다! 라몬트도 함께입니다!"

"백작님, 놈들이 성문 쪽으로 몰려옵니다!"

중앙부란 말이지. 페트론의 입가에 잔혹한 웃음이 번졌다. 이곳 성벽의 구조는 첩자를 통해 이미 파악을 마쳤다. 공작이 중앙부에 있다면 어떤 식으로 그를 쳐야 할지 알 것 같았다.

그는 검을 휘둘러 공작군의 목을 베었다.

흥분이 고조됐다. 타인의 피비린내는 자신이 살아 숨 쉬고 있음의 반증이었다. 오랜만에 그의 안에서 살의가 들끓으며 노회한 눈에 이채가 돌았다.

기쁘게도, 이제 공작 역시 검을 뽑아 들고 전투에 합류했다는 소식이 들려왔다.

아군이 거기까지 올라갔다는 뜻이다. 콧대만 높은 애송이가 죽음에 한 발 더 가까이 다가가고 있다는 뜻이기도 했다.

페트론은 성벽 중앙부를 향해 검을 가리키며 배 속에서부터 노성을 뽑아내었다.

"성벽 위다! 아미티지 공작이 저기에 있다!"

"죽여라!"

"공작을 잡아라!"

수장의 목소리를 들은 병사들이 앞다퉈 성벽 위로 기어오르기 시작했다. 공작 측 궁수들이 화살을 쏘아 댔으나 이쪽이라고 궁수가 없는 건 아니었다.

"악!"

"아악! 내 눈!"

적군과 아군을 가릴 것 없이 피해자가 속출했다.

겨누어져 있는 적의 궁수를 단검을 날려 제거한 도미닉이 공작에게 외쳤다.

"다섯 명을 네 근처에 배치해! 내가 백작에게 접근할 테니까."

"명심해, 도미닉 라몬트."

공작이 적의 목을 벰과 동시에 말했다.

"최종적으로 놈의 명줄을 끊는 건 나야."

더는 들을 필요가 없는 소리라는 듯 도미닉이 계단 아래로 뛰어내렸다.

미리 지시한 대로 다섯 명의 기사가 재빨리 공작의 옆에 붙어 주인을 보호했다. 도미닉의 뒤를 따르는 건 오직 두 명뿐이었다.

어디선가 시작된 불길이 성벽 여기저기에 옮겨 붙고 있었다.

화염은 병사들의 시신을 불태우고 장막을 허물어뜨렸다. 페트론의 주홍색 깃발과 아미티지의 감청색 깃발이 너 나 할 것 없이 재가 되었다.

다친 자와 도망가는 자, 그 뒤를 쫓는 자, 맞서 싸우는 자의 고함 소리가 사방에 가득했다.

또다시 전쟁이다.

지긋지긋한 전쟁. 피 냄새와 울부짖는 소리와 병장기가 맞부딪히는 소리가 정신없이 이어지는 곳.

도미닉은 이를 악물었다.

애당초 전쟁 영웅으로 명성을 얻었지만 그는 단 한 번도 살육이 기꺼웠던 적이 없었다.

그저 싸우고 또 싸우는 것일 뿐이다. 그렇게 끝까지 적을 베며 목숨을 이어 가다 보면 빌어먹을 전투는 끝나 있고, 자신이 지키고자 했던 것은 무사하게 된다.

"죽어라아아!"

도미닉은 무표정한 얼굴로 자신에게 달려드는 적을 베었다. 군대라곤 하지만 그 안에서도 실력은 천차만별이었다. 혼자서 공작가의 병사를 휩쓰는 특출 난 자가 있는가 하면, 지금처럼 그저 악다구니만 쓰며 달려드는 멍청이도 흔했다.

죽일 자를 향해 큰 소리를 지르는 건 겁먹은 놈들만 하는 짓이었다.

반면 도미닉 같은 자는 소리 한 번 내지 않고 적진에 침투해 피아 구분 못 하고 헤매는 자들을 하나씩 베었다.

"읍! 크윽!"

주홍색 수건을 두른 적을 찔러 죽인 도미닉은 태연하게 수건을 주워 손목에 감았다. 그리고 거침없이 적진을 더 파고들었다.

"공작의 위치를 파악했다!"

그가 어둠 속에서 적의 무릎을 베며 소리쳤다.

"백작은 어디 계시나?"

정신없이 싸우던 병사들이 도미닉을 보고 당황했다.

아래위로 검은 옷에 은색 갑옷을 걸친 그는 너무 평범한 차림새라 적군인지 아군인지 언뜻 판단이 되지 않았다. 갑옷에 흔한 문양 하나 새겨져 있지 않으니 아까 자신들과 함께 싸운 자인지 기억을 해 내기도 어려웠다.

도미닉 라몬트가 아무리 유명하다 한들 모두가 그의 얼굴을 알고 있는 건 아니었다.

오직 알아볼 수 있는 건 손목에 두른 주홍색 수건이라, 그걸로 아군이려니 짐작했다. 다들 백작에게 충성 맹세를 하면서 나눠 받은 게 페트론의 색깔을 띤 수건이었다.

"백작님은 저쪽 성벽에."

병사가 손가락으로 어딘가를 가리켰다. 도미닉의 눈이 그 방향을 따라갔다.

"망할, 벌써 위라니."

도미닉이 욕을 뇌까리며 검을 휘둘렀다. 이제껏 주인과 함께하면서 수천을 벤 검은 여전히 날이 서 있었고, 병사들은 적으로 돌변한 아군에 당황하다 목숨을 잃었다.

"적이다!"

"철의 기사 라몬트다!"

도미닉을 알아본 누군가가 고함을 질렀다. 그는 쓸모없어진 수건을 집어 던진 뒤 신속히 우측 성벽으로 이동했다. 그의 뒤를 따르던 두 명 중 하나가 그새 사라져 있었다.

우측 망루는 지형 때문에 다른 곳보다 다소 아래로 꺼져 있었다.

단순히 생각하면 아래로 쓸어내리듯 공격하면 되니 위쪽에 유리한 게 아닌가 싶지만 그건 옆에 적이 있음을 알고 있을 때의 얘기였다.

적의 병사가 가리킨 건 중앙과 가까운 우측이었고, 중앙엔 공작 줄리어스가 싸우고 있었다. 기사들이 영주의 곁을 지킨다 하나 다들 제 앞가림하기도 바빠서 오히려 공작이 그들을 살리고 있을 가능성이 높았다.

친우는 자신 못지않은 실력자다.

그러나 백작에겐 굉장한 검술의 호위대가 붙어 있었다. 도미닉은 아까 성벽 위에서 그들을 목격했다.

어디서 저런 자들을 구했는지 이가 갈릴 정도로 뛰어난 놈들이었다. 그들이 페트론에게 공작의 앞으로 가는 길을 열어 줄 것이었다.

"6번 망루에 누가 있지?"

도미닉이 뒤따르는 자에게 외쳐 물었다. 램지 경이라는 답이 돌아왔다. 틀렸군. 도미닉은 자신이 그곳에 가야 한다는 것을 직감했다.

무너진 성벽 파편을 발판 삼아 뛰어올랐다. 망루 근처로 갈수록 시신이 즐비했다. 그는 오래전부터 목이 타는 것을 느꼈다. 갈증이 심했다. 겨울바람과 불길이 사람들을 더욱 지치게 만들었다.

도대체 몇 시간이 지난 건지 짐작도 가지 않았다.

절반 가까이 죽였다고 생각했는데 돌아보니 백작의 군대는 여전히 벌레 떼처럼 버글버글한 것 같았다.

"젠장."

이 망할 전투만 끝나면 한동안 전장은 쳐다보지도 않을 테다. 줄리어스에게 오랜 휴가를 청하자. 실력이 녹슬건 말건 족히 3년은 검을 들지 않을 것이다. 아니지, 사람을 죽이지 않을 거란 말이 맞겠군.

픽.

피비린내에 넌더리를 내며 눈앞의 적을 베어 나아가던 도미닉이 제자리에 멈춰 섰다.

방금 팔뚝이 따끔한 것 같은데.

"……윽."

뭔가 이상함을 감지하자마자 눈앞이 휘청했다. 그는 검을 바닥에 꽂고 몸을 지탱하려 애썼다. 갑자기 뿌예진 시야 너머로 자신의 왼쪽 팔뚝에 꽂힌 독침이 보였다. 흡사 화살처럼 깃까지 달린 그것은 처음 보는 물건이었다.

도미닉은 기동성을 중시하기 때문에 다른 기사들처럼 완전무장을 하지 않는 편이었다. 몸통과 어깨, 팔꿈치 아래, 종아리 정도로 최소한만의 갑옷을 착용하고 빨리 움직이는 타입이었다.

그렇다.

아무리 빈틈이 있다고 해도 워낙 반응이 빠르기 때문에 화살로든 단검으로든 그를 적중시키긴 어려웠다. 그러니까 아예 작정하고 도미닉이 다가오길 기다린 경우를 제외하면.

"……으윽."

"살아 있는 전설, 라몬트 경."

거의 반년 만에 듣는 목소리였다. 고개를 들자 페트론 백작이 안타깝다는 표정을 하고 있었다. 그의 뒤로 피리 모양의 무언가를 든 자가 보였다. 아마 저걸로 독침을 날린 모양이었다.

"오랜만에 보는구먼. 일단 반갑네."

"꺼지시지, 노인네."

"허허, 못 본 새 입이 꽤 거칠어졌군."

벌써 6번 망루는 그들 손에 넘어간 듯했다. 공작가의 병사들이 우측에서 넘어오려고 했지만 백작의 호위대가 이들을 막았다.

빌어먹을 덫에 빠지다니.

도미닉은 몸을 일으키려 애쓰며 백작을 노려보았다.

"자네가 집시 계집애와 놀아나 준 덕분에 내가 이렇게 로젠하트에 들어올 수 있었어. 고마움을 따로 전해야 하는데 말일세."

혹시 그 애가 진짜 자기 딸 스칼렛인 줄로 믿었느냐며 백작이 웃었다.

"자네도 나쁘지 않은 사윗감 축에 속하지만 우리 스칼렛 짝으론 어림없지. 어쨌든 이 고마움은 좀 이따 갚겠네."

백작의 웃음이 한층 느물거리게 바뀌었다.

"그러니까 자네 친우의 목을 벤 후에."

"크윽…… 큽!"

도미닉의 코와 입에서 피가 흘러나왔다. 순식간에 귀도 멍멍해지는 것이 꼭 깊은 물속에 잠긴 느낌이었다. 모든 소리가 멀어졌다.

아무래도 자신이 돌아올 때쯤이면 이미 죽어 있을 것 같다며 작별 인사를 건넨 페트론이 몸을 돌렸다. 그때 먼저 중앙 측을 관찰한 백작의 수하가 지금이 공격의 최적기라고 말했다.

몸을 일으켜야 하는데 손가락 하나 까닥할 수 없었다.

많은 영웅과 기사들이 순간의 방심으로 인해 죽는다더니 자신이 그 짝인가 싶었다. 도미닉의 시야가 완전히 차단되었다.

피해라, 줄리어스. 망할, 누가 저 자식에게 옆에 페트론이 있다고 알려야.

돌이켜 보면 그것은 공작가에 있어 존폐 여부가 걸린 순간이었다. 공작은 다친 기사들을 일으켜 세우며 수 시간을 싸우는 중이었고, 그의 곁에는 지친 기사들만이 남아 있었다.

화살을 피하다가 다친 까닭에 공작의 한쪽 팔은 움직임이 부자유스러웠다.

바로 그 옆에서 페트론 백작의 수하가 또 다른 독침을 날릴 기회를 엿보고 있었다.

독침 다음엔 백작의 무대였다.

날카로운 눈초리를 한 수하가 천천히 중앙을 향해 다가가며 무기를 입가로 가져다 댔다. 여분의 침은 넉넉했다. 일격에 모든 것을 걸 필요는 없었다. 어쨌거나 필요한 건 단 한 발. 공작의 살갗에 꽂히는 단 한 발이면 오늘 밤 승리는 페트론의 것이 된다.

푸슉!

막 무기에 바람을 불어 넣으려던 수하의 눈이 휘둥그레졌다. 손에서 무기가 떨어졌다. 그는 바닥에 무릎을 꿇고 몸을 늘어뜨리기 전까지도 자신에게 무슨 일이 일어났는지 알아차리지 못했다.

그러나 다른 사람들은 똑똑히 보았다.

팔뚝 길이의 석궁 화살이 그의 머리에 박혀 있는 것을.

"이, 이게……."

어리둥절해하던 백작은 노여움을 띤 표정으로 화살이 날아온 쪽을 돌아보았다.

죽은 수하는 특수한 기술로 백작의 기대를 받아 온 자였다. 그가 독창적으로 개발한 무기였기에 다른 사람이 쓸 수는 없었다.

그런데 이자를 죽이다니!

아껴 온 비밀 병기를 빼앗긴 것이나 다를 바 없었다. 이쪽은 아군이 확실히 점거한 걸로 알고 있는데 웬 공작의 쥐새

끼가 숨어들었단 말인가.

그때 또 한 발의 화살이 날아들었다.

이번엔 백작의 무릎 위였다.

"아악!"

고통스런 비명을 내지른 백작은 분노에 떨며 화살을 뽑았다. 붉은 피가 울컥하고 갑옷 위를 적셨다. 도대체 어떤 놈인지 얼굴을 확인하려 눈을 크게 뜬 그는 이윽고 믿을 수 없는 광경을 보고 말았다.

죽었다고 알려진 레나가 저쪽 성벽에 있었다.

그녀의 뒤로 아미티지의 감청색 깃발이 휘날렸다. 뜨거운 불길이 온 성벽에 일렁였으나 레나가 서 있는 곳까진 미치지 않았다.

"네가 어떻게."

죽었다고 들었는데. 틀림없이 피를 토하고 죽었다고, 믿어도 된다고 첩자가 제 목을 건 밀지를 보내왔는데.

그러고 보니 첩자로부터 연락을 받은 지 오래되었다는 생각이 들었다.

결전을 치르기 전까지 수면 아래 납작 몸을 엎드리고 있겠다는 말을 믿었었다. 믿지 않을 이유가 없었다.

첩자는 자신이 오래도록 공들여 회유한 자였다. 자신은 첩자가 가장 원하던 것을 안겨 주었고, 그런 동시에 그자의 약

점도 단단히 잡고 있었다. 첩자가 보내오는 정보는 언제나 정확했다.

하지만 이제는 첩자가 소식을 끊은 진짜 이유를 알게 되었다. 들통난 것이다. 그자의 목은 까마귀밥이 된 지 오래일 터다. 밀지 또한 가짜였다.

페트론은 자신보다 높은 곳에서 저를 내려다보고 있는 레나를 쳐다보았다.

집시의 딸 레나.

자신의 영지로 거둬들인 이후부터 늘 가소롭게 여겨 온 아이가 이제는 자신을 향해 석궁을 겨누고 있었다. 자신이든 제 아들들이든, 언제나 손만 뻗으면 취할 수 있다고 여겨 온 바로 그 레나가.

레나의 입이 움직였다. 목소리가 정확히 들리진 않았지만 백작은 입 모양으로 그녀가 하는 말을 추측했다.

"……감사 인사는 넣어 둬."

어디선가 들었음 직한 한마디였다.

백작은 그게 무슨 뜻인지 정확히 이해하지 못했지만 오래 전장을 누벼 온 본능으로 레나가 마지막 인사를 했음을 직감했다.

이 모든 것이 찰나에 벌어진 일이었다. 감사 인사는 넣어 두라. 이 말을 어디서 들었더라.

곧이어 레나의 손이 무기를 떠났다. 날아간 화살은 정확히 늙은 백작의 목에 박혔다.

숨이 멎는 순간까지 백작은 레나의 말을 어디서 들었는지 기억해 내지 못했다. 단번에 죽여 줘서 고마워하란 뜻인가, 하고 막연히 짐작할 뿐이었다.

chapter
10

다시, 결혼

하룻밤이지만 치열했던 전투가 끝났다. 성으로 대피했던 사람들은 무사히 햇살을 맞이할 수 있는 것에 감사하며 밖으로 나왔다.

성벽은 무너지고 불타 재건에 오랜 시간이 걸릴 듯했으나 다행히 도시까지 그 피해가 미치지는 않았다. 성벽과 가까운 집들만 다소 손해를 입었다.

애초에 백작의 목적은 공작가 전멸에 있었기 때문에 그들의 군대는 민가를 건드리지 않았다. 성벽을 뚫은 병사들은 곧장 성으로 직진하려 했다. 덕분이라는 말을 쓰면 좀 이상하게 들릴 수도 있겠다.

어쨌든 약탈과 방화는 일어나지 않았고, 사람들은 자신들의 집으로 돌아갔다.

로젠하트에 다시 평화가 찾아왔다.

공작은 며칠간 휴식을 취한 뒤 왕에게 보낼 보고문을 작성했다. 정식 보고는 아니었으나 필요한 모든 것이 담겨 있었다.

페트론가가 전쟁을 피하고자 가짜 신부를 보낸 것, 그 과정에서 집시의 딸인 레나가 희생된 것, 부모의 목숨이 달린 일이라 거부하지 못했던 것, 그리고 공작성에 숨어든 페트론의 첩자를 속이기 위해 독약으로 목숨을 앗는 척한 것까지.

전서구가 왕궁을 향해 날아갔다. 이로써 핵심 사항은 전달했다. 국왕도 공작가를 크게 책망하진 않을 것이다.

어느 오후, 공작은 서재 의자에 몸을 파묻었다가 일어났다.

부상자에게 약 처방을 내리는 레나의 목소리가 문 너머로 들렸다. 그녀의 낭랑한 목소리에 지지 않는 채터슨 부인의 목소리도 들려왔다.

문득 레나에게 독약을 내린 날의 기억이 떠올랐다.

끔찍한 고통에 잠시 숨이 멎었다가 눈을 뜬 레나는 공작을 향해 말했었다.

"어째서 살려 주신 거죠?"

눈을 뜨고 내뱉은 첫 마디였다.

검은 갈퀴꽃과 늪파리풀은 극독이지만 후자를 먼저 마시고 전자를 들이켜면 제2의 작용이 일어난다.

마치 검은 갈퀴꽃만 취했을 때처럼 피를 토하며 쓰러지나 호흡이 멈춰 있는 건 잠깐뿐. 두어 시간이 지나면 두 극약이 서로를 해독해서 끊겼던 숨이 돌아오게 된다.

공작은 레나가 약초에 해박한 것을 이용해 암시를 전달한 것이다.

그는 굳이 독의 이름을 알려 주며 레나에게 무엇을 먼저 마실지 선택하도록 했다. 그러면서 주변의 눈을 속이기 위해 이 연극을 계속해야 함을 알렸다.

독의 이름을 들은 순간 레나는 저도 모르게 공작을 쳐다보았다.

구하기 힘든 독을 약제사에게까지 물어 가며 가져왔다는 것은 그녀를 살려 주겠다는 뜻이 담겨 있었기 때문에.

그리고 레나의 손이 늪파리풀을 향했을 때, 공작은 그녀가 제 암시를 알아들었음을 확인했다.

"도미닉까지 가뒀다고, 핍이 알려 줬어요. 제가 들은 그의 목소리가 환청은 아니었죠? 그 사람이 제가 죽는 걸 보게 했어요?"

"원래 독을 마시고 깨어나면 말이 많아지나?"

공작은 곧 바스러질 몰골을 하고서도 말을 잇는 레나를 향해 핀잔했다.

그들은 아무도 없는 방에서 대화를 하고 있었다. 고상한 기품이 흐르는 방은 어쩐지 그간 사람의 출입이 통제된 느낌을 주었다.

레나가 쓰던 성탑이 원래 창고 같은 느낌이었다면, 이곳은 주인이 있었다가 버려진 방 같았다.

"저번에 말했지. 내 성에 첩자가 있다고. 그자가 누군지 모르는데 당신을 살려 둘 수는 없었어. 당신이 진짜 스칼렛이라고 믿는 동시에 당신을 죽이는 모습을 보여 줘야 했고."

그가 어쩔 수 없다는 듯 말을 덧붙였다.

"스칼렛에게 뒤집어씌운 죄목이 부정(不貞)인데 그 상대인 도미닉이 멀쩡하면 이상하겠지."

그녀는 정말 죽었을까?

그는 진짜로 죽인 걸까?

아침나절, 사람들의 출입을 금한 뜰에서 레나를 보란 듯이 죽였다. 흰 천에 검붉은 피가 왈칵왈칵 쏟아졌지만 성에 있는 사람들은 육안으로 식별이 힘든 거리였다.

다들 입을 틀어막은 채 보고 있었을 것이다.

그중에 백작의 첩자도 끼어 있었을 거고, 첩자는 들것에 옮겨져 가는 시신을 확인하고 싶어 애가 닳았을 터였다.

디드로프에게 함부로 물었다간 바로 공작의 귀에 들어갈 테니 첩자가 물어볼 수 있는 상대라곤 호위병이 전부였다.

맥박이 멈춘 것을 내 손으로 확인했다. 호위병이 그리 말해 줘도 첩자는 여전히 의심을 계속할 것이다. 첩자의 의심을 가라앉히려면 도미닉이 필요했다.

연인을 잃고 절망한 기사.

시꺼멓게 타들어 가는 모습은 연기로 꾸며 낼 수 없는 영역이었다.

"도미닉이 미쳐 갈수록 첩자는 당신의 죽음에 확신을 얻을 테지."

"……그에겐 언제쯤 알릴 거죠?"

"첩자의 정체를 밝힌 다음에."

식사와 약은 디드로프가 직접 가져다주었다. 레나는 온종일 귀를 기울이고 있어도 문밖으로 사람 소리가 들리지 않는 것으로 미루어 보아 이곳은 정말 발길도 해선 안 되는 곳인가 보다 했다.

사실 커튼 너머 구석에 떨어진 은제 브러시에서 방의 옛 주인을 짐작할 수 있었지만.

브러시의 손잡이 부분엔 'S' 라는 글자가 음각되어 있었다.

그로부터 한 달 뒤, 디드로프는 첩자에게 마지막 밀지를 쓰게 하고 목을 베었다는 소식을 알려 왔다. 성에서 일한 지 수년 된 하인의 배신이라고 부연 설명도 했다.

이윽고 방문이 열렸다. 레나가 애타게 기다리던 사람이 모습을 드러냈다. 한 달 만에 만난 도미닉은 수척한 느낌을 물씬 풍겼다. 이만하면 첩자가 그녀의 죽음을 믿을 수밖에 없겠다는 생각이 들 정도로.

레나는 환한 미소와 함께 달려가 안겼다.

"난…… 줄리어스의 말을 듣고……."

도미닉은 차마 말을 잇지 못하며 떨리는 손으로 그녀의 머릿결을 만졌다. 레나의 향취를 들이마시고, 레나의 온기를 느꼈다.

"그때 당신이, 피를, 경련을……."

"그만. 그만 생각해요."

"레나."

그들의 뒤로 발소리가 들렸다.

공작은 연인의 재회를 지켜보다가 너무 오랜 시간을 보내선 안 된다며 주의를 일깨웠다. 첩자를 제거하긴 했지만 그래도 한동안 사람들의 눈을 조심해야 했다.

원래는 레나를 조금 더 숨겨 둘까 했으나 그랬다간 친우를 잃을 판이었다고 덧붙였다.

밖에서 공작이 어떻게 독하게 굴었을지, 레나는 짐작조차 할 수 없었다. 게다가 도미닉은 얼마나 고통스러운 시간을 보냈을까.

서로의 존재를 확인하는 애틋한 시간을 보낸 뒤, 도미닉은 방을 나왔다. 친우의 어깨를 잡고 그가 입을 떼려 했다.

"고맙다는 말을 할 거라면 방 안의 사람이 이미 충분히 했어."

공작은 그가 입도 열지 못하게 막아 버렸다.

"개자식."

도미닉이 짧게 뱉었다.

"두 목숨을 살려 줬는데 욕을 먹긴 처음이군. 의욕이 확 꺾이네."

공작이 도미닉의 손을 떼어 냈다. 그러고는 아무 일도 없었다는 듯 계단을 내려가려 했다. 도미닉은 그를 따라가지 않은 채 조용히 물었다.

"그녀의 정체를 알고도 죽여야 하는 이유에 대해 말했잖아. 한데 어째서 살려 준 거지?"
"재밌게도 네 연인 역시 같은 걸 묻더군."

디드로프는 충실한 시종장답게 예의를 갖춘 뒤 먼저 내려갔다. 공작은 몸을 돌려 친우를 보지 않았다. 제자리에 선 채로 계단 아래를 내려다볼 뿐이었다.

"소피를 잃은 기분은 지옥의 맨 밑바닥에 떨어진 것과 같았지. 잠에서 깨어날 때마다 내가 아직 숨이 붙어 있다는 사실을 용서할 수가 없었어. 그건 최악 중의 최악이었고……."

공작이 잠깐 말을 멈췄다.
침묵이 그들 사이에 내려앉았다.

"도미닉 라몬트가 그걸 겪게 둘 순 없었지."

그가 계단으로 발을 내딛었다.

"넌, 날 문밖으로 나오게 한 장본인이니까."

그날로부터 도미닉은 조금씩 기력을 찾고 앞으로 있을 전투에 대비하기 시작했다. 도미닉이 틈틈이 레나의 방을 찾는 걸 공작도 알고 있었다.

하루는 책을 들고 갔다가, 또 다음 날은 나무판과 단검을 들고 갔다가 난리도 아니기에 공작은 조만간 친우가 코끼리를 데리고 레나를 찾지 않을까 생각했다.

그런데 방 안에서 석궁 연습을 했을 줄이야.

공작은 소피가 전장을 따라다니며 그의 시중을 들고 부상병들을 돌보는 것만으로 충분하다고 생각했었다. 이미 그것만으로도 감사한 일이고, 자랑스러운 한편 가슴 졸이는 일이었다.

도미닉은 레나에게 활을 가르쳤다.

나중에 친우가 덧붙이기로 그녀는 댄스보다 그쪽에 더 소질이 있다고 했다. 아직 레나의 댄스를 보지 않아 뭐라 말은 못

하겠지만, 그녀의 화살이 페트론의 목을 꿰뚫었으니 영 틀린 말은 아니었다.

"채터슨 부인, 모든 라벨을 노란색으로 붙이니까 시간이 한참 걸리는 거예요. 안 그래도 노안이 왔는데 일일이 약 이름을 확인하려니 피곤하신 거라고요."

"고 입! 고 입! 라몬트 경이 어째서 레이디를 선택한 건지 이해가 안 가요!"

"상한 우유 같은 소린 하지 마세요. 도미닉이 절 선택한 게 아니라……."

"레이디가 라몬트 경을 택했다고요. 네, 네, 운명의 짝 이야긴 골백번도 들었네요."

하녀들이 배를 잡고 웃는 경쾌한 소리가 복도를 울렸다. 채터슨 부인은 레나의 귀환을 가장 반긴 사람 중 하나였다.

코를 풀어 가며 엉엉 우는 부인의 옆에서 꼬마 핍이 눈물을 훔쳤었다. 그조차 알아채지 못한 새 레나는 로젠하트 성의 일부가 되어 있었다.

"……2년 전 네가 살린 목숨을 오늘날 네 연인이 또 살렸군."

공작은 제 방 침대에서 잠들어 있을 도미닉에게 말을 건넸다.

다른 사람도 많은데 굳이 본인이 가서 신부를 데려오겠다며, 친우가 했던 말이 떠올랐다.

이봐, 내 말 들어서 손해 볼 건 없다고.

정말 그랬다. 도미닉을 알게 된 이후로 친우는 자신에게 해가 될 만한 일을 한 적이 없었다.

목숨을 구하고 힘껏 도와주는 일이라면 모를까.

“그녀가 운명을 따르지 않아서 천만다행이었어, 도미닉.”

공작은 그 말을 끝으로 눈을 감았다. 그리고 아주 오랜만의 낮잠에 빠져들었다.

부상자 돌보랴, 약 지으랴, 채터슨 부인의 결정 장애를 해결해 주랴. 레나는 눈코 뜰 새 없이 바쁜 나날을 보냈다. 그 와중에 도미닉의 경과를 보는 한편, 연인의 잔소리까지 들어주어야 했다.

전투가 끝난 지가 언젠데, 도미닉은 계속 레나 혼자서 석궁을 들고 성벽으로 뛰어든 게 마음에 걸리는 모양이었다. 공작 앞에서는 내 여자가 널 살렸다고 뻐기더니 둘만 있으면 다신 그런 짓은 꿈도 꾸지 말라고 했다.

남자란 참 재미있지, 레나야.

그럴 때면 저 멀리 홀든에 계시는 어머니 목소리가 들리는 것만 같았다.

전쟁터에 나가 피 흘리며 싸우고 나라를 세우고 곰을 사냥해 오면서, 양말을 빨래 바구니에 넣는 간단한 일은 수십 년을 말해 줘도 못 하잖니.

레나의 눈에 도미닉의 행동이나 어머니가 든 예시나 별반 차이가 없어 보였다.

모순이야, 모순.

친구한테 큰소리칠 거면 나한테도 대단했다, 잘했다 해 주든가. 하나만 하라고요, 기사님.

레나가 대충 맞장구치려 하면 도미닉은 대번에 눈치를 채고 명심해 두라고 재차 당부했다. 그러면 레나도 연인의 행동을 고대로 따라 했다.

앞에서는 고개를 끄덕이고 뒤로는 연습을 더 하는 거다.

스스로 몸을 지킬 수 있다는 것을 넘어 소중한 이를 지킨다는 데서 오는 만족감을 버릴 마음은 없었다.

예전의 레나는 그걸 할 수가 없어서 부당한 요구를 받아들여야만 했다.

하지만 지금은 다르다.

"레이디, 편지가 왔어요!"

핍이 강아지처럼 달려와 미색 봉투를 건네자 레나는 밀반죽을 내려놓고 손을 닦았다. 보낸 사람이 누군지 알고 있기에 얼굴에 화색이 돌았다.

봉투를 뜯기 전 그녀는 핍에게 앞면을 들이밀며 물었다.

"앞에 뭐라고 쓰여 있지?"

요즘 핍은 학교에 가지 않는 대신 디드로프와 레나에게 일주일에 네 번씩 읽고 쓰기를 배웠다. 시종장은 철저한 성격답게 기초부터 엄격히 가르쳤고, 반면 레나는 재미있는 이야기책을 가지고 수업했다.

어찌 보면 '고작' 종자 꼬마를 가르치는 일이었다. 읽고 쓰고 셈하는 것만 할 줄 알면 소년은 앞으로 어디 가서 배 곯을 일은 없을 터다.

한데 의외로 디드로프가 이 일에 진지하게 임했다. 심지어 수업 시간에 레나 선생님의 진도를 묻는 등 은근히 견제하는 모습까지 보여 레나만 신이 났다.

채터슨 부인도 그렇고 이 성의 사람들은 다들 귀여운 구석이 있다니까.

"어, 으음……."

핍이 봉투 겉면의 글자를 뚫어지게 노려보았다.

"급할 필요 없어. 아무도 뭐라고 안 해."

"음, 저, 이거 알아요. 어……."

아이가 머리를 쥐어짜 내는 소리가 레나에게까지 들렸다.

"소중한, 나의…… 아, 아니, 우리의 딸, 레나에게."

핍이 칭찬을 바라는 강아지 같은 눈으로 레나를 올려다보았다. 맞게 말한 것 같은데 확신은 들지 않고 불안한 게다. 꾸중인가, 칭찬인가. 두 갈래의 길에서 레나가 씩 웃었다.

"잘했어, 젊은이."

파이를 구우면 따끈한 첫 조각을 주겠다고 하자 아이의 얼굴이 활짝 폈다. 핍이 부엌을 나가고 레나 혼자 넓은 공간에 남았다. 그녀는 부푼 마음으로 내용물을 꺼냈다.

공작은 페트론 백작에게 받은 만큼 철저히 갚아 주었다.

그가 얼마나 이를 갈았느냐면 2년 전 백작이 했던 전술을 똑같이 따라 해 홀든의 성을 쳤다. 백작은 상대가 로젠하트를 방비하면 했지 설마 변방까지 병사를 보낼 줄은 생각지도 못했으리라.

전 병력이 빠져나간 백작성엔 최소한의 인원만이 남아 있었다.

공작 측은 백 명도 채 안 되는 인원으로 순식간에 성을 점령할 수 있었다. 그들은 지시받은 대로 백작의 가족들을 생포했고, 겁에 질려 덜덜 떠는 삼남을 다그쳐 감옥에 갇혀 있는 집시 부부를 구출해 냈다.

덕분에 유벤타와 미구엘은 무사할 수 있었다. 부부는 병사들의 호위를 받아 다시 영지 끄트머리의 집으로 돌아갔다. 그리고 레나는 부모님의 소식을 듣자마자 그들에게 편지를 써 보냈다.

로젠하트로의 초대장이었다.

이곳은 풍요롭고 안전한 데다 좋은 사람들과 저를 사랑해 주는 연인이 있어요. 레나는 부모님께 도미닉을 꼭 소개하고 싶었다. 누가 널 데려가겠냐며 농담 반 진담 반으로 걱정스러워하던 아버지에게 이토록 훌륭한 사람을 만났다며 안심시켜 드리고 싶었다.

상기된 얼굴로 편지를 읽어 가던 레나는 자신의 예상과 다른 답신에 멈칫했다. 그러나 편지를 다 읽어 갈 쯤에는 잔잔한 미소를 머금고 있었다.

"뭘 보며 그리 웃고 있을까, 레이디 레나."

익숙한 목소리가 들렸다. 고개를 들자 부엌 문가에 기대어 서 있는 도미닉이 눈에 들어왔다.

"내일까지 침대에 누워 있으라고 했을 텐데요."

"이것보다 심한 부상을 입고도 하루 만에 나다녔어."

"오, 그건 10년 전 얘기겠죠?"

레나가 잊지 말라는 듯 강조하며 말했다.

"열여섯 살 때야 오늘 뼈가 부러져도 자고 나면 붙는 나이니까요. 하지만 라몬트 경은 스물일곱, 아니지, 해가 바뀌어 스물여덟이잖아요."

그녀는 마치 '28'이라는 숫자의 앞뒤가 바뀌기라도 한 듯한 표정을 지었다. 미간을 찡그리고 볼을 부풀리며 고개를 저었다.

“후, 몸조리란 말이 괜히 있는 게 아니에요.”

“채터슨 부인이 당신과 대화만 하고 나면 약 올라 죽으려 하던데 이유를 알 것 같군.”

도미닉이 눈을 흘기며 가까이 다가왔다.

“몹쓸 입이야.”

“언제는 달콤한 혀라고 해 놓고.”

“쯧.”

도미닉이 혀를 찼다. 짐짓 나무라는 표정을 지어 보이려 했지만 그의 입가에 미소가 번지는 걸 레나는 알아챘다.

그는 레나의 도발을 좋아한다. 사뿐히 안겼다가 펀치를 먹이는 앙큼한 면을 좋아한다. 그래 놓고 레나의 맑고 천진함에 빠져들었다고 말한다.

물론 내가 한 맑음 하지만 말이야.

레나의 귀에 다시금 어머니의 목소리가 들려왔다. 남자란 참 재미있어, 안 그러니?

“홀든에서 온 편지예요.”

레나가 편지를 들어 보였다.

“부모님께 로젠하트로 거주지를 옮기는 게 어떠냐고 여쭤 봤는데 그냥 거기 머물겠다 하시네요.”

“몸이 편찮으신가?”

도미닉이 바로 걱정스런 얼굴로 물어봤다. 다정한 사람.

레나는 살래살래 고개를 저었다.

"이미 그 땅에 뿌리내리신 것 같아요. 페트론의 존재와 상관없이요."

홀든 사람들과도 정이 들었고 장차 그곳이 어떻게 변화할지도 기대된다고 적혀 있었다. 아쉽지 않다면 거짓말이겠지만 레나는 부모님의 결정을 존중했다.

유벤타와 미구엘은 드디어 자유의지로 자신들이 머물 곳을 정한 것이다. 그들은 자신의 피에 흐르는 집시의 본능을 따를 수 있었다. 백작의 손에 반강제로 주저앉은 지 10년이 더 지난 지금에야 마침내.

그들은 행복했고 레나는 만족했다. 이것은 아름다운 결말이었다. 물론 그들은 딸의 담대한 선택과 그에 따른 미래를 축복해 주었다.

"내 이야긴?"

도미닉이 정말 괜찮겠냐는 듯 레나의 심기를 살피며 물었다.

"당신 옆의 남자 이야긴 안 했어?"

"당연히 했죠."

레나가 눈을 깜박이며 대답했다.

"그의 명성과 빼어난 외모와 훌륭한 능력과 재치, 매너,

화술까지 무엇 하나 빼놓지 않고 고스란히 얘기했어요. 맞아, 초상화까지 곁들였는걸요."

"……난 그런 거 그린 기억 없는데."

"핍이 요즘 미술 공부도 시작한 거 알아요?"

그녀의 연인은 똑똑했다. 도대체 종자가 왜 그림 공부까지 해야 하는지 묻는 대신에 느른한 미소를 띠었다. 눈앞의 레이디를 깨물어 먹고 싶다는 표정을 지은 채.

그것은 모든 걸 체념한 표정이기도 했다.

"대답은 듣지 않는 편이 낫겠군."

"왜요? 당신의 과거와 현재와 미래에 대한 점괘가 한 바닥인데."

"이래 봬도 인문과 과학을 중시하는 가문 출신인지라."

"지금 우리 집안 무시했어요?"

도미닉이 문 쪽으로 걸어갔다. 더 이상 몸조리가 필요 없다는 말은 거짓이 아닌 듯, 걸음이 꽤 빨랐다. 거의 평소와 다를 바 없을 정도였다.

레나는 그의 뒤를 졸졸 쫓아가며 따져 물었다. 파이용 밀반죽을 너무 오랫동안 내팽개쳐 두었다는 사실도 잊은 채 그녀는 문밖까지 따라나섰다.

"기억하라고. 장모님은 내가 아닌 줄리어스를 예비 사위로 지목한 분이란 걸."

"그것에 대한 내용도 편지에 있어요."

"도미닉 라몬트가 아니라 줄리어스 아미티지라니 세상에."

도미닉이 허공을 쳐다보았다.

"내가 키스하는 걸 못 봐서 그러셨나."

따질 거리를 열 개쯤 떠올리던 레나는 순간 제 귀를 의심했다. 이제껏 떠올린 질문들이 일시에 새하얗게 날아갔다.

키스? 키스하는 걸 못 봐서 공작을 찍었다고 그랬어, 지금?

"그거랑 저게 무슨 상관이냐는 표정인데, 레이디."

어느새 도미닉은 몸을 돌려 레나를 마주 보았다. 뺨에 묻은 밀가루를 털어 주며 그가 웃었다.

"상관있어."

상관이 있단다.

"우리 둘 사이의 불꽃을 보셨으면 바로 줄리어스를 치워 버렸을 거야."

"불꽃."

"그렇지, 불꽃."

레나는 지금까지 그와 나눈 키스를 떠올려 보았다. 그는 이제 한계에 닥친 사람처럼 시도 때도 없이 레나의 입술을 탐했지만 무엇보다 인상적인 건 첫 키스였다. 사제와 백작가를 얼음으로 만들어 버린 진한 입맞춤.

그녀는 잠시 그 농도와 상황을 짚어 보다가 과연 부모님이

보기에 적합한 광경이었느냐는 질문에 이르렀다.

아무리 생각해 봐도 곤란했다.

자, 그러지 말고 조금만 마음을 열고 생각해 보자. 우리 집은 젊은 남자와 정답게 얘기하며 걸어간다고 해서 하늘이 무너진 것처럼 굴지 않아. 아마 팔짱까지도 괜찮을 거야. 어머닌 오히려 눈을 빛내며 누구냐고 물으실 수도 있어.

이보다 활짝 열기 힘들 만큼 마음을 열었지만 결론은 매한가지였다.

안 돼.

"불꽃같은 소리. 행여 다른 사람들 앞에서 키스할 생각은 하지도 말아요."

"다른 사람들이라면 가령……?"

도미닉이 슬쩍 저쪽을 보는 것 같다가 레나에게 질문을 던졌다. 그녀는 열심히 다른 사람의 범위에 대해 설명했지만 말을 미처 끝맺기도 전에 도미닉에게 안겨 다디단 키스를 당했다.

완전히 품에 끌어안겨 혀를 얽혔다. 그의 가슴을 콩콩 치던 주먹도 어느덧 힘을 잃고 늘어뜨려졌다.

공작과는 손도 잡아 본 적이 없어서 감히 짐작할 수 없지만, 레나는 도미닉과 키스를 나눌 때마다 발끝이 오므라들고 가슴이 간질간질해지는 기분이었다.

어떻게 시작되었는지, 이곳이 어디인지 같은 건 상관없어지는 키스였다.

점점 이다음이 궁금해지는 그런.

"……여긴 내 성이라고."

어느 순간, 멀리서 그런 말이 들린 것 같았다. 짜증과 넌더리가 뒤섞인 목소리는 먼지 같은 발소리와 함께 차츰 멀어졌다.

굉장히 누군가와 닮은 목소리였는데.

공작인가?

"집중."

살짝 입술을 뗀 도미닉이 레나의 귓불을 꼬집었다. 저쪽을 쳐다보는 도미닉의 눈이 짓궂은 웃음을 띠고 있었기에 레나는 자신의 예상에 확신을 가졌다. 물론 그런 것쯤은 아무 상관도 없게 되어 버렸지만 말이다.

"왜 이렇게 긴장한 거지?"

도미닉이 레나에게 물었다. 그들은 마을의 고급 여관으로 향하고 있었다. 막내아들의 결혼 통보에 시골 영지에 틀어박혀 살던 라몬트 남작 일가가 로젠하트를 방문한 것이 이유였다.

둘도 없는 친우의 가족인데 당연히 성에 모셔야 한다는 공작의 권고도 무시한 채, 도미닉은 굳이 마을에 숙소를 얻었다.

공작은 희한해했고, 레나는 불안해했다. 그녀의 머릿속엔 도미닉이 자신을 가족에게 소개하기 껄끄러워한다는 말도 안 되는 망상이 흘러넘쳤다.

터무니없다는 걸 알고 있는데도 뭔가 찜찜했다. 사실 스스로에게 좀 켕기는 부분이 있기에 이런 생각을 하는 걸지도 몰랐다.

"페트론 백작은 죽었어. 일가는 영지와 작위를 빼앗겼지. 당신을 괴롭힌 그 집 망할 차남은 얼마 전 술집에서 횡포를 부리다 사람들에게 맞아 죽었다더군."

방향을 잘못 짚은 도미닉이 말을 이었다.

"혹시 스칼렛 때문에 그러는 건가? 줄리어스가 그 여자를 압송해 오라 해서?"

도미닉의 표정이 돌연 냉혹하게 변했다.

"아무도 당신을 해치지 못해. 성에서 그 여자와 마주치는 게 불편하면 마을에 따로 집을 마련해 줄게."

"공작님이 어련히 알아서 가두시겠죠."

레나 또한 행여 스칼렛과 대면하게 되는 상황이 불편했지만 지금 코앞에 닥친 문제는 그게 아니었다. 어젯밤 가지고 있는 모든 옷을 꺼내 놓고 입어 봤다가 벗길 되풀이했다.

어른들이 좋아하실 옷차림은 뭘까? 어떤 걸 입어야 더 예쁘게 보일 수 있을까?

결국 채터슨 부인은 옷 따윈 아무래도 상관없으니 아예 발가벗고 가시라며 발을 굴렀다.

그랬더니 이번엔 잠이 부족해 피부가 까칠해진 것 같아서 걱정이었다.

"도미닉이 너무 좋은 나머지 당신의 신분을 깜빡하고 있었어요."

레나가 손부채질을 했다. 긴장한 탓인지 열이 올랐다. 3월 중순이면 아직 더위를 타기엔 이른 시기였다. 꾸벅 인사를 하며 지나가는 마을 사람들이 레나를 신기한 눈으로 쳐다보았다.

"남작가의 영식. 귀족이란 말이에요."

"설마 난 내 귀족 신분 때문에 버림받는 건가?"

"버림이요? 도미닉이 왜 버림을 받죠?"

레나가 한숨을 쉬었다.

둘이서 손을 잡고 외국으로 도망가지 않는 이상 본우드에서 다른 신분 간의 결혼은 힘들 것 같았다.

그렇다고 해서 집시 부모님의 혈통이 부끄러운 것은 결코 아니었다. 레나는 부모님의 모든 것을 사랑했다. 하지만 상대방도 같은 생각일지 묻는다면 흔쾌히 답할 수 없을 것이다.

레나도 사람인지라 도미닉의 가족들에게 환영을 받고 싶었다.

공작성에 처음 발을 들였을 때 받은 냉대를 떠올리면 그때는 어떻게 용케 버텼나 하는 생각이 들었다. 그 대접을 다시 받고 싶은 마음은 없었다.

한데 당혹스럽게도 도미닉의 표정이 굳어졌다.

"긴장해야 할 쪽을 묻는다면 나겠지."

그가 길 저편을 보며 말했다. 끝까지 가서 모퉁이를 돌면 바로 여관이었다.

"우리 가족이 시골에서 안 나오는 이유를 떠올려 보라고, 레나."

"전원생활이 체질이시겠죠."

"그들은 도망친 거야."

도미닉은 마음 같아선 이대로 몸을 돌려 성으로 돌아가고픈 어조로 말했다.

"남녀노소 할 것 없이 눈이 시뻘게질 때까지 책을 읽고, 고대 어느 왕조의 어떤 유물에 대해 사흘 밤낮을 떠들어도 비난받지 않을 곳으로 간 거지."

"심지어 학구파 귀족이네."

레나의 한숨이 깊어졌다. 조만간 그녀는 자신이 내쉬는 한숨과 함께 땅속으로 꺼질 수도 있었다.

"듣기엔 그럴듯해. 독서를 즐기시는군요. 하지만 한 시간만 그들 사이에 끼어 있으면 제아무리 줄리어스라도 성탑 밖으로 몸을 던질걸."

모퉁이가 점점 가까워 왔다. 심판의 시간이 다가오고 있었다.

"난 당신 안 놓쳐."

도미닉이 레나를 향해 낮게 말했다.

"미리 말하지만 도망은 꿈도 꾸지 마."

누가 할 소리냐며 되받아쳐 주고 싶었지만 안면 근육이 굳어져서 입술이 움직이지 않았다.

작은 정원까지 딸린 훌륭한 여관이 그들의 눈앞에 나타났다. 손잡이에 손을 올리기도 전에 안에서 문이 열렸다. 깔끔한 차림의 주인이 그들을 반겨 주었다.

"라몬트 경. 레이디."

모든 것이 물 흐르듯 진행되었다. 주인은 2층의 응접실로 그들을 안내했고, 거기엔 남작 일가가 있었다.

흑발 사이로 회색 머리카락이 섞인 라몬트 남작, 젊은 날의 미모가 짐작되는 남작 부인, 두 명의 형과 단단히 주의를 받은 누나까지 한가득이었다. 단출한 가족 출신인 레나는 일단 도미닉까지 더해진 규모에 압도되었다.

도미닉이 목소릴 가다듬었다.

"이 아가씨가 결혼 상대, 레나입니다."

"안녕하세요. 처음 뵙겠습니다."

그러나 남작가는 아침부터 시작된 기다림에 지쳤는지 저들끼리 떠드느라 정신이 없었다. 다들 점잖고 아름답게 생겨서 로젠하트의 역사에 대해 줄줄 읊어 댔다. 그것도 고대어와 외국어 원전을 예로 들며 열띤 토론을 벌였다.

책깨나 읽었다는 레나조차도 못 알아들을 단어가 섞여 있었다.

모르는 이가 봤으면 이들이 로젠하트의 영주 일가인 줄 착각할 지경이었다. 물론 그렇게 착각하려면 우선 그들이 떠드는 소재를 알아먹어야 하겠지만.

도미닉이 경고하던 게 이런 거였구나.

레나는 말을 잃은 채 연인의 가족을 지켜보았다.

"……와, 지금 누님께서 700년 전 고서에 대해 얘기하신 거 알아요?"

그녀가 연인에게 소곤거렸다.

"그라페키아를 읽은 사람이 있다니."

순간, 시장 한복판처럼 시끄럽던 응접실에 정적이 흘렀다. 말소리가 일시에 뚝 끊기자 그건 그거대로 오싹한 분위기였다. 레나는 간발의 차로 혀를 깨물 뻔한 위기를 넘겼다. 자신과 도미닉이 온 줄도 모르던 사람들이 갑자기 말문을 닫았다.

기름칠을 덜한 목각 인형처럼 다섯 명의 목이 끼기긱 돌아갔다. 모두의 시선이 도미닉이 아닌 레나에게 꽂혔다.

입안이 마르는 이유는 왜일까.

레나는 절로 몸이 움츠러드는 기분이었다.

채터슨 부인의 말이 맞았다. 드레스 따윈 상관없는 거였다. 레나는 지금 드레스고 인사고 뭐고 이 자리를 피하고만 싶었으니까.

"그라페키아를 알아요?"

어머니를 닮아 깊은 개암나무색 눈동자를 지닌 남자가 물었다. 도미닉이 옆에서 작은 형님이라고 귀띔해 주자 레나는 얼른 무릎을 굽혀 인사를 한 다음 대답했다.

"간략한 내용만 알아요. 귀한 책이잖아요. 제가 살던 곳의 도서관에는 복제판조차 없었어요."

"우리 집에 원본이 있어요."

도미닉의 누나가 말을 거들었다. 아, 나 이거 알아. 레나는 이 상황과 유사한 기억을 떠올렸다.

어릴 때 이웃집 친구가 비슷하게 말하곤 했다. 레나야, 오늘 우리 집에 놀러 올래? 아빠가 사다 주신 과자가 있어.

그거네. 말할 것도 없이 그 상황이야. 그녀는 마음속으로만 눈알을 굴렸다. 복제판도 구하기 힘든 원본을 집에 갖춰 놓은 가문이라. 그라페키아 복제판이 시장에서 얼마에 팔리더라?

레나는 태어나서 금화를 만져 본 적이 없었다. 어떻게 생겼는지도 모른다. 아마 평범한 사람들의 대부분이 다 그럴 것이다. 손때 묻은 너덜너덜한 책을 놓고 100골드나 받아서 평생 돈을 모아도 다 낡은 복제판 구경조차 못 하겠다며 낙담한 기억이 있었다.

그렇다면 도대체 원본의 가치는 얼마나 된다는 걸까?

설마 저렇게 책을 좋아하는 사람들 집에 달랑 그 책 한 권만 있을 리는 없을 터.

으, 그만 생각하자.

레나는 혹시라도 이런 생각을 들키면 그들이 속물적이라고 뭐라 하지 않을까 염려가 되었다. 정작 자신이 매료된 건 가치가 아니라 원본 그 자체임에도 말이다. 짐작할 수도 없는 가치에 대해선 그만 생각하는 편이 좋다.

하지만 원본이라니.

그라페키아 원본을 가진 집이라니!

적어도 레나에게 있어선 지금 이 순간 도미닉의 가족이 국왕 일가보다 어렵고 고귀한 존재였다. 감히 내가 이런 가문의 일원이 되어도 될까?

"다, 다른 책은 뭐가 있나요?"

"……세상에, 레나."

삐딱하게 선 채 가족들을 노려보던 도미닉이 절망적인 투로 탄식했다. 끝까지 믿었던 사람이 그를 두고 적들의 손을 잡으면 아마 도미닉에게서 지금과 비슷한 소리가 나올 것이다. 레나는 저도 모르게 움찔했다.

그녀 스스로도 알고 있었다. 방금 전 자신의 목소리가 지나치게 설레이고 있었다는 것을. 생일을 손꼽아 기다리던 아이가 이번 생일 선물은 어떤 거냐고 묻는 목소리와 닮았다는 것을. 그녀부터가 알고 있었다.

그렇지만 어쩌랴. 두근대는 마음을 가눌 길이 없었다.

어른들을 대하는 게 어렵고 무서웠지만 책에 대한 기대감이 그녀를 움직이게 했다.

"향기의 역사, 바덴 왕국의 첩자들, 드래건과 유니콘, 노예에서 황제로."

도미닉의 누나가 마치 비밀 주문을 외우듯 제목을 읊었다.

"모두 원본이에요."

"바덴 왕국의 첩자들! 그거 정말 읽고 싶었어요."

"앞부분은 고대어로 되어 있는데."

"그래서 읽는 맛이 살아 있죠."

좀 난해해도 아예 전체가 다 고대어로 되어 있으면 얼마나 좋았겠느냐고 개인적인 아쉬움을 표하자 아가씨의 눈이 빛났다. 정확히 표현하자면 '번득이다' 라는 말이 맞겠다. 도미닉과 똑같은 색의 눈동자라서 더 섬뜩한 것 같았다.

레나가 씻은 지 얼마 안 돼 촉촉한 물기를 머금고 있으면 도미닉이 딱 저런 눈빛을 했던 것 같은데.

"이런, 이런. 우리가 숨은 실력자를 몰라봤군요."

소파에 앉아 있던 남작 부인이 일어나 레나에게 다가왔다. 부인은 수십 년간 도시로 나오지 않은 사람이라곤 믿기지 않을 만큼 우아한 자태를 지니고 있었다. 구름 위를 걷는 듯한 몸놀림을 보면서 레나는 자신이 속성으로 배운 예법과는 기본부터가 다름을 통감했다.

지금부터 엄한 예법 선생에게 종아리를 맞아 가며 배워도 저렇게 걸을 수 없으리라. 차라리 다시 태어나는 편이 빠를지도 몰랐다.

"홀든의 레나, 라몬트 남작 부인을 뵙습니다."

"반가워요. 예의는 넣어 두도록 해요."

본인은 타고난 예법의 화신 같으면서 레나에게는 편하게 대하길 권했다.

"관심사 이야기만 나오면 혼이 빠진답니다. 우리 가족이 이래요. 그래서 도미닉이 성년이 되자마자 집을 뛰쳐나가 기사단에 투신한 것 같아요."

"투신이라니. 다른 표현 없습니까?"

도미닉이 중얼거렸지만 남작 부인은 아들의 말에 꿈쩍도 하지 않았다.

"얼굴이 가물가물할 때서야 한 번씩 집에 들르더니 얼마 전엔 느닷없이 결혼을 하겠다지 뭐예요."

"……죄송합니다."

레나가 자그만 목소리로 말했다. 왠지 이때쯤에 자신이 사과를 해야 할 것 같았다. 왜냐면 옆에 서 있는 남자는 전혀 그럴 기색이 없어 보였기 때문이다. 남작 부인이 가볍게 손을 내저었다. 새털 같은 손짓이었다.

"아가씨가 사과할 일이 아니에요. 괘씸한 건 아들 녀석이죠."

그래도 섭섭한 기분이 드는 건 어쩔 수 없었다고 했다.

"아가씨의 인상 깊은 점을 스무 가지나 기술해 놓고 맨 끝에 간단히 덧붙였더라고요. 다른 사람이 그녀에 대해 물었을 때 위와 같은 말을 할 수 있겠죠. 하지만 사실은 이거예요. 전 레나가 그냥 레나라서 좋습니다. 결혼하겠습니다."

레나는 그 자리에 선 채로 빨갛게 달아오르고 말았다. 오늘 날씨는 역시 이상한 게 확실했다. 그렇지 않고서야 아무리 실내라도 초봄에 이렇게 더울 수가 있나.

아들이 보낸 편지를 아들의 연인 앞에서 토씨 하나 틀리지 않고 읊어 버린 남작 부인이 부드럽게 미소 지었다.

"바보 같은 아이예요. 아가씨가 고전문학에 관심 있다는 말만 했어도 바로 축하를 보냈을 텐데."

"배움이 짧아서 그래요."

그러니 레나가 부디 이해해 달라는 듯, 도미닉의 누나가 밝게 웃었다. 이제 레나는 아무래도 좋다는 생각이 들었다. 포기다. 이분들 속도를 못 따라가겠어.

그녀의 속마음을 눈치채기라도 했는지 도미닉이 지그시 어깨를 감싸 안았다.

내가 경고했지.

아무리 후회해도 놔주지 않을 거라는 것도 말했지.

그의 속말이 손끝에서 전해졌다.

"우리를 질색하더니 결국 우리랑 비슷한 아가씨와 결혼하게 됐네요. 솔직히 말해서 쌤통입니다."

큰 형님이라는 사람의 첫 마디가 이랬다.

"환영해요, 레나."

"반가워요."

여기저기서 환영의 인사가 날아들었다. 정말 이걸로 끝인가 싶어 레나가 당황한 눈으로 도미닉을 쳐다보았다. 그러자 그는 남작가가 괴짜 소굴이라고 자기 나이만큼 말해 주지 않았냐며 그녀를 을러 댔다.

천생 귀족이란 말이 어울리는 아미티지 공작.

귀족 신분을 썩은 열매보다도 하찮게 만드는 품성의 페트론 백작.

이들이 이제껏 레나가 알던 귀족의 전부였다. 진정 극과 극의 예시라 할 수 있겠으나 오늘로써 레나는 이 목록에 새로운 예를 추가하게 되었다.

신분보다 자기들의 관심사가 중요한 라몬트 남작가.

이들에게 굳이 귀족 신분이란 게 필요했을까 하는 의문이 들었다. 남작 일가에겐 그저 책을 사 모을 수 있는 재력이면 충분하지 않았을까.

과장이 아니라 이들은, 소실되었다고 알려진 고서와 귀족 신분을 맞바꾸자는 제안을 받으면 두 번 생각할 것 없이 지위를 버릴 것 같았기 때문이다.

세상은 넓고 사람은 다양하구나.

사제 앞에서의 정식 결혼 때는 어떡하느냐 묻자 그런 걸로 고민할 필요 없다는 대답이 돌아왔다.

남작의 먼 친척 딸 이름이 로렌이라고 했다. 9촌인지 10촌인지 촌수조차 기억나지 않는 아가씨는 외국으로 간 지 오래라는 설명과 함께,

"로렌, 로레나, 레나. 비슷하지 않아요?"

산뜻한 미소가 돌아왔다.

왠지 이분들과 있으면 현실감각이 떨어질 것 같아.

이것이 도미닉 가족과의 만남에 대한 마지막 감상이었다.

사실 그거면 충분하긴 했다.

아미티지와 페트론의 이름으로 사제 앞에서 서약했던 두 사람은 이제 각자 원래의 신분으로 예식장에 들어섰다.

이날을 위해 예약한 마을 예배당은 흰 레이스와 리본, 은은하게 푸른빛을 띠는 장미로 꾸며졌다. 장엄하고 격조 있는 분위기로 따지면 백작 영애의 신분으로 들어섰던 식장보다 이쪽이 우위였다.

하늘을 찌를 듯 높게 솟아오른 첨탑이며 벽면 위쪽을 따라 늘어선 유리창이 숨을 턱 막히게 만들었다. 유벤타와 미구엘은 참석하지 않았지만 레나는 부모님의 조언을 잊지 않았다.

어디서든 네가 네 자신이라는 걸 기억하렴.

레나는 공작 측에서 준비해 준 부케를 감사히 화병에 꽂아두고, 그날 아침에 직접 만든 클로버 부케를 들었다. 로젠하트가 변방보다 따스한 곳이라 다행이었다.

홀든이었으면 어림없었을 텐데 이곳에서 식을 올려 소담

한 초록 부케를 들 수 있었다.

보송보송 하얀 꽃이 고개를 내밀고 있는 부케는 부모님의 결혼식 때 유벤타가 들었던 것과 똑같았다.

행운을 뜻하는 네잎 클로버와 행복을 의미하는 세잎 클로버가 한데 모여 있었다. 하지만 레나는 이것보다 아버지가 귀띔했던 뜻이 마음에 와 닿았다. 꼭 비밀을 알려 주듯 나직하게 말하던 미구엘.

"실은 꽃말이란 것도 갖다 붙이기 나름이라 하나의 꽃이 여러 개의 뜻을 지니기도 한단다. 보통 사람들은 클로버라고 하면 행운과 행복을 떠올리지. 그런데 아비는 애정과 용기라는 뜻이 더 마음에 들더구나. 두 사람이 하나가 되는 결혼이란 건 말이다, 레나야. 따스한 애정과 강한 용기가 필요한 것이거든. 영원히 굳건하고 아름다울 줄 알았던 옆 사람이 실은 연약한 존재라는 깨달음을 받아들일 용기. 그게 참으로 필요한 것이지. 이 아비는 네게 그런 용기가 깃들게끔 하는 짝을 만났으면 싶구나."

아버지의 다정한 목소리가 레나의 곁에 함께했다. 신부를 인도하는 이는 공작이지만 지금 이 순간 레나는 아버지의 손을 잡고 걷고 있음을 느꼈다.

저기에 레나의 짝이 있었다.

운명조차 거스르고 평생을 함께하고자 마음먹게 한 그녀의 반려.

아버지, 저 사람이에요.

레나는 미구엘을 향해 말했다. 그 사람을 찾았으니 이제 안심하시라고.

새하얀 웨딩드레스와 레나의 눈동자, 청신한 빛깔의 부케가 조화를 이루었다. 공작은 아리따운 신부를 친우의 손에 넘겨주었다. 면사포 너머 도미닉과 눈을 마주하자 그가 묘한 눈길을 보냈다.

"어쩐지 구면인 것 같군요, 레이디."

레나는 필사적으로 웃음을 참았다. 첫 번째 예식은 분을 삭이느라 혼쭐이 났는데, 이번은 웃음을 참는 게 관건일 것 같았다.

"종종 이렇게 신랑 일을 뛰시나 봐요."

레나가 소리 죽여 대답했다. 뭐든지 하다 보면 능숙해진다는 말은 거짓이 아니었다. 겨우 두 번째 예식이지만 그래도 저번에 한 번 해 봤다고 떨림이 덜했다.

"혹시 뭐 그런 직업인가요? 예식 용병?"

"이게 열두 번째 결혼이죠."

도미닉이 말을 받았다.

"어쩌면 예전에 식장에서 만났을 수도 있습니다. 너무 개의치 말아요."

참아야 하는데. 사제님의 얼굴이 이미 당황함으로 붉어지셨는데.

"한 번 했다가 좋으면 또 하고 그러는 거지."

풉!

결국 터지고 말았다.

"……아, 죄송해요. 계속하세요."

레나는 면사포 너머로 사제에게 미안함을 표했다. 비교 대상이 없어서 잘 모르겠는데, 어째 순서나 하는 말은 홀든에서의 예식과 흡사한 것 같았다.

키스도 비슷하려나.

신랑 신부의 서약이 끝나고 도미닉이 레나의 면사포를 들어 올렸다. 그의 눈과 그녀의 눈이 마주쳤다. 서로를 향한 눈빛이 달콤했다. 이번에는 공작가의 화려한 결혼반지 대신 도미닉이 준비한 반지가 레나의 손에 끼워졌다.

드디어 맞는 옷을 입었다는 느낌이 들었다.

진정으로 완벽하게 들어맞았다는 느낌.

"이제 신랑은 신부의 입술에 신성한 서약의 키스를 하십시오."

사제가 예식의 마지막을 알렸다. 신랑의 눈에 은밀한 이채가 돌았다.

"때가 됐군."

"도미닉 라몬트 경."

레나는 이쯤에서 현실을 일깨워 줘야 할 것 같은 의무감에 도미닉의 이름을 불렀다.

"경도 아시겠지만 이곳엔 당신의 친우와 부모님과 형제자매와 부하와 매일 얼굴을 맞대는 사람들이 있어요."

"알려 줘서 고맙군요, 레이디."

도미닉이 씩 웃으며 레나의 허리를 강하게 끌어당겼다. 가슴 아래부터 발끝까지가 완전히 밀착되는 자세였다. 이미 이것만으로도 과한 감이 있었다.

이대론 안 되겠다 싶어 입을 열려는 레나를 향해 그가 말했다.

"그런데 제가 배움이 짧아서."

뒤끝 있는 한마디를 남긴 도미닉이 고개를 숙였다. 손바닥으로 그녀의 얼굴을 감싼 채 입술을 겹쳤다. 가을의 첫 키스를 지워 버릴 듯 뜨거운 키스가 레나를 휘감았다. 방종한 혀가 제자리에 있질 못하고 레나의 입안을 넘나들었다.

나른하게 문질러질 때마다 다리의 힘이 빠져나갔다. 몸을 감싸고 있는 드레스가 차츰 불편하게 느껴졌다.

너무 많이 걸치고 있어.

도미닉의 손가락이 레나의 뒷목을 천천히 어루만졌다. 평소엔 남의 손이 닿을 일이 없는 곳이라 배로 예민했다. 허리께가 아찔하면서 소름이 돋았다.

레나의 몸은 그렇게 녹아내렸다.

"이다음은 오늘 밤에."

가까스로 입술을 뗀 도미닉이 그녀의 귀에 대고 속삭였다. 부부의 탄생을 축하하는 종소리가 때마침 예배당에 울려 퍼지기 시작했다.

다시, 시작이었다.

이번엔 틀림없이 행복하리라.

이 흑기사의 옆에 있으면 다른 건 몰라도 책 속 이야기가 부럽지 않을 만큼 스릴이 넘칠 거라는 사실 하나만큼은 확실히 장담할 수 있었다.

앞으론 무슨 일이 자신들을 기다리고 있을지, 레나의 가슴이 두근거렸다.

epilogue

레나의 드레스 자락이 대리석 바닥을 쓸었다. 이제 사뿐사뿐 레이디다운 걸음걸이가 자연스럽게 나왔지만 오늘의 그녀는 유달리 긴장한 상태였다.

다름 아니라 그녀가 발을 딛고 서 있는 장소 때문이었다.

왕궁이라니.

1년 반 전의 레나는 음험한 영주의 위협을 꼼짝없이 받아들여야 하는 처지였다. 그녀가 아는 세상은 북쪽 숲부터 홀든의 경계까지였고, 이변이 없는 한 그곳에 쭉 살 예정이었다.

하지만 그런 레나의 세상이 요동쳤다.

그리고 지금은, 도미닉 라몬트 경의 부인이자 아미티지 공작의 일행으로 왕궁에 들어와 있었다.

시골 다락방에서 왕궁으로! 그야말로 대단한 도약이었다. 책으로 내면 본우드 왕국의 모든 아가씨들이 필독 도서로 삼지 않을까?

시답지 않은 생각을 하면서 긴장을 떨쳐 내 보려 했다. 반면 그녀와 함께 온 두 남자는 왕궁 출입이 익숙한 모습이었다.

“오랜만입니다. 다들 얼굴이 좋아지셨군요.”

“칭찬을 입에 달고 다니시는군요, 경.”

“결혼식에 참석하지 못해서 아쉬웠습니다. 오, 이분이 소문의 그…….”

레나는 주목을 끌게 되자 다소 당황했다. 이번 왕궁 방문도 자신이 조른 것이 아니라 도미닉의 권유 때문이었다.

그는 눈 뒤집히는 페트론 백작의 저택도 봤고, 고풍스럽고 아름다운 로젠하트 성도 봤으니, 왕궁까지 눈에 담는 게 좋지 않겠느냐고 권해 왔다.

레나는 지체 높은 귀부인도 아니고 왕실 친척은 더더욱 아니었다. 그런 자신이 감히 왕궁에 발을 들여도 될까 하는 생각에 사양하려 했지만 도미닉은 물러서지 않았다. 공작까지 모처럼 먼 나들이를 해 보라고 나서자 어쩔 수 없이 따라오게 되었다.

사실 왕궁 도서관이 그렇게 훌륭하다고 들어서 못 이기는 척 와 본 건데, 왕궁 내에 자신에 관한 소문이 돌기라도 한 건가 싶었다. 그렇다면 더욱 당혹스러운 일이었다.

"처음 뵙겠습니다. 레나 라몬트입니다."

"반갑습니다, 레이디. 왕궁에 오신 것을 환영합니다."

정복을 갖춰 입은 시종들이 그녀에게 고개를 숙였다. 처음 보는 레나를 향한 호의와 관심도 모두 도미닉의 평이 좋기 때문이었다.

과연 라몬트 경의 인기는 어딜 가든 알아주는구나.

"전하께서 계신 곳은?"

그러나 공작은 달랐다. 왕궁 사람들도 아미티지 공작만은 대하기가 어려운 듯했다. 그건 레나도 마찬가지였다. 처음 만나는 사람과도 서슴없이 친해지는 레나지만, 유독 공작은 편하게 느껴지지 않았다.

그런 그녀에게 도미닉은 시간이 좀 더 지나면 공작이 방 안에 놓인 의자나 책상처럼 편해질 거라고 했다.

옆에 서 있기만 해도 저절로 고개가 숙여지는 공작이 사물처럼 느껴질 때가 올 거라고?

정말 그런 날이 올까?

"신록의 방에 계십니다."

"영원히 걸어야 되겠군."

도미닉이 짧게 말했다. 공작은 별수 없다는 듯 걸음을 옮겼다.

왕궁에는 방마다 이름이 붙여져 있었다.

벽지나 눈에 띄는 장식물, 바깥 풍경 등에 따라 이름이 정해지는데, 레나는 방 개수가 500개에 달한다는 것을 듣고 일찌감치 왕궁에 익숙해지자는 생각을 포기했다.

500개의 이름과 위치를 언제 다 숙지한담.

그냥 도미닉의 곁에 찰싹 붙어 있다가 혹시 길을 잃으면 지나가는 사람에게 도서관으로 데려다 달라 부탁할 셈이었다.

언제, 어디서 레나가 사라지든 도미닉은 1순위로 도서관을 떠올릴 테니까.

"줄리어스."

도미닉이 공작을 불렀다. 두 걸음 앞서 걷던 공작이 뒤를 돌아봤다.

"접견이 얼마나 오래 걸릴지 모르니까, 난 레나를 데려다주고 오지."

"좋을 대로 해."

"먼저 가 있으라고."

도미닉이 레나를 부드럽게 이끌었다. 공작이 가는 방향과 다른 쪽이었다. 같이 가는 게 아니었나? 레나는 두 사람이 국왕을 만날 동안 문밖에서 기다리게 될 줄 알았다.

"어디 가요?"

"레이디의 보물 창고."

도서관에 가는구나!

레나는 조금 흥분해서 눈을 크게 떴다가 곧이어 눈앞에 펼쳐진 풍경에 감탄했다. 도서관으로 가려면 안뜰이 내려다보이는 복도를 지나야 했는데, 뜰 쪽은 벽 대신 전면 유리창이 세워져 있었다.

그리고 넓은 유리 너머로 보이는 것은 안뜰 전체를 차지하고 있는 거대한 온실이었다.

레나와 도미닉이 있는 2층 천장까지 닿을 듯 커다란 나무도 있었고, 화려한 자태를 뽐내는 색색의 꽃들도 많았다. 레나가 생전 처음 보는 식물들도 태반이었다.

온실 천장은 건물 꼭대기인 3층을 지나 돔 모양으로 둥글게 솟아올라 있었다. 넓은 유리창으로 정오의 햇살이 듬뿍 쏟아져 들어왔다.

레나는 저도 모르게 유리창에 손을 얹고 온실을 들여다보려다가 흠칫했다. 티 하나 없이 닦인 왕궁 유리에 보란 듯 손자국을 낼 뻔했다.

"장관이지."

도미닉이 그녀의 허리를 감쌌다.

"오늘 같은 2월 한겨울에도 저 안에 들어가면 따뜻한 습기가 느껴지거든."

"정말 예뻐요."

두 사람은 다시 걷기 시작했지만 레나의 눈은 여전히 온실 쪽을 향했다.

"온실에 대해선 책에서 잠깐 봤어요. 그림도 없는 몇 줄짜리 설명이어서 막연히 상상만 했었는데."

"페트론도 감히 이것만은 따라 할 수 없었을 거야."

만드는 것도 힘들지만, 유지하는 데에도 대단한 비용이 들어간다고 했다. 외국 사신들이 찾아오면 으레 왕궁 구경을 시켜 주곤 하는데 반드시 이 온실을 지난단다.

국왕이 거하는 장소를 훌륭하게 꾸미는 것은 왕실의 기상을 드높이는 일이었으므로, 어느 누구도 이를 두고 사치라고 하지 않았다. 물론 본우드 왕실은 이런 호사를 누릴 만큼 대륙에 위용을 떨치고 있기도 하고.

레나는 왜 도미닉이 왕궁 방문을 권했는지 이제야 알 것 같았다.

"너무 열심히 들여다보지 마."

좀처럼 온실에서 눈을 떼지 못하는 레나에게 그가 말했다.

"안에 사람들이 있다면 꽤 부끄러울 테니까."

"사람들? 지금 안에 사람들이 있어요? 안 보이는데……."

그리고 눈이 마주치면 마주쳤지 왜 자신이 보는 게 부끄럽다는 것인지. 그녀가 이해 안 된다는 표정을 짓자 도미닉이 슬며시 웃었다.

"촉촉한 습기에 우거진 수풀. 상당히 이국적이지."

그래서 그게 뭐.

"묘하게 짜릿하기도 할 테고."

레나가 눈을 깜빡거렸다.

나름 책 좀 읽었다, 상상력이 풍부하다 자부해 온 그녀인데 도미닉이 말하는 바를 알아들을 수가 없었다. 무엇보다 그의 웃음이 의미심장한 게 마음에 들지 않았다.

뭔가 꿍꿍이가 있는 것 같은 저 눈빛이라니.

혀끝으로 입술 안쪽을 핥는 야한 행동도 그렇고.

뭐랄까. 꿀과 건포도, 크림을 듬뿍 올린 케이크 접시를 앞에 두고 어디서부터 먹어 줄까 궁리하는 표정이랄까.

아무튼 심중은 잘 파악되지 않는데, 레나의 본능이 위험경고를 보내고 있었다.

"그런 표정을 지을 것까지야."

도미닉이 귀엽다는 듯 레나의 코끝을 톡 건드렸다.

"이해 안 된다면 그냥 잊어버려."

그러고 나서 뒤에 혼잣말을 중얼거린 것 같았다. 으, 제대로 못 들었어. 레나는 놓쳐 버린 기회에 아쉬워했다. '어차피', 딱 이것만 들렸다.

어차피. 도대체 이게 무슨 뜻이지? 그리고 이다음에 오는 말이 뭐였지?

"여기가, 왕궁 도서관이야."

찜찜한 기분에 사로잡혀 있는 사이 눈부시게 멋진 몇몇 장소를 지나 어느새 도서관에 다다랐다. 도미닉은 감탄할 준비가 되었냐는 듯 눈짓을 하더니 커다란 문을 열었다.

"……세상에나."

레나의 눈이 경이로움으로 가득 찼다. 그녀가 꿈에서나 그리던 도서관. 어린 레나가 상상했던 모든 것이 그곳에 현실로 존재했다.

아미티지 공작의 서재는 방 주인 때문에 눈치가 보이고, 시댁은 먼 거리 때문에 자주 가지 못했다. 물론 둘 다 레나의 혼을 빼놓을 만큼 멋진 곳이었지만 지금 그녀가 있는 왕궁 도서관은 아예 규모 자체가 달랐다.

대단해.

끝없이 이어진 서가 대열에 레나의 입이 벌어졌다.

이곳에서 여생을 보내고 싶을 정도야. 맙소사, 사다리도 있어!

"사다리!"

레나는 작게 탄성을 내지르며 벽에 붙은 서가로 달려갔다. 튼튼한 나무 사다리가 비스듬히 설치되어 있었다. 두근대는 가슴을 누르며 힘을 주어 밀어 보자 아래쪽의 홈을 따라 사다리가 움직였다.

대단해. 사다리가 있는 서가라니, 꿈만 같아.

"당신이 사다리를 그렇게 좋아할 줄은 몰랐는데."

도미닉이 저쪽에 떨어져 선 채 레나에게 말했다.

"그대로 뒀으면 두 시간 동안 사다리만 밀면서 놀 기세였다고."

"라몬트 경은 이해가 잘 안 되시겠지만."

레나가 아이처럼 생글거리는 얼굴로 대답했다.

"이건 모든 책벌레들의 꿈이라고요. 아, 나 지금 정말 행복해요."

그녀의 남편이 천천히 다가왔다. 어쩔 수 없다는 듯 고개를 저으며 웃었다. 레나의 작은 몸이 도미닉의 품에 갇혔다.

"그거 알아? 내 부모 형제와 내 부인의 공통점."

레나는 지금 그런 것쯤은 아무래도 좋았다. 그저 행복한 얼굴로 모르겠다는 대답을 하자 도미닉이 말을 받았다.

"은근히 날 무시해."

"……내가 언제 당신을."

"자기들만큼 책을 달고 살지 않는다고 아주 무시가 입에 배었어."

으음, 내가 그랬나?

사실 시댁 식구와 레나 자신이 별난 것이지 도미닉 정도면 오히려 왕국 내의 기사들 중에서도 손꼽히는 엘리트에 해당됐다.

철저한 후계자 교육을 받은 아미티지 공작과 전혀 문제없이 대화를 나눈다는 건 쉬운 일이 아니었다.

게다가 고대어에도 해박하지, 국경을 맞대고 있는 나라의 언어도 두세 개 정도 구사할 수 있지. 다른 분야의 지식도 풍부하고, 무엇보다 이 모든 것을 해내면서 본우드 최고의 검술 실력자였다.

레나는 남편을 향해 살짝 혀를 내밀어 보였다. 무안함과 미안함이 담긴 귀여운 애교였다.

"난 이만 가야겠어."

도미닉이 그녀의 애교에 완전히 만족한 표정으로 말했다.

"전하의 성질은 장난이 아니거든. 아마 신록의 방까지 뛰어야 할 것 같은데."

"다녀와요, 내 흑기사님."

레나가 그의 뺨에 가볍게 입을 맞춘 뒤 몸을 떠밀었다. 도미닉이 문을 열고 도서관을 나가려는 순간, 레나는 그제야 생각난 듯 남편을 불렀다.

도미닉이 그녀를 돌아보았다.

고마워요.

레나는 소리 없이 입술로만 말을 전했다.

향긋한 홍차, 오후의 달콤한 과자, 서늘한 날 온몸을 둘둘 감는 크고 포근한 숄, 축 늘어져서 책을 읽다 졸기를 반복하는 휴일 하루.

자신이 좋아하는 것을 기억하고, 때로는 주저하는 자신을 이끌어 주기도 하는 그가 좋았다. 이런 곳에 데려와 줘서 고맙다는 말밖에 할 수 없다는 것이 안타까울 만큼.

도미닉이 연한 미소와 함께 문을 닫았다.

어쩐지 벌써부터 그가 보고 싶었다.

정복을 착용한 관리인이 가끔씩 서가 중앙 통로를 지나다니기만 할 뿐이었다. 도서관 안은 더없이 조용했고, 이용객은 레나가 전부인 것 같았다. 그야말로 이 넓은 곳을 통째로 세낸 기분이었다.

왕궁 사람들은 지금 다들 바쁜가? 할 일이 많나? 아니면 그 사람들은 언제든지 올 수 있으니까 오히려 안 오는 것일까?

레나는 멀쩡한 소파를 두고 서가 사이에 주저앉아 책을 읽었다.

이것도 재밌어 보이고 저것도 읽고 싶었던 거고, 하면서 책을 뽑다 보니 어느새 옆에 쌓인 책만 여덟 권이었다. 도미닉의 접견이 아무리 길어져도 뽑아 놓은 책을 다 읽진 못할 것이다.

그래도 레나는 책들을 도로 제자리에 꽂아 놓을 마음이 없었다. 읽진 못해도 일단 옆에 놓아두고 싶다 할까. 어쩌면 지금 들고 있는 책을 생각보다 빨리 읽어서 다른 것도 좀 읽다 갈 수 있을지 모른다.

조용한 도서관 안에 책장 넘어가는 소리만 때때로 울려 퍼졌다.

끼이익.

레나가 고개를 들었다. 도서관 문이 열리는 소리였다. 도미닉이 돌아온 건가 싶었지만 상대는 레나를 부르지도 않고 저쪽 서가로 걸어갔다.

왠지 구둣발 소리도 남편과 다른 것 같았다.

"……다른 사람이겠지."

여긴 왕궁이라는 생각이 다시금 레나의 머릿속을 스쳤다. 다른 사람들이 드나드는 건 당연한 일이었다.

로젠하트에서처럼 도미닉을 소리쳐 불렀다가 간만에 조용

한 독서를 하려 했던 낯선 이를 놀라게 할 수도 있었다.

그냥 읽던 거나 마저 읽자.

레나는 다시 책 속으로 시선을 돌렸다.

얼마나 지났을까. 언젠가부터 발소리도 들리지 않고, 책을 뽑거나 제자리에 꽂는 소리도 들리지 않았다. 아예 인기척 자체가 느껴지지 않았다. 아무리 도서관 내부가 넓다 한들 사람이 있는데 아무 소리도 나지 않는다는 건 이상했다.

레나는 서가 밖으로 목을 빼고 주변을 둘러보려 했다.

"이토록 오랫동안 무시당하기도 힘든데."

"꺅!"

머리 바로 위에서 낯선 목소리가 들려왔다. 레나는 저도 모르게 두꺼운 책을 끌어안고 비명을 질렀다.

목덜미까지 소름이 돋은 채로 후다닥 일어나자, 등을 기대고 있던 서가 뒤편에 사람이 보였다. 정확히는 책 서너 권 정도가 비어 있는 틈새로 남자의 얼굴이 보였다.

"누, 누구시죠?"

레나는 보고 있던 책을 꽉 끌어안았다. 여차하면 남자의 얼굴을 향해 던지고 달아날 생각이었다. 과한 대처인 것 같았지만 레나에게 단단히 주의를 준 사람이 애초에 그녀의 남편 도미닉이었다.

아무나 따라가지 말 것. 결혼 여부와 남편의 이름을 정확히 밝힐 것. 그렇게 했는데도 이상한 낌새를 보이면 무조건 달아나 다른 사람의 도움을 구할 것.

"그저 당신이 내 여자라는 것만으로도 지나친 흥미를 가지는 자들이 많아."

도미닉은 이 말을 할 때 상대를 갈기갈기 찢어 버리고 싶어 하는 표정을 지었다. 아직 그들이 누군지 얼굴조차 모르는데도.

"화병을 던지든, 장식용 창을 빼 들든 할 수 있는 건 다 해. 뒷감당은 내가 할 테니까."

남편이 걱정해 주는 건 언제나 마음이 따뜻해지는 일이지만, 레나는 솔직히 처음 가는 왕궁 안에서 활극을 선보이고 싶진 않았다.

하지만 지금은 달랐다. 묵직한 가죽 책을 어떻게 던져야 상대에게 가장 큰 타격이 될까를 궁리하는 중이었다.

소리도 없이 뒤까지 다가왔다는 게 섬뜩했다. 게다가 꽤 오랫동안 지켜보고 있었다는 사실은 그녀를 더욱 오싹하게 만들었다.

"누구신데 이렇게 무례하게."

"무례하다."

남자는 그 단어를 입안에서 굴려 보듯 발음한 뒤 키득키득 웃었다.

"저, 저는 도미닉 라몬트 경의 아내예요. 남편을 따라 왕궁에 왔고요."

도미닉이 알려 준 대로 그녀의 신분을 밝혔지만 상대는 조금도 개의치 않았다.

"알고 있네."

심지어 알고 있다고 대답했다. 왕궁 내에 레나의 얼굴을 아는 사람이 없는데 처음 보는 남자가 그녀를 안다고?

경고, 경고.

레나의 안에서 검은 까마귀들이 울부짖었다.

"레이디의 가슴에 장식한 브로치, 그의 서임식 때 받은 보석인 거 알고 있나?"

레나가 제 가슴께를 내려다보았다. 눈꽃 모양의 하늘빛 토파즈 장식이 그곳에 있었다. 도미닉이 오늘 레나의 드레스에 직접 달아 준 것이었다.

이게 그의 기사 서임식 보석이었어?

"어린 영웅의 탄생을 치하하며 국왕이 하사한 보석으로 소문이 자자하지. 흔히 볼 수 없는 디자인이기도 하고."

남자가 설명을 덧붙였다. 그런 이유 때문이었을까. 레나의 가슴께를 본 공작이 헛웃음을 흘린 것 같더라니.

당시엔 공작이 왜 그러는 줄 몰랐는데 얘기를 듣고 보니 도미닉은 일종의 영역 표시를 한 것이었다. 이 여자를 건드리면 끝이라고 반쯤 위협한 거랄까.

자신은 그저 예쁜 보석이라며 손뼉을 치기만 했었다.

갑자기 레나의 얼굴이 화끈 달아올랐다.

"왕궁 사람치고 그 브로치를 못 알아볼 자는 없을걸."

"죄송합니다."

조그맣게 사과했다. 남자의 기행에 깜짝 놀라 유난을 떨고 말았다. 하지만 위에서 소리 없이 내려다보고 있었던 건 아무리 생각해 봐도 기분이 좀 이상했다.

레나는 남자의 눈치를 살피며 문 쪽을 힐끔 쳐다보았다.

도미닉이 너무 늦는 것 같아.

"그나저나 레이디의 실물을 보니 다소 의아하군. 라몬트 경은 좀 더 성숙한 취향일 거라 생각했는데 말이야."

이건 또 무슨 날벼락이람.

레나는 남자의 의중을 파악할 수가 없어 그저 입을 꾹 다물었다. 손바닥 정도의 틈새로 보이는 남자는 도미닉보다 족히 열 살은 많아 보였는데, 모르는 상태로 마주쳤다면 기품과 외모를 갖춘 귀족이라 여겼을 것이다.

그러나 남자는 레나의 속을 뒤집어 놓기로 작정이라도 했는지 얄미운 말을 계속했다.

"브룬디 백작 부인이었던가. 빨간 머리가 어울렸던 걸로 기억하네. 정말 뇌쇄적인 미모였지. 백작이 젊은 아내에게 기가 빨려 죽었다는 소문이 사실이라 믿길 정도로."

남자가 고개를 절레절레 흔들었다.

"요염함을 넘어 파괴적이었지."

"아, 네."

레나는 브룬디 백작 부인에 대해 듣고 싶지 않았다. 왠지 뒷이야기를 듣지 않아도 농염한 백작 부인이 도미닉과 엮일 것 같았기 때문이다.

남자가 레나의 예감을 확인시켜 주듯 웃었다.

"백작 부인의 원래 목표는 아미티지 공작이었는데 말이야. 재미있게도 공작의 기사인 라몬트에게 빠져 버렸지 뭐야. 얼마나 열정적인 구애였던지 온 왕궁이 그 얘기로 뜨거웠다네."

책 읽을 맛이 떨어져 버렸다.

레나는 들고 있던 책을 제자리에 꽂아 넣고 바닥에 늘어놓은 책을 주워 들었다. 책장에 되돌려 놓을 겸 남자에게서 벗어나려는 생각이었다.

하지만 남자는 본격적인 이야긴 지금부터 시작이라는 듯

그녀의 뒤를 따라왔다.

"백작 부인이 약 오를 만도 한 게, 아예 입도 못 떼게 하는 공작과 달리 라몬트는 예의가 발랐거든. 화술이 좋고 잘 웃지. 딱히 여자를 싫어하는 것 같지도 않고."

남자가 알맞은 표현을 찾았다며 손가락을 딱, 튕겼다.

"잘만 하면 넘어올 것 같은 남자였다네."

레나는 부루퉁한 표정으로 책을 서가에 꽂았다. 아무래도 잘못 걸린 것 같았다.

"근데 안 넘어온단 말이야? 라몬트는 무슨 짓을 해도 적정선을 넘지 않았지. 진짜, 나중엔 다들 그가 공작보다 더 독하다고 혀를 내둘렀어."

탁!

레나가 힘을 실어 책을 밀어 넣었다. 어이쿠, 하는 소리가 서가 너머에서 들렸다. 남자가 얼굴을 가까이 대고 이야기하다 코를 맞은 모양이었다.

잘됐다. 이왕이면 입을 노려 줄걸.

"레이디 성미도 장난이 아니군. 일부러 노린 게지?"

"무슨 말씀이신지 짐작도 할 수 없네요."

레나가 다음 책을 꽂아 넣기 위해 걸음을 옮겼다. 남자는 코를 어루만지면서도 집요하게 그녀의 뒤를 쫓았다.

"여하튼 백작 부인은 안달이 날 대로 난 나머지 왕실 무도

회가 끝난 밤 홀딱 벗고."

레나의 표정이 한밤중 유령을 목격한 사람보다 어둡게 변했다. 지금 필요한 것은 석궁. 페트론 백작을 저세상으로 보내 버린 바로 그것이 간절했다.

이 남자는 누군데 남의 가정을 파탄 내려는 거지?

"……허허, 여기까지만 하지."

"왜 잘 떠드시다가 거기서 그만두는 건데요?"

"뒷이야기가 궁금한가?"

"흥."

남자가 레나의 반응에 킥킥 웃었다. 생김새와 달리 조금도 점잖지 못한 웃음소리였다.

"아아, 안심하게. 백작 부인이 한없이 불쌍해지는 결말이었으니까. 레이디의 남편은 정말이지…… 대단했어."

남자는 그때의 일을 회상하는지 허공을 쳐다보며 말했다.

"본우드에 라몬트를 능가할 사내는 없을 걸세. 적어도 여자 보길 돌같이 하는 부분에선 말이지."

"신기하네요. 제겐 잘만 넘어오던데."

레나는 샐쭉한 얼굴로 쏘아붙였다. 입이 너무 간지러워서 한마디도 안 하고 넘어갈 수가 없었다. 남자는 레나의 대꾸를 듣고 잠깐 그 자리에 굳었다가 폭소를 터뜨렸다. 온 도서관이 울릴 정도여서 오히려 당황스러웠다.

"하하하! 재밌군, 재밌어! 그래, 레이디한테는 대책 없이 녹았단 말이지? 아하하!"

이 사람은 도서관에서 정숙해야 한다는 기본 규칙도 모르나?

레나는 남자와 오래 있을수록 이상한 자와 엮이는 기분이 들어 몸을 돌렸다. 이제 마지막 한 권만 꽂으면 이곳을 뜰 수 있었다.

도서관 구경은 이만하면 됐다. 가장 먼저 눈에 들어온 사람에게 도미닉의 위치를 물어보자.

레나의 구두 소리가 남자에게서 멀어졌다.

뭐가 웃긴지 한참을 웃던 그가 레나에게 다가왔다. 거머리보다 끈질긴 자였다.

"왜 라몬트가 레이디를 택했는지 알겠군. 웃기네! 광대나 만담꾼이 필요 없을 정도야."

뭐야? 내가 웃겨서 도미닉이 왕가슴 대신 날 택한 거라고?

도저히 안 되겠다. 못 참겠다. 이름도 신분도 모르는 무례한 남자에게 당하는 수모는 이걸로 충분하다는 생각이 들었다.

레나는 마지막 책을 제자리에 돌려놓은 뒤 중앙 통로로 나왔다. 남자 역시 모습을 완전히 드러냈다. 그녀는 무릎을 굽혀 누구에게도 예의에 어긋나지 않을 인사를 하고 그를 쳐다보았다.

"귀하께서 이런 이야길 해 주신 이유는 잘 모르겠으나, 이유를 말해 주셔도 별 대단치 않을 것 같아요. 그러니 간단하게만 말씀드리죠."

레나는 허리를 펴고 고개를 살짝 들었다.

"전 그의 사랑을 받을 자격이 있어요."

레나의 목소리는 또렷하고 맑았다. 또한 그녀의 말엔 확신이 실려 있었다. 자만도 허영도 아닌 순수한 믿음.

"그리고 귀하는 제 남편이 아니시죠. 제 남편도 아닐진대 그가 절 사랑하는 이유에 대해서 함부로 논하실 수 있을까요? 전 아니라고 생각해요."

레나는 남자를 향해 생긋 웃음을 지어 보였다. 원치 않게 길어진 대화를 종결시키는 미소였다.

"이만 물러가겠습니다."

레나가 몸을 돌려 문으로 걸어갔다. 또각또각 구두 소리가 경쾌했다. 시작은 남자가 억지로 했을지 몰라도 끝은 그녀의 차지였다.

참, 진정한 주인공이라면 마지막 대사를 던져야지.

레나는 남자를 어깨 너머로 넘겨다보며 말했다.

"브룬디 백작 부인이 아쉬운 쪽은 귀하 같은데, 모쪼록 잘

해 보세요."

혹시 알아요?

모두가 군침 삼키는 뇌쇄적인 부인을 얻게 될지.

그 말까지 덧붙이고 싶었지만 레나는 참기로 했다. 아무리 상대가 무례한 자라 해도 어쨌든 왕궁을 드나드는 귀족이었다. 행여 말이 와전되어 도미닉의 평판에까지 해를 끼치고 싶진 않았다.

문을 열자 마침 도미닉이 문밖에 서 있었다.

제 편이 돌아왔다는 기쁨에 레나의 표정이 밝아졌다.

"도미닉!"

"오래 걸렸지."

자연스럽게 레나의 허리를 안으려던 그가 뒤쪽을 보고 굳었다. 머뭇거림은 찰나에 불과했다. 도미닉이 바로 한 걸음 뒤로 물러나 허리를 숙였다.

정확히, 레나의 뒤에 서 있는 사람을 향해.

"전하."

낯선 호칭이 레나에게 들렸다.

레나는 남편이 왜 이러는지 이해가 되지 않아 멀뚱히 바라

만 보기만 하고 있었다. 도미닉은 어딜 보고 예의를 갖춘 건가. 전하라면 본우드의 국왕에게만 허락되는 호칭이었다. 설마 근처에 국왕이 계시다는 뜻인가.

그런데 그들의 주변엔 단 한 사람밖에 없었다.

레나는 도미닉이 예를 표한 방향을 천천히 눈으로 따라갔다. 절반쯤 따라가다 보니 본능이 그녀를 멈춰 세웠다.

너, 멈춰. 그만 봐. 그리고 얼른 달아나.

"예를 거두게, 라몬트 경."

방금 전까지 그녀의 속을 박박 긁었던 남자가 태연하게 말했다. 말은 도미닉을 향했지만, 남자의 눈은 레나를 보고 있었다.

실로 그녀의 반응이 기대된다는 표정이었다.

"백조의 방으로 가신다더니 어째서 도서관에 계십니까?"

남편이 물었다.

"갑자기 책이 읽고 싶어져서 말이야."

국왕이라는 작자는 입술에 침도 안 바르고 거짓말을 술술 해댔다. 레나는 그가 서가 쪽은 쳐다보지도 않은 걸 만백성 앞에서 증언할 수 있었다.

"그러다 마침 경의 아내와 마주치게 됐다네."

"제 아내에게…… 무슨 짓을 하시진 않았고요?"

뜬금없는 말이지만 도미닉은 참 신기했다. 그는 누구보다도 예법을 완벽하게 숙지하고 있으면서 가끔씩 자신보다 높은 사람에게 아슬아슬하게 굴었다.

공작은 십년지기 친우라고 쳐도 국왕에게까지 이럴 줄은 몰랐다.

무슨 짓을 했다니.

설령 국왕이 진짜 무슨 짓을 했더라도 보통 이렇게 물어선 안 되지 않나?

그러나 국왕은 도미닉의 이런 모습에 익숙한지 음험한 미소로 받아쳤다. 그들은 최소한의 격식 안에서 최대한 무례하게 노는 법을 터득한 무리 같았다.

솔직히 말하자면 지금 이 순간, 레나의 눈엔 국왕과 남편이 별다를 바 없어 보였다.

그냥 10년째 이렇게 놀아 온 악당들 같아.

국왕이 말했다.

"그저 자네의 고매한 취향을 재확인하는 시간을 보냈을 뿐이라네."

"……책을 읽으러 오셨다고요. 읽으신 책 제목을 여쭤 봐도 될는지."

"온실로 가 봐야겠네."

국왕은 신하의 말을 못 들은 척하며 딴소리를 했다.

"책보다 화초가 끌리는군."

도미닉이 심히 의심스럽다는 눈으로 허리를 숙였다. 레나는 마지막까지 예를 갖추지 못했다.

국왕이 떠나고 두 사람만 남았다. 도미닉은 가볍게 한숨을 내쉬더니 그녀를 다시 도서관 안으로 이끌었다. 문을 닫자 넓은 공간이 둘만의 장소로 바뀌었다. 관리인은 아까부터 보이지 않았다.

"당신이 내 여자라는 것만으로 호기심을 보일 자가 많을 거라 했지."

도미닉이 레나의 뺨을 쓸었다.

"전하가 그중 한 명이야."

"아."

"그렇다고 이 위험한 곳에 내 사람이란 표식도 없이 다니게 할 수도 없는 노릇이고."

"위험해요……?"

황홀한 도서관과 탄성이 나오는 장식들로 가득한 곳이라고 말하지 않았던가?

도미닉이 이것까진 말하기 싫었다는 투로 대답했다.

"여기저기서 밀회가 넘쳐나지. 어떻게 해 보려는 놈들도 많고."

레나의 머릿속이 혼란스러워졌다.

브룬디 백작 부인으로 들쑤셔진 것도 아직 완전히 가라앉지 않았는데, 들쑤신 자가 실은 국왕이었고, 감히 발을 들여도 될까 싶었던 왕궁은 알고 보니 욕정의 신전이었다.

도미닉이 아내의 얼굴을 들여다보았다.

"당신, 괜찮아?"

가까스로 고개를 끄덕인 레나는 도미닉을 따라 조금 걸었다. 그의 손을 잡고 조용한 공간을 걷고 있으니 그녀의 상태도 차츰 원래대로 돌아왔다.

도서관에 대한 감상을 조곤조곤 늘어놓는데 문득 접견을 한 이유가 궁금해졌다.

왜 국왕은 도미닉 라몬트를 불러들였는가.

이에 대해 묻자 도미닉이 중요한 이야기를 하려는 양 목소릴 가다듬었다. 레나는 저도 모르게 그의 손을 힘주어 잡았다.

"내가 한동안 손에 피 묻히지 않기로 마음먹은 거, 알고 있지?"

그녀는 고개를 끄덕였다.

남편은 페트론과의 전쟁에서 피비린내에 질려 버렸고, 공작에게 오랜 휴가를 청했다. 그는 신년을 맞아 왕실 주최로 열리는 마상 시합마저 나가지 않았다. 단순히 전쟁이나 결투를 피하는 수준이 아니라 아예 상대에게서 피를 보고 싶지 않게 된 것이었다.

로젠하트의 기사들은 모두 안타까워했지만 레나의 생각은 달랐다.

도미닉은 검을 위해 태어난 사람이었다. 레나 자신을 책과 떼어 놓을 수 없듯, 도미닉도 결코 검과 헤어질 수 없을 것이다. 다만 그는 조금 지친 것뿐이었다. 검을 드는 목적이 사람의 목숨을 앗는 데에 있다는 생각이 커졌을 뿐.

자신의 검으로 사람들이 안전해진다는 사실이 더 크게 와 닿는 순간, 도미닉 라몬트는 다시 본래 있던 자리로 돌아갈 터였다.

"줄리어스가 이에 대해 생각이 많았나 보더군. 그저 휴가를 주는 것 말고 다른 식으로 도울 순 없을까 고민한 모양이야. 그리고 마침, 전하의 필요와 맞아떨어졌지."

레나는 잠자코 이어질 말을 기다렸다.

"처치 곤란한 구역이 있다 하시는군."

설마 또 전쟁터로 가는 걸까?

레나의 표정이 어두워졌다. 도미닉은 그녀가 생각하는 게 아니라며 웃음을 지었다.

"영주가 세 번이나 바뀌었는데 다들 이런저런 핑계를 대며 봉토를 헌납했다지."

"거기로 가야 하는 건가요?"

"아마도."

"로젠하트랑 멀어요? 대충 어디쯤에 붙어 있죠?"

모처럼 정든 사람들과 헤어지기가 아쉬웠다. 하지만 그보다 염려되는 건 지역의 정세였다. 도미닉이 파견되어야 할 정도로 무력이 필요한 곳일까? 남편에겐 아직 시간이 더 필요한데.

그런데 도미닉의 표정이 조금 이상했다.

웃음을 참고 있는 것 같기도 하고.

아무튼 야릇한 얼굴이었다.

"여기까지 말했는데도 모르겠어?"

"뭘요?"

"내가 방금 말한 그곳."

레나는 도미닉을 빤히 바라보았다. 그는 한쪽 입꼬리를 올린 채 레나에게 눈으로 말했다. 어째서 바로 말해 주지 않는 거지, 싶었던 레나는 이윽고 머릿속을 스친 생각에 손을 입가로 가져갔다.

내가 떠올린 그곳이 도미닉이 말하려는 그곳일까?

설마. 그럴 리가.

"……고향 땅에 돌아가게 된 기분이 어때?"

"홀든?"

도미닉이 고개를 끄덕이며 웃었다. 페트론이 영주직을 박탈당한 후로 다른 귀족들이 그곳을 받았지만 변경과 너무 가깝다느니, 생각보다 뒷골목 치안이 엉망이라느니 갖은 이유를 대며 자리에서 물러났다는 말을 덧붙였다.

하긴 평소에도 페트론의 학정에 시달리던 곳이었다.

죽은 페트론이 전쟁을 위해서 없는 사람들의 주머닐 더욱 가혹하게 털었으리란 건 불 보듯 빤한 사실.

백작의 성만 휘황찬란하지 그 외는 다 쓰러져 가는 지역이었다. 레나는 다른 귀족들이 몇 달 못 가 사양한 이유를 알 것 같았다. 국왕으로부터 하사받은 선물인가 싶었는데 열어 보니 골칫덩어리였던 거다.

홀든으로 돌아간다.

어머니와 아버지가 있는 그곳으로.

레나의 가슴이 걷잡을 수 없이 두근거렸다. 좋기도 하고 이상하기도 하고 뭐라 말로 표현할 수 없는 기분이었다.

그런데 도미닉이 여기에 기름을 더 끼얹었다.

"당신도 알겠지만 영지란 게 작위를 가진 귀족만 가질 수 있는 거거든."

"그렇죠."

"난 라몬트 남작가의 삼남이지."

계승권이 없다. 기사 신분은 영지를 가질 수 있는 작위에 해당되지 않는다. 이는 레나도 알고 있었다.

도미닉이 천천히 레나의 손을 자신의 입술로 가져갔다. 아내의 눈을 바라보며 그는 보드라운 손등에 입을 맞추었다.

“홀든 남작 부인.”

레나의 입이 벌어졌다.

“곤경에 처한 고향 땅을 구하러 가시지 않겠습니까?”

차마 ‘농담이죠?’ 라는 말이 나오지 않았다. 도미닉은 이런 걸로 장난을 치지 않는다.

내가 작위를 가진 귀부인이 되었어.

홀든 남작 부인. 레나는 속으로 몇 번이나 그 말을 되풀이해 보았다. 결혼식 때 도미닉과 함께할 미래가 기대되긴 했지만 이런 건 예상에 없었다.

“로젠하트는요? 둘도 없는 친우가, 줄리어스가 거기 있는데.”

그리고 다른 사람들도.

하지만 도미닉은 어깨를 으쓱했다.

“다른 녀석들에게도 수석기사가 될 기회를 줘야지. 너무 오래 버티고 있으면 순서 기다리다가 짜증 낸다고.”

“……그래도.”

“20일 남짓이면 도착하니까. 대륙의 끝과 끝도 아니야.”

돌연 그가 묘한 눈빛을 보냈다.

“뭐, 그러다가 가랑이 사이 황소에서 좀 쉬어 가도 되고.”

“얄미워.”

레나가 눈을 흘기자 도미닉이 그녀의 허리를 끌어당겼다. 놀리는 건 말뿐이다. 그의 입술은 한 사람만의 것이었다. 지금도 오직 뜨겁게 그녀만을 원한다는 듯,

"레나."

낮은 목소리로 귓가에 속삭였다. 그의 숨결과 말소리가 레나를 그윽하게 휘감았다. 입술이 귓바퀴를 따라 귓불까지 내려갔고 조만간 그의 이가 하얀 목을 깨물 예정이었다.

공작과 함께 오느라 두 사람은 오랫동안 서로를 안지 못한 상태였다.

도미닉은 첫날밤부터 그간 억눌러 온 모든 것을 풀어내더니, 결혼한 지 반년이 넘은 지금까지도 밤에 레나를 고이 재우지 못했다.

그래도 용케 오래 버틴다 싶었는데 한번 시작된 키스에 기사의 자제심은 날아가고 말았다.

그가 레나의 드레스 위로 손가락을 느리게 문질렀다.

몸 안의 불씨를 사르르 지피는 손길이었다. 도미닉을 만지는 레나의 손에도 열기가 그득했다.

"내가 아까 온실을 눈여겨봤었지."

그랬던가.

레나는 가슴 아래를 가볍게 긁는 도미닉의 손길에 얕은 숨을 뱉을 뿐이었다.

"한데 전하께서 그리로 가셨다니 우린 이곳에 머물러야 할 것 같아."

"여기서는……. 흣, 잠깐, 도미닉."

도미닉은 키스를 멈추지 않은 채 서가 안으로 손을 집어넣었다. 레나 쪽에서는 보이지 않는 뭔가를 잡아당기자 놀랍게도 숨겨진 비밀 공간이 드러났다. 마차 안보다 넓은 정도지만 연인이 사랑을 나누기엔 부족함이 없는 장소였다.

"내가 말했지. 왕궁은 위험한 곳이라고."

그가 안에서 다시 줄 같은 걸 당겼다. 그러자 서가가 제자리로 돌아가며 벽을 만들었다. 책들 사이로 도서관이 들여다보이기에 살짝 손을 대어 보니 유리였다.

저쪽에선 밀실 내부가 보이지 않는 것이라고 했다.

정말이지 왕궁이란 곳은 속속들이 음란하다고밖에.

"걷어 올려, 레나."

달콤한 주문이 떨어졌다. 그녀는 떨리는 한숨과 함께 드레스를 올렸다. 그의 손가락만으로도 촉촉이 젖어 들어서 더는 시간을 낭비할 필요가 없었다.

두 사람 모두에게 그랬다.

"으흣, 읏, 도미닉. 조금…… 아앗."

비밀 유리가 부디 소리까지 덮어 주었으면.

입을 막아 보려 했지만 그때마다 번번이 도미닉에게 가로

막혔다. 오래 참은 만큼 그는 거칠고 뜨겁고 빨랐다. 레나의 다리를 들어 자신의 허리에 감은 채 그는 억눌린 신음을 흘리며 엉덩이를 움직였다.

드레스가 구겨졌다.

허벅지를 타고 흐르던 애액은 어느새 실크 스타킹까지 더럽히고 있었다.

소리를, 더는…… 참을 수가.

그가 레나를 한계까지 몰아갔다. 그녀는 흐느끼며 도미닉에게 매달렸다. 그의 품에 안겨 더운 숨을 토해 낼 때까지, 그리고 간신히 호흡을 진정시킬 때까지 도미닉은 레나를 끝없이 원했다.

그야말로 끊임없이.

다시 말하지만 왕궁은 생각보다 훨씬 야한 곳이었다.

—*Fin*

작가 후기

안녕하세요, 여러분.

이번엔 중세풍 로맨스로 돌아온 밀밭입니다.

저의 시대물 사랑이 결국 서양까지 넘어가 흑기사와 드레스, 성, 꽃이 넘실대는 작품 '클로버 부케'를 탄생시켰습니다. 원고 작업을 끝내고 보니 데뷔 후 못 쓴 드레스 이야기를 잔뜩 풀어 놓았더라고요.

넋 놓고 있다간 세세한 디자인까지 설명할 것 같아, 중간에 브레이크를 건 적이 한두 번이 아니랍니다. 어쨌든 전체적인 감상을 말하자면 새롭고 즐거운 시간이었습니다.

많은 중세 이야기에서 남자 주인공은 왕이나 왕자, 대공, 무소불위의 세력가 몫입니다.

이미 그들을 주인공으로 한 훌륭한 작품이 많이 나와 있기 때문에, 저 밀밭은 홀로 삐딱선을 타 보았습니다.

로맨스 소설의 어원 로망스(Romance)에 대해선 다들 아시겠지요. 그리고 이 로망스란 것이 기사와 귀부인의 이루어질 수 없는 사랑을 다루고 있다는 것도 아실 테고요.

네, 그렇습니다. 아름답게 포장되었다 뿐이지 사실 이들의 관계는 불륜입니다(어머나, 세상에)! 아슬아슬한 매력이 탐나긴 했지만 불륜을 가지고 로맨스를 쓰고 싶진 않았는데 말이죠. 그때 대역 신부와 신랑 대리인이라는 뮤즈의 선물이 도착했답니다.

살기 위해 필사적으로 남들을 속여야 하는 아가씨.

교활한 악녀라는 선입견을 가진 채 신부의 에스코트를 자처한 기사.

서로에게 빠져들지 말아야 하는 이유가 있는데도, 결국 사랑에 잠기고야 마는 두 사람을 쓰는 내내 가슴이 조마조마했습니다.

이들에겐 정말 많은 경우의 수가 존재했거든요.

레나가 어머니의 점괘를 끝까지 믿었더라면. 혹은 도미닉이 로젠하트 성 앞에서 레나를 데리고 그대로 도망쳤더라면.

이건 어떨까요? 만약 도미닉이 초원에서 레나의 활 솜씨를 그냥 비웃고 넘겼더라면.

수많은 '만약'에도 불구하고 두 사람은 매번 최선을 다해 자신답게 행동했습니다.

레나는 가여운 소년을 모른 척하지 않았고, 도미닉은 자신의 감정을 포장하는 대신 친우에게 진심을 호소했죠. 아미티지 공작은 정말 독을 품을 대로 품은 인물인데 결국 그도 두 사람에게 감화되었으니까요.

저는 이게 현실 속에서도 적용된다고 생각해요.

어떤 상황에서도 자기 자신을 잃지 않는 것.

외부의 방해와 공격으로부터 스스로의 가치관을 지켜 주는 것.

굳이 남을 따라 하지 않아도, 저다움을 지키면서도, 전 이전에 부러워하던 다른 이들만큼의 결실을 얻을 수 있었어요. 물론 여기에도 약간의 행운이 따랐지만요.

레나와 도미닉도 그러지 않았을까요.

당장은 요령 피우지 못하고 둘러 가는 것 같았지만 결국 그렇게 했기 때문에 해피엔딩을 맞이할 수 있었던 건 아닐는지요.

어느새 감사 인사를 할 차례입니다.

그리고 저는 지금 이 문장을 쓸 수 있어 몹시 감격스럽습니다.

6년 전, 밀밭의 첫 출간작 '君子를 사로잡는 법' 후기에서부터 책 쓰기를 독촉해 왔던 제 친구 문도윤 작가가 지난 9월 전자책 '달마중'으로 데뷔했답니다.

드디어, 드디어, 드디어.

너도 영원히 끝나지 않는 마감의 소굴로 입장했구나. 들어올 때도 나갈 때도 네 맘대로는 아니란다.

항상 이야기를 들어 주고 제 바스러진 멘탈을 꿰매 주는 새롬, 만나리 양에게도 감사의 말을 전합니다. 어째 매번 후

기에 등장하는 인물이 바뀌지를 않죠? 늘 똑같은 멤버랍니다 (좁고 깊은 교류 관계).

아울러 출간 일정을 빠듯하게 만든 작가를 보들보들하게 케어해 주신 봄미디어 정수경 팀장님께도 감사 인사를 드립니다. 다음번엔 컨디션 조절에 힘쓰겠습니다! 기필코요!

가족들과 제 글을 읽어 주시는 모든 독자님들께도 감사드리며, 저는 이쯤에서 인사를 띄울까 합니다.

모쪼록 다음에 뵐 때까지 건강하고 행복하시길.

2015. 10. 18.
홀든에서 새로운 이야기를 만들어 갈 레나와 도미닉을 그리며,
밀밭 드림.